나도
한 번쯤은
마음대로
살아보고
싶다

아무것도 없던 한 사람이 열등감과 고독에서 벗어난 방법

나도 한 번쯤은 마음대로 살아보고 싶다

초 판 1쇄 2020년 01월 14일

지은이 김종윤
펴낸이 류종렬

펴낸곳 미다스북스
총괄실장 명상완
책임편집 이다경
책임진행 박새연 김가영 신은서
본문교정 최은혜 강윤희 정은희

등록 2001년 3월 21일 제2001-000040호
주소 서울시 마포구 양화로 133 서교타워 711호
전화 02) 322-7802~3
팩스 02) 6007-1845
블로그 http://blog.naver.com/midasbooks
전자주소 midasbooks@hanmail.net
페이스북 https://www.facebook.com/midasbooks425

ISBN 978-89-6637-751-0 03810

값 15,000원

아무것도 없던 한 사람이
열등감과 고독에서 벗어난 방법

나도 한 번쯤은 마음대로 살아보고 싶다

김종윤 지음

미다스북스

프롤로그

영혼을 담아 책을 쓰다

"성공해서 책을 쓰는 것이 아니라 책을 써야 성공한다."

– 김태광

나는 작가가 되고 싶다는 생각을 해본 적이 한 번도 없다. 지나가는 말로 대통령이나 해볼까 말해본 적은 있어도 작가라는 말은 입 밖에도 꺼내본 적이 없다. 그런 내가 지금은 작가가 되었다. 나는 왜 작가가 되고 싶었을까?

직장인이라면 누구나 퇴사 이후의 삶에 대해 고민해봤을 것이다. 대부분의 직장인이 서랍에 사직서를 써놓고 일을 한다는 말이 있다. 나는 아직 사직서를 준비해본 적은 없다. 하지만 힘들고 어려운 일들이 계속되자 퇴사를 고민하기 시작했다. 지금이라도 준비하지 않으면 정말 할 수 있는 게 없을 것 같은 불안감 때문이었다.

나는 20여 년 동안 학원 일을 하고 있다. 내가 아는 것이라곤 학원과 관련된 일뿐이다. 내 모든 생각은 오직 학원과의 연결고리뿐이다. 퇴사를 하더라도 결국 선택은 학원이다. 어떻게든 앞으로의 인생을 개척하기 위해서 무언가를 찾아야 했다. 그때 나는 '한국책쓰기1인창업코칭협회'(이하 〈한책협〉)를 만나게 되었다.

그곳은 나에게 동아줄 같은 곳이었다. 오로지 믿을 것은 '나' 자신뿐이었다. 하지만 내가 누구인지를 몰랐다. 자존감이 바닥까지 떨어져 아무리 생각을 해도 내가 누구인지 스스로 정의내릴 수 없었다. 내 장점과 단점을 적어보라는 자기소개서에 나는 어떤 것도 적을 수가 없었다. 너무 답답했다. 그때 처음으로 '나도 제대로 살아보고 싶다.'라는 생각을 했다. 남은 인생을 '나답게' 살기 위해서라도 준비를 해야 했다.

지금껏 살면서 일기 한 번 안 써본 내가 책을 쓴다는 건 두려운 일이었다. 하지만 〈한책협〉 김태광 스승님의 "정말 하고 싶다면 믿고 하세요." 라는 한마디가 큰 힘이 되었다. 무엇을 믿고 해야 하는지에 대해서는 말이 없었다. 믿고 시작하라는 한마디로 나는 책을 쓰기 시작했다. 그리고 1개월 후 진짜 작가가 되었다.

얼마 전 지인을 만나 독서에 대한 이야기를 했다. 그는 자기계발서를 왜 읽는지 모르겠다며, 자기계발서를 쓴 사람은 얼마나 대단해서 이렇게 해라, 저렇게 해라 가르치느냐고 했다. 처음 그 말을 들었을 때 어안이 벙벙했다. 하지만 그것도 잠시, 어쩌면 이런 생각을 갖고 있는 사람들이 또 있을 거라는 생각이 들었다. 나는 마음을 가라앉히고 차분하게 설명을 했다.

"작가가 책을 집필하면서 누군가 가르칠 목적으로 책을 쓰지 않는다. 오로지 자신의 책이 누군가에게 힘이 되고 도움이 되면 좋겠다는 생각으로 책을 쓰는 것이다. 자신이 살아오면서 얻은 깨달음을 필요로 하는 사람들에게 전해주는 것이다. 그래서 작가들은 책 한 권을 완성하기 위해서 영혼을 담아서 집필한다." 이 말을 듣고 상대방은 미안하다고 했다.

자기계발서 작가들만 그런 생각을 가지고 책을 쓰는 것이 아니다. 어느 장르든 작가들은 영혼을 담아 책을 집필한다. 그래야 책을 통해 단 한 사람에게라도 울림을 전해줄 수 있기 때문이다.

나는 단 하나의 생각으로 책 쓰기를 시작했다. 작가로서의 인생을 시작한 만큼 내가 쓴 책을 통해 '단 한 사람'에게라도 도움이 되면 좋겠다는 마음이었다. 그래서 더욱 신중하고 고뇌에 잠겨 책을 썼다. 내 모든 영혼을 담아 책을 쓴 것이다. 나는 이 책을 통해 '나 같은' 삶을 살지 않기를 바라는 마음을 전하고 싶다. 그리고 별 볼 일 없는 내가 작가가 되어 누군가에게 희망을 줄 수 있는 메신저로의 삶을 시작했듯이 누구라도 새로운 인생을 살 수 있다는 희망을 전해주고 싶다.

보잘것없고 자존감은 바닥이었던 나에게 인생 최고의 '작가'라는 타이틀을 달 수 있도록 도와주신 분이 있다. 바로 〈한책협〉 김태광 스승님이다. 작가라는 타이틀을 넘어서 한 사람의 인생에게 꿈과 희망을 볼 수 있도록 해주었다. 그리고 목표의식을 갖고 살 수 있도록 해주었다. 작가라는 타이틀과 더불어 인생을 배울 수 있도록 가르쳐주신 김태광 스승님께 진심으로 감사의 말씀을 드리고 싶다. 그리고 책이 출판되기까지 물심양면으로 도와주신 권동희 회장님께도 깊은 감사의 말씀을 드린다. 그리고 내가 살아온 이야기가 누군가에게 희망을 줄 수 있는 기회가 되고 세상에 알릴 수 있도록 출판을 허락해주신 미다스북스 여러분들에게도 진심으로 감사드린다.

나는 제2의 인생을 시작하기 위한 발판으로 작가가 되었다. 작가가 되어 강연을 하고, 코칭을 하고, 누군가에게 희망을 전하는 컨설턴트가 되어 1인 창업을 시작할 것이다. 숨기고 싶었던 내 과거를 세상에 까발리는 순간 발생될 후폭풍은 나도 모르겠다. 나는 오로지 나만의 꿈과 목표, 그리고 내가 본 희망만 바라보며 전진해나갈 것이다.

한 사람의 지난 과거사를 통해 다른 한 사람의 미래가 변화되기를 희망한다.

2020년 1월
김종윤

CONTENTS

Chapter2 인생은 어쩌면 하나의 농담일지도 모른다

Chapter3 현명한 포기에는 용기가 필요하다

Chapter5 한 번쯤은 내 마음대로 나를 채워라

나는 어디로 이렇게 열심히 가고 있는 걸까?

01

나는 나를 잘 안다고 착각했다

"지금까지 배워온 것을 잊는 순간부터
우리는 진정한 지식을 소유하게 된다."
– 헨리 데이비드 소로

더 이상 평생직장은 없다

나는 한 번도 자기소개서를 써본 적이 없다. 지금 20여 년간 같은 곳에서 일을 하고 있기 때문에 자기소개서를 쓸 일이 없었다. 그런데 얼마 전 자기소개서를 써야 하는 일이 생겼다. 처음으로 나에 대해 진지하게 생각한 순간이었다.

자기소개서를 작성하는데 취미와 특기를 적는 곳이 있었다. 취미? 특기? 갑작스러운 질문에 마주친 나는 빈칸을 채울 수가 없었다. 아무리 생각을 해봐도 내가 어떤 취미를 갖고 있는지, 어떤 특기를 가지고 있는지 생각이 나지 않았다. 나는 지금껏 이렇게 살아왔다.

우리는 살면서 수많은 질문과 마주하며 살아가고 있다. 특히 자신에 대한 질문을 받을 때면 나도 모르게 움츠러든다. 왜 그럴까?

나는 현재 부산에 있는 학원에서 일하고 있다. 무려 20여 년 동안 동일 업종에서 일하고 있다. 부산에서 일한 지는 올해로 만 10년. 나는 지금 하는 일을 24살 때부터 시작했다. 젊은 나이에 군대를 제대하고 빨리 성공하고 싶었다. 그래서 선택한 직업은 영업이다. 영업일을 하면 내가 하는 만큼 돈을 벌 수 있다. 열심히 배우고 일하면 큰돈을 벌 수 있을 거라 확신했다. 하지만 그때부터 나의 악몽은 시작되었다.

직장인이라면 누구나 공감할 것이다. 회사 근무 시간 내에서는 회사 일에만 집중해야 한다. 다른 일을 할 수 있는 시간적인 여유가 많지 않다. 그래도 지금은 주5일제 근무로 인해 내가 일을 하던 시기에 비하면 여유가 있다. 그때는 기본이 주6일제 근무였으니 일요일을 제외하면 온종일 회사에만 있어야 했다. 나는 영업 쪽의 일을 했기 때문에 칼퇴근은 꿈도 꿀 수 없었다. 아침 8시 30분 출근! 저녁 10시 퇴근! 무슨 부귀영화를 누리겠다고 이런 고생을 했을까? 지금 생각해보면 참 한심하고 어이없지만 그때는 돈을 벌고 싶다는 욕심이 많아 어떻게든 버티고 배우며 나만의 길을 찾아가야 했다.

'YOLO.'

'미래를 위해 현재를 희생하기보다 현재의 행복을 중요하게 생각하는 사람'들을 말한다. 나에게 이런 삶을 살 수 있는 여건과 환경이 일찍 마련되었다면 최소한 지금 이 순간에 '내가 누구일까?'에 대한 고민은 하지 않았을 것이다.

모든 직장인이 나 같은 처지가 아니라는 것은 잘 알고 있다. 혹자는 내가 게을러서 못했다고 말할 것이다. 게으름 때문에 회사 핑계 댄다고 말할 수도 있다. 하지만 내가 말하고자 하는 것은 직장 생활 때문에 취미가 없고 특기가 없다는 것을 말하는 것이 아니다. 직장인으로서 회사를 다니며 어떤 생각을 가지고 살아야 하는지를 말하고 싶은 것이다.

당신은 평생직장이 있다고 생각하는가? 요즘은 공무원도 평생직장은 없다고 생각하는 세상이다. 사회 초년생이 직장 생활을 시작하면 아무 이유 없이 상사들 때문에 눈칫밥을 먹는다. 그런 직장에서 개인 시간을 위해 다른 무언가를 한다는 건 불가능에 가까운 일이다. 퇴근을 해도 퇴근한 것 같지 않은 기분은 직장 생활을 하는 사회 초년생이라면 누구나 공감할 것이다. 그렇게 한 해, 두 해 시간이 흐르면 직장 생활에 적응을 하게 된다. 그동안 많은 인맥을 만들고 어느 정도 위치에도 오르게 된다. 그렇게 우리는 또다시 반복된 삶을 살기 시작한다.

40살이 넘어 처음으로 꿈과 희망이 생겼다

얼마 전 직장인을 대상으로 '퇴사를 고민한 적이 있는가?'에 대한 설문

조사를 실시한 적이 있다. 결과가 어땠을까? 무려 91%에 해당하는 직장인이 퇴사를 고민하고 있다고 한다. 퇴사를 생각하는 이유로 1위는 '여행'이었다. 그럼 2위는? 아이러니하게도 '재취업'이었다.

우리는 계속해서 반복되는 이런 삶 속에서 나에 대한 존재를 잃어가고 있다. 나에 대해 생각할 시간이 없는 것이다. 얼마나 안타까운 일인가! 나를 위한 삶을 살아도 모자란 시간을 왜 직장과 타인을 위해 살아야 할까? 무엇 때문에 자신의 삶을 포기해야 하는지 이해할 수가 없다. 직장 생활을 폄하하는 것이 아니다. 나도 직장인인데 누굴 폄하하겠는가! 다만 직장 생활을 하더라도 나를 잃지 않는 삶을 살아야 한다는 것이다. 그래야 언제든지 제2의 인생을 시작할 수 있다.

나는 앞서 말한 것처럼, 취미와 특기가 없었는지조차 모르고 인생을 살아왔다. 나 자신에 대한 장점은 무엇이고 단점은 무엇인지조차 모르고 인생을 살았다. 언젠가는 직장 생활을 더 이상 할 수 없는 상황이 생길 수도 있다. 나는 그런 불안감 때문에 새로운 일을 시작하기로 결심했다. 그 결심이 나를 작가로 만들어줬다.

할 수 있는 것이 아무것도 없던 나는 자기계발을 시작해야만 했다. 지금 내 나이 마흔이 넘었지만 더 이상 회사에 의존하며 살 수는 없었다. 나는 곧장 서점으로 향했다. 자기계발을 최소한의 비용으로 할 수 있는 가장 좋은 방법은 책을 보는 것이었다. 그때 나는 안명숙 작가의 『나는 독서 재테크로 월급 말고 매년 3천만 원 번다』라는 책을 보았다. 독서로 재테크를 할 수 있다는 말에 이끌려 책을 구매했다. 그리고 하루 만에 책을 모두 읽었다.

책에 자주 등장하던 이름이 하나 있었다. 바로 〈한책협〉이었다. 그곳과 인연을 맺은 저자는 새로운 인생을 시작했다고 한다. 중학교 교사였던 저자는 누구나 부러워하는 공무원 신분까지 반납하며 그곳과 함께한다는 것이었다. 도대체 어떤 곳일까?

그곳에서 운영하는 네이버 카페가 있다. 처음 카페에 방문하게 되면 시선을 사로잡는 문구가 나온다.

'23년 동안 200권의 책을 썼으며 900명의 작가를 배출했다.'

상상이 되는가! 200권의 책, 900명의 작가 배출!

나는 바로 카페에 가입했다. 등업 신청을 하고 나서 얼마 지나지 않아 "책 쓰기를 배우고 싶다면 '1일 특강'에 참여해보라."라는 댓글을 받았다. 나는 주말에 밖에 나가는 것을 극도로 싫어한다. 쉴 수 있는 시간이 오로지 주말뿐인데 온전히 쉴 수 있는 시간을 방해받고 싶지 않아서다. '1일 특강'은 경기도 분당에서 진행하는 특강이었다. 고민이 되었다. 하지만 새로운 인생의 전환점을 만들고 싶었던 나는 큰마음 먹고 '1일 특강'을 신청했다.

"성공을 해서 책을 쓰는 것이 아니라 책을 써야 성공한다."

〈한책협〉 센터 입구에 들어서면 볼 수 있는 글귀다. 보고 또 봐도 너무 멋있는 말이다. 나는 책을 쓰고 싶다는 생각을 해본 적이 없다. 지금까지 일기 한 번 써본 적 없는 내가 책을 쓴다는 건 '언감생심' 말도 안 되는 것이었다. 하지만 입구에 적혀 있는 글귀는 계속 내 눈에 들어왔다. 기다리던 특강이 시작되자 화려하고 당당한 모습으로 누군가 등장했다. 바로 〈한책협〉 김태광 대표였다. 나는 아직도 그 순간을 잊을 수 없다. 강의 도중 "성공해서 책을 쓰는 것이 아니라 책을 써야 성공한다."라는 글귀가 또다시 눈에 들어왔다. 책을 쓰면 정말 성공할 수 있을까? 부산에서 분당까지 매주 이동할 수 있을까?

나는 내가 누구인지도 모르고 40년 이상을 살았다. 좋아하는 것도, 하고 싶은 것도 없이 살았다. 나는 책 쓰기를 통해 작가가 되어 새로운 삶을 시작하고 싶었다. 하고 싶은 게 없어서 매일매일 무의미한 시간을 보내던 나에게도 꿈과 희망이 생겨나기 시작했다.

02

24살, 처음 빚을 지다

"빚을 지는 것은
노예가 되는 것이다."
– 랄프 왈도 에머슨

한순간의 잘못된 선택, 빚 구덩이에 빠지다

우리가 처음 빚을 지는 나이는 몇 살쯤일까? 살아가면서 누구나 한 번쯤은 빚을 지고 살아간다. 학자금 대출, 직장인 대출, 생활 안정자금 대출, 전세자금 대출, 주택 담보 대출 등 대출의 종류도 수없이 많다. 빚으로 돈을 버는 사람이 있는가 하면 빚으로 빚을 만드는 사람이 있다. 우리는 '빚' 속에 살고 있다. 오히려 빚 없이 사는 게 이상할 정도다.

나의 빚은 억울하게 시작되었다. 하지만 모든 선택은 내가 한 것이기 때문에 누구를 탓하고 원망하고 싶지는 않다. 빚은 모두 자신의 잘못된 선택으로 생기는 것이다.

나는 24살 때 지금의 일을 시작했다. 지금 내 나이가 43살이니까 올해로 20년째 관련 일을 하고 있는 것이다. 처음 일을 시작할 당시에는 신용카드를 지금처럼 많이 사용하지 않던 시절이었다. 대신 현금 입출금이 가능하고 지금의 체크카드 형태의 직불카드가 많았다. 신용카드는 큰 기업에 다니거나 은행 잔고가 많은 사람들만 소지하고 있었다. 그러다가 언제부터인가 신용카드 영업사원들이 사무실을 돌아다니며 카드 발급을 해주기 시작했다.

모든 카드사별 영업사원들이 사무실을 돌아다니며 영업을 했다. 지금은 개인별 신용등급이 정해져 있다. 그래서 카드 발급을 위한 절차가 매우 까다롭다. 카드 한도 또한 개인 신용등급별로 책정되어 나온다. 하지만 내가 처음 일하던 당시에는 개인별 신용등급제도가 없었다. 신용카드 영업사원이 사무실로 방문해서 카드 발급 신청서를 받아 가면 거의 대부분 카드 발급이 가능했다.

나는 신용카드라는 제도가 너무 신기했다. 신용카드는 빚이라는 생각을 한 번도 해본 적이 없다. 월급 받아서 갚으면 된다고만 생각한 것이다. 나도 영업사원으로 일을 했기 때문에 카드 대금을 내는 일은 어려운 일이 아니라고 생각했다. 나는 7–8장 정도의 신용카드를 신청했고 빚의 수렁에 빠진 계기가 되었다.

회사에는 또래 친구들이 많았다. 나는 고3 때부터 당구를 좋아했고 군대 가기 전까지 나이트클럽을 자주 다녔다. 직장 생활을 한다고 좋아하던 것들이 사라지지 않는다. 회사 동료들과 매일 당구를 치며 술을 마시고 놀았다. 당시에는 신용카드 사용은 하지 않았다. 월급을 받으면 현금이 항상 있었기 때문이다. 나는 대부분의 지출을 먹고 마시는 쪽으로 사용했다.

문제는 월급을 제대로 받지 못했을 때 발생했다. 영업사원으로 일을 하다 보면 매달 받는 월급의 차이가 생긴다. 100만 원을 받는 날도 있고 300만 원, 500만 원을 받는 날도 있었다. 내가 처음 일하고 받은 월급이 대략 200만 원 정도였다. 보름 일하고 받은 월급이다. 한 달을 일하면 300-400만 원 정도는 받을 수 있을 것이라고 생각하게 되었다.

처음에는 통장에 돈이 쌓이는 듯했다. 다음 월급을 받을 때까지 통장 잔고가 마를 날이 없었다. 그러다 월급을 100만 원도 못 받는 날이 생겼다. 같이 일하던 친구 두 명이 갑자기 무단결근을 하고 지방으로 여행을 갔다. 지방에 있으니 나보고 내려오라는 연락이 왔다. 처음에는 못 간다고 했다. 일을 해야 하니까.

하지만 친구들은 괜찮다며 계속 오라고 했다. 나는 사람들을 좋아한다. 이건 성향인 듯하다. 사람들을 좋아했던 탓에 친구가 계속해서 부르니 더 이상 거절할 방법이 없었다. 나는 곧장 친구들이 있는 지방으로 내려갔다.

지방에 도착했을 때 친구들은 유흥주점에 있었다. 나는 웨이터로 1년 정도 일을 한 경험이 있기 때문에 분위기는 익숙했다. 우리는 같이 모여 양주를 1인당 1병씩 마셨다. 술값이 200만 원 정도 나왔다. 나는 순간 당황했다. 어떻게 200만 원이라는 술값이 나올 수 있을까?

친구는 계산서를 보고 맞다고 했다. 그리고 3명이 나눠서 술값을 지불했다. 나는 한 번에 100만 원에 가까운 금액을 지출해본 적이 없다. 아무리 많은 금액을 지불해도 30만 원 정도였다. 그런데 한 번에 70-80만 원 정도 되는 금액을 내려니 너무 아까웠다. 그래도 즐겁게 술 마시고 놀았다 생각하고 자리에서 일어났다.

우리는 숙소에 들어가서 잠을 청했다. 잠자리에 누워서 하는 대화는 온통 여자 이야기뿐이었다. '남자들이 모이면 절대 빠지지 않는 대화가 여자 이야기'라는 말은 틀린 말이 아니다. 생각해보면 당연한 것일 수도 있다. 우리는 누워서 이런저런 대화를 나누다 잠들었다. 나는 그렇게 지방에 1주일 정도를 머물렀다.

지방에 머무르는 1주일 동안 우리는 매일 술집을 찾았다. 처음에 큰 금액을 지출하고 났더니 이후부터는 이성을 잃었다. 무엇이든 처음이 어렵다고 했다. 한 번 시작한 것을 멈출 수 없었다. 통장에 있는 현금을 모두 썼다. 남은 건 7-8장의 신용카드였다. 친구들은 신용카드가 없었다. 이성을 잃은 나는 그때부터 카드를 쓰기 시작했다. 1주일 동안 나는 1,000

만 원의 카드빚을 남겼다.

난생처음 사채업자를 만나다

회사에 복귀하고 나니 마음 한편에 신용카드 사용 금액이 계속 남아 있었다. 잘 갚아나갈 수 있을 거라 생각하며 열심히 일했다. 어떤 이유에서였을까? 매출이 안 나오기 시작했다. 학원은 성수기와 비수기 시즌이 있다. 1년의 기간으로 보면 약 3-4개월 정도의 비수기 시즌이 있다. 카드 대금 결제를 해야 할 시기와 비수기 시즌이 맞물렸다. 당시 처음 일을 하던 나는 비수기에 대해서는 생각도 못한 것이다.

카드 결제일은 다가오고 매출은 점점 줄었다. 이윽고 카드 대금이 부족한 상황에 이르렀다. 나는 어떻게든 카드 대금을 막아야 했다. 결국 현금서비스에 손을 댔다. 성수기 시즌이 되면 다시 월급을 많이 받아 상환하면 될 것이라고 생각한 것이다. 그때 친구로부터 연락이 왔다. 어딘가로 급하게 와달라는 것이다. 나는 다급한 목소리를 들었기에 친구가 있는 곳으로 달려갔다. 허름한 사무실로 들어갔을 때 친구는 보증인이 필요하다며 나에게 부탁을 했다. 다음 달에 바로 갚을 수 있는 돈이라며 걱정하지 말라고 나를 안심시켰다. 빌리는 금액은 100만 원이었다. 친구는 보증인이 있어야 돈을 빌릴 수 있다고 했다. 이후 상황은 불 보듯 뻔하다. 카드 값도 펑크 난 상황에서 친구가 빌린 사채 빚도 떠안게 되었다.

그 친구는 돈을 빌리고 잠적해버렸다.

나는 100만 원 때문에 잠적한 친구가 도저히 이해가 되지 않았다. 전화도 받지 않았다. 사채업자는 나를 찾아와 독촉하기 시작했다. 심지어 사무실까지 찾아왔다. 내가 어떤 상황에 놓여 있는지 실감했다. 나는 너무 무서웠다. 내가 진 빚은 어떻게든 갚아나간다고 하지만 친구가 빌린 돈은 사채였다. 일이 손에 잡힐 리가 없다. 전화가 올 때마다 나는 성심성의껏 받았다. 꼭 갚겠다고 했다. 이자는 눈덩이처럼 불어났다. 얼마나 지났을까. 사채업자는 나를 불렀다. 친구 집을 찾아가서 부모님을 만나고 오라고 하는 것이다. 아마도 집에 있을 것이라고 하면서 말이다. 내가 집에 가서 친구를 데리고 오면 보증서를 없애주겠다고 했다.

나는 그날 밤 바로 친구 집을 찾아갔다. 어머니에게 친구의 거처를 물었다. 하지만 어머니도 찾을 방도가 없다고 했다. 나는 고개를 떨구고 돌아서야만 했다. 다음 날 사채업자에게 전화를 했다. 전화를 기다렸다는 듯이 내게 말했다. 어제 집에 갔던 거 확인했으니까 사인하러 오라는 것이다. 소름이 끼쳤다. 앞으로 절대 보증 같은 건 생각도 하지 말라는 마지막 당부와 함께 사채는 정리됐다. 남은 이자만 100만 원이 넘었다.

처음 빚을 지는 상황은 누구에게나 발생할 수 있다. 많은 사람들은 빚도 빚 나름이라고 한다. 돈이 돈을 번다고, 돈을 벌려면 빚이 있어야 한다고도 한다. 주변을 둘러보면 이런 사람들이 차고 넘친다. 한때는 나도 그랬다. 하지만 주위에 그런 사람이 있다면 멀리하라. 한 번 시작된 빚은 좀처럼 줄이기 힘들다. 빚이 생기는 순간부터 행복과는 결별이다.

"빚을 얻으러 가는 자는 슬픔을 얻으러 간다."라는 토마스의 말을 명심하자.

내가 깨달은 인생의 가르침

아주 작은 차이가 큰 격차를 만든다

"남자 100미터 달리기의 세계 신기록은 9초 58입니다. 자메이카의 우사인 볼트 선수가 2009년 8월 16일에 수립한 기록이지요. 인류가 100미터를 10초 이내에 달린다는 것은 '절대 불가능'에 가까우며 달성하기 힘든 과제였습니다. 하지만 1968년에 미국의 짐 하인즈 선수는 멕시코 올림픽에서 9초 59로 질주하여 금메달을 따내면서 불가능의 벽을 무너뜨렸습니다.

운동선수의 기록을 보면 불과 0.01초를 좁히는 데도 상상을 초월하는 트레이닝과 시간이 필요하다는 사실을 알게 됩니다. 이것은 운동에만 한정되지 않습니다. 배움의 성과도 그야말로 아주 작은 차이를 쫓다가 달성되는 것입니다."

–『배움을 돈으로 바꾸는 기술』, 이노우에 히로유키

행복은 누구나 바라는 소망이다. 행복한 인생은 하루아침에 완성되어지는 것이 아니다. 조금씩 무언가를 이뤄나갈 때 비로소 완성될 수 있음을 기억하자.

03

나는 내가 행복하다고 착각하며 살았다

"인간에게 최고의 행복은
자기다운 모습으로 사는 일이다."
– 에라스무스

꿈이 없는 사람은 살아도 살아 있는 것이 아니다

행복한 삶을 살기 위해서는 어떤 조건이 필요할까? 우리 주변을 둘러보자. 혹시 행복한 삶을 사는 사람이 보이는가. 내 주변에 행복해 보이는 사람은 없다. 단 한 사람도 없다. 직장 생활로 지쳐 있는 사람, 집에서는 육아와 살림으로 지쳐 있는 사람들뿐이다. 길을 다니면서 둘러봐도 사람들의 얼굴은 근심으로 가득 차 있다. 취업 때문에 고민하는 사람, 고시준비 때문에 고민하는 사람, 돈 때문에 고민하는 사람, 주변에는 온통 이런 사람들로 가득하다.

우리 주변에도 이런 사람들로 가득할 것이다. 직장인으로서 퇴근하면 집으로 곧장 달려가는 사람이 있는 반면 근처에서 동료들과 또는 친구들과 술 한잔하는 사람들이 있을 것이다. 대화의 주제는 온통 회사 상사 험담 아니면 업무로 인한 스트레스 이야기가 주된 대화 내용이다. 어떤가? 당신의 삶은 좀 다르다고 생각되는가!

우리가 행복해지기 위해서 선행되어야 하는 것은 주변에 행복한 사람들이 있어야 한다는 것이다. 행복한 사람들과 같이 어울리고 생활했을 때 같이 행복해질 수 있음을 느낄 수 있는 것이다. 하지만 주변에 행복한 사람이 없으니 스스로 행복해질 수 있는 방법을 찾아야 한다. 지금 당장 옆에 있는 사람에게 꿈이 있는지 물어보자. 꿈이 무엇이고 목표는 무엇인지 물어보자. 대답을 잘 들어야 한다. 대답 속에서 행복한 사람인지 아닌지를 알 수 있다.

세상은 크게 둘로 나뉘어져 있다. 남자와 여자, 찬성과 반대, 옳고 그름, 여당과 야당, 행복과 불행, 드림 워커와 드림 킬러 등 둘로 나누어져 있는 것들이 상당히 많다. 살면서 어느 한쪽에만 치우치는 삶은 살 수 없다. 옳고 그름을 판단하는 것은 전적으로 자신의 몫이다. 이제 드림 워커와 드림 킬러를 예로 들어 보자.

옆에 있는 사람에게 꿈이 있는지, 꿈은 무엇이고 목표는 무엇인지 물었을 때 둘 중 하나의 대답은 들을 수 있다. 꿈이 있다는 사람과 없다는 사람이다. 꿈이 없는 사람은 살아도 살아 있는 것이 아니다. 죽은 사람과 같다. 그런 사람들과 함께한다면 영영 나는 꿈을 꾸지 못한 채로 살아야 한다. 그렇다고 무조건 포기하고 멀어져야 하는 것은 아니다.

꿈을 키울 수 있도록 조언해주는 것이다. 꿈이 있고 목표가 있으면 어떤 행복을 느낄 수 있는지에 대해서 공유를 하는 것이다. 대답 속에서 내가 함께할 수 있는 사람인지 아닌지를 알 수 있는 순간이다. 꿈을 키울 수 있도록 조언을 했을 때 받아들이는 사람이 있는 반면 받아들이지 못하는 사람이 있다. 받아들이지 못하는 사람과는 아쉽지만 결별하자. 그게 우리가 행복해질 수 있는 유일한 방법이다.

꿈 친구, 꿈맥이라고 한다. 각자의 꿈을 응원해주고 소망이 이루어질 수 있도록 기도해주는 사람이 옆에 있다는 것은 놀라운 축복이다. 그런 사람들과 함께할 때 우리는 비로소 행복해질 수 있다. 행복의 기준은 개개인마다 차이가 있을 것이다. 하지만 공통적으로 느끼는 행복의 기준은 있다. 바로 사랑하는 사람들과 좋아하는 일을 하면서 즐겁게 돈을 버는 일이다. 상상이 되는가!

내 주변엔 똑같이 100억 원의 자산을 가지고 있는 사람이 있다. 100억 원이라는 돈이 어느 정도의 규모에 해당하는 금액인지는 실제로 가늠이 안 된다. 한 번도 본 적이 없으니 실제로 어느 정도의 금액인지 알 수가 없다. 다만 어마어마한 부자라는 것은 알 수 있다. 일반 사람들은 평생을 벌어도 만져볼 수 없는 금액이다.

똑같이 100억 원의 자산을 가지고 있는 A씨는 항상 불안하다. 그만한 자산을 가지고 있음에도 무언가에 쫓기듯 삶을 살아가고 있다. 그것도 모자라 워커홀릭이다. 회사를 운영하며 수입과 지출을 직접 관리한다. 여러 지사를 운영하면서도 직접 모든 것을 관리 감독한다. 자산이 있음에도 매일 돈에 대한 고민을 하며 산다.

이제 B씨 이야기로 넘어가 보자. B씨는 돈에 대한 고민이 없다. 그리고 일을 쫓기듯 하는 성향이 아니라 너무나 즐기면서 일한다. 같은 워커홀릭이긴 하지만 일을 즐기면서 하는 스타일이다. 회사에 대한 수입, 지출도 직접 관여를 하지 않는다. 수입에 대한 부분은 직접 고민하고 추진하지만 지출은 아내가 관리한다. 회사도 한 군데만 집중해서 성장시키는 스타일을 추구한다. 매달 지방 및 해외여행을 다니며 힐링을 한다.

A씨와 B씨 중 누가 더 행복해 보이는가! 당연히 B씨다. 근데 더 놀라운 사실이 있다. A씨의 경우 회사 직원이 대략 200여 명 정도 된다. A씨 회사의 매출은 월 10억 원 정도다. B씨의 경우 회사 직원이 3명이다. B씨의 회사 매출도 월 10억 원 정도다. 수익률에 대한 비교는 의미가 없다. B씨의 사업구조 방식이 주는 의미에 대해 생각해봐야 한다.

B씨를 포함하여 총 3명의 직원이 월 10억 원의 매출을 할 수 있다는 건 실로 놀라운 일이다. 하지만 이들의 모습을 볼 때면 너무나도 행복한 모

습이다. 물론 사람이다 보니 어쩔 수 없는 부분도 분명 있을 것이다. 화가 나는 일도 있을 것이고 짜증이 나는 일도 있을 것이다. 중요한 건 그런 것들을 스스로 극복하는 방법을 알고 있으며 매 순간순간을 행복하게 살고 있다는 것이다.

행복한 삶을 살기 위해서는 나만의 세상에서 벗어나야 한다

그동안 나는 내가 살아온 세상 속에서 행복을 찾고자 했다. 직장 생활을 20년 정도 하게 되면 나만의 세상이 만들어진다. 그 안에서 누릴 수 있는 행복이 곧 나의 행복이라고 생각한 것이다. 하지만 나는 우물 안 개구리였다. 어쩌면 우물 안 개구리만도 못했을지 모른다. 내가 있는 곳이 세상의 전부라고 생각했다. 얼굴을 들지 못할 정도로 부끄럽다.

나는 B씨 삶의 모습을 보면서 어떻게든 배우고자 노력하고 있다. 내가 배우고 싶은 건 100억을 버는 것도 아니고 힐링을 하기 위해 여행을 다니는 것도 아니다. 오직 사랑하는 사람들과 좋아하는 일을 하면서 즐겁게 사는 방법이다. 이런 환경을 만들기까지 쉽지 않았을 것이다. 수많은 시행착오를 거듭하며 만들어온 시스템일 것이다.

우리가 행복한 삶을 살기 위해서는 세상 밖으로 나와야 한다. 내가 살고 있는 세상, 내가 보고 있는 세상은 우물 속과 같다. 세상 밖으로 나와서 다양한 삶을 살고 있는 사람들과 마주해야 한다. 꿈이 있고 꿈을 향해 나아가는 사람들과 함께해야 한다. 성공한 사람들의 공통점 중 하나가 이미 성공한 삶의 모습으로 시작했다는 것이다.

우리가 살고 있는 세상 속 사람들을 다시 한 번 둘러보자. 주변에 행복한 사람이 보이는가! 지금 내가 가지고 있는 행복지수는 몇 점이라 생각하는가! 이제 행복지수를 높이기 위한 노력을 해야 할 때이다. 행복지수를 높이기 위해서는 꿈이 있는 사람들과 함께해야 한다. 꿈이 있고 목표가 있는 사람들과 함께할 때 비로소 행복함을 느끼며 살 수 있다.

혹자는 돈이 있어야 행복하다고 할 수 있을 것이다. 맞다. 돈이 있어야 한다. 하지만 돈도 내 스스로가 진정으로 행복해진다면 자연스럽게 따라올 것이다. 돈에도 생명이 있다고 했다. 돈의 입장에서도 행복한 곳으로 가고 싶어 한다. 돈을 아끼고 사랑해주는 사람. 부자가 되고 싶다면 장지갑을 쓰라는 이유도 여기에 있는 것이다. 나는 그동안 내가 사는 세상이 전부라고 생각했다. 그리고 내가 사는 세상이 가장 행복한 곳이라 생각했다. 하지만 세상 밖으로 나왔을 때 내가 살고 있는 세상이 얼마나 좁은 곳인지를 알았다. 그리고 세상 밖으로 나왔을 때 비로소 행복의 진정한 의미를 알아갈 수 있다는 것도 배우게 되었다. 나는 행복한 세상에서 살고 싶다. 아니 이제는 행복한 세상에서 살 것이다.

우리는 각박한 세상 속에서 살고 있다. 서로의 경쟁 속에서 마치 오늘이 아니면 죽을 것처럼 하루하루 힘들게 살고 있다. 하지만 잠시만 쉬어 보자. 아니 속도를 늦춰보자. 그리고 세상 밖으로 한 걸음만 나가보자. 세상 밖은 나를 위한 꿈과 희망의 선물을 준비해놓고 기다리고 있다.

04

나는 얼마짜리 인생을 살고 있을까?

"머릿속에 지푸라기만 들어 있을 것 같은 인간이 건초 더미처럼 엄청난 돈을 소유하고 있으면 사람들은 종종 부당함을 느낀다."
– 게하르트 울렌브루크

회사는 나의 몸값을 높여주지 않는다

나는 40대 중반을 향하고 있다. 같은 연배의 주변 사람들과 비교하면 적지 않은 월급을 받고 있다. 누군가에게는 많은 연봉일 수도 있고 또 다른 누군가에게는 적은 연봉일 수도 있지만 최소한 같은 직장에서만큼은 최고 수준이다. 나는 이 연봉만큼의 인생을 살고 있다. 나는 10년 전 부산으로 내려왔다. 서울에서의 모든 추억을 뒤로하고 새로운 시작을 하고 싶었다. 아는 사람이라고는 단 한 명도 없는 부산에서 새로운 삶을 살고 싶었다. 그렇게 나의 인생은 새로운 착각으로부터 시작되었다.

그동안 얼마만큼의 빚이 있는지도 몰랐다. 어쩌면 알고 싶지 않았다는 것이 맞는 말인지도 모른다. 돈이 돈을 버는 것처럼 빚이 빚을 만들었다. 매일 눈을 뜨는 것이 나에게는 고문이었다. 이대로 눈을 감고 일어나지 않았으면 좋겠다는 생각도 했다. 그렇게 힘들고 어려운 시절을 보낸 나는 거의 모든 빚을 청산하고 부산으로 내려올 수 있었다.

시작은 좋았다. 아무리 대도시라 하더라도 서울과는 사뭇 달랐다. 높은 건물이 많지 않아서 답답한 느낌도 없었고 사람에 치여 밀려다니는 일도 없었다. 가장 좋았던 것은 교통체증이 적다는 것이었다. 지금은 10년 정도 부산에서 살다 보니 이제는 교통체증을 실감한다. 그만큼 나는 부산에 적응해서 살고 있었다.

처음 부산으로 내려와 직장 생활을 시작할 때 나는 180만 원 정도의 급여를 받았다. 자취 생활에 필요한 월세는 회사에서 지원을 받았다. 영업직으로 일을 했던 나는 월 고정 급여 이외에 매출에 따른 성과급도 따로 받았다. 빚은 어느 정도 해결은 되었기에 혼자 생활하는 데는 큰 불편함이 없었다. 낮에는 일하고 저녁에는 새롭게 만난 직장 동료들과 함께 술도 한잔씩 마셨다. 나는 소소한 행복이라 생각하며 순간을 만끽하며 살았다.

1년 정도 지났을까! 회사에 새로운 경력 직원이 입사를 했다. 그 친구도 서울에서 일을 하다가 부산으로 발령받아 내려온 것이다. 다른 지점에서 일을 했기에 얼굴도 모르고 이름도 몰랐다. 나보다 한 단계 밑의 직급으로 들어온 그 친구는 나보다 많은 급여를 받았다.

직장 생활을 하는 사람이라면 알 것이다. 회사에서의 급여는 대외비다. 외부로 유출되는 것은 물론이고 사내에서도 급여에 대한 공유는 철저히 금지되어 있다. 하지만 우리 회사의 직원은 고작 5명이었다. 소수의 인원이 근무하는 공간에서 서로 급여를 모른다는 건 어쩌면 무관심일 수도 있다. 나는 그 친구의 급여를 보며 '왜 나보다 높을까' 궁금하기 시작했다.

같이 일하던 직원들도 나보다 높은 그 친구의 급여를 이해하지 못했다. 궁금함도 잠시. 나는 초심으로 되돌아갔다. 처음 부산에 내려왔을 때 생각했던 것이 있었다. 회사에서 인정받는 사람이 되겠다고 다짐했다. 내가 180만 원의 급여를 받는 사람이라면 회사는 나를 그만큼 인정을 한다고 생각한 것이다. 다른 사람이 얼마만큼의 급여를 받는가는 나에게 중요하지 않았다. 단지 나의 가치를 올리는 것만이 최선이라 생각했던 것이다.

나는 입사 후 3년 동안 단 한 번도 회사에 급여 인상을 요청하지 않았다. 정규직인데도 매년 연봉 협상도 하지 않았다. 내가 능력을 인정받으면 회사는 무조건 연봉을 인상시켜줄 수밖에 없을 거라고 생각했던 것이다. 그때 사람들은 나를 바보라고 했다.

지금 생각해보면 왜 그랬을까 싶기도 하다. 3년 동안 급여가 인상되었다면 아마 나는 지금보다 더 많은 급여를 받고 있지 않을까 싶다. 그래도 지금은 다른 동료들에 비해 더 많은 급여를 받고 있으니 그것으로 위안을 삼아본다.

나는 야구를 좋아한다. 매주 경기장을 찾아가며 응원하는 정도의 수준까지는 아니다. 그래도 퇴근하고 집에 있으면 편하게 볼 수 있었기에 야구를 즐겨보았다. 지금은 그리 놀라운 일이 아니지만 어느 순간부터 프로야구 선수들의 몸값이 100억 원을 넘어갔다. 당시에는 몸값에 거품이 많다는 얘기도 나왔다. 하지만 국내 프로야구 사상 100억 원을 돌파하는 몸값이 탄생한다는 건 놀라운 일이었다.

그들은 어떻게 그렇게 높은 몸값을 받으며 살 수 있는 걸까? 나와는 분야가 다르지만 그래도 부러운 대상이었다. 어렸을 때 나는 운동을 좋아했다. 운동을 하고 싶었는데 가정 형편 때문에 못 했던 것을 두고 어머니는 지금도 간혹 말씀하신다. 내가 운동선수로 살았다면 그들처럼 높은 몸값을 받으며 살 수 있지 않았을까 생각해본다.

나의 몸값을 높일 수 있는 가장 빠른 방법은 메신저가 되는 것이다

우리는 노동을 하고 대가를 얻는다. 물물교환의 법칙에 따라 주고받는 것이다. 우리는 자신이 제공한 노동력에 대해서 정당한 대가를 받고 있는지 생각해봐야 한다. 회사는 필요에 의해 직원을 고용한다. 어떤 기준으로 직원을 고용할까? 능력을 보고 채용한다고 말한다면 당신은 인사팀 직원일 것이다. 능력을 보고 직원을 채용한다는 것은 어불성설이다.

능력이 아니라 기대감을 갖고 채용한다는 것이 더 정확한 표현이 될 것이다.

2020년 최저임금이 고시되었다. '8,590원!' 회사는 매년 인상되는 최저임금으로 자금난을 호소하고 있다. 밖에서는 최저임금을 1만 원까지 올려달라고 하소연을 한다. 나는 그 모습을 볼 때마다 마음이 답답했다. 고용인과 피고용인 중 누구의 손을 들어줘야 할까?

나는 대표이사 다음의 직급을 맡고 있다. 아무리 관심을 가지려고 해도 재무관리에 대한 부분은 어렵다. 하지만 기본적인 수입과 지출에 대해서는 알고 있다. 회사가 가장 빠른 수익을 내는 방법은 지출을 줄이는 것이다. 회사의 지출 중에서 가장 큰 비용이 바로 인건비다. 회사에서 인건비를 줄인다는 건 구조 조정을 의미한다. 적자를 모면하기 위해서는 어쩔 수 없이 구조 조정을 결단해야 하는 경우가 있다. 구조 조정은 가장 확실한 비용 절감 수단이다.

직원들은 더 많은 급여를 받고자 한다. 밤낮없이 열심히 일한 당신은 얼마의 급여를 받고 싶은지 묻고 싶다. 직장 생활을 하며 적금을 넣고 돈을 모을 수 있는 시대는 이제 끝났다. 하물며 직장 생활로 원하는 정도의 급여를 받으면 만족한 삶을 살 수 있을까? 나의 가치를 그렇게 올리는 건 바람직하지 않다.

나는 20여 년간 직장 생활을 하고 있다. 낮은 급여를 받는 것도 아니다. 하지만 나는 행복하지 않으며 나의 몸값도 저평가되어 있다고 생각한다. 직장인이라면 나와 같은 생각을 하는 사람이 많을 것이다. 무엇을 어떻게 해야 나의 몸값을 높이고 자신에 대해 만족하는 삶을 살아갈 수 있을까? 지금부터 나는 나의 몸값을 높이기 위한 프로젝트를 시작할 것이다.

브렌든 버처드 『백만장자 메신저』를 보면 이런 문구가 나온다.

"당신의 진심이 다른 사람들을 돕고자 하는 마음일 때 상대방은 당신을 더 믿게 된다. 그리고 이 믿음은 그들이 당신의 서비스에 기꺼이 돈을 지불하는 중요한 발판이 된다."

무슨 의미인지 감이 잡히는가! 한마디로 누군가 나에게 자주 묻는 '그것'이 바로 콘텐츠가 될 수 있다는 말이다.

나는 부산에 있는 학원에서 일하고 있다. 지금까지는 회사에서 급여를 받으며 누군가를 위한 상담을 했다. 그러나 이제는 급여를 받는 회사가 아니라 내가 주인이 되어 상담을 할 수 있는 메신저가 되고자 한다. 우리는 살면서 많은 주변 사람들에게 상담을 해준다. 상담을 콘텐츠화해서 비용을 받을 수 있다면 어떨까?

성공한 사람만이 강연을 할 수 있고 자신을 상품화할 수 있는 것이 아니다. 실패한 사람, 불행한 사람, 신용불량자 등 누가 되더라도 강연을 할 수 있는 메신저가 될 수 있다. 나의 몸값을 높일 수 있는 가장 빠른 방법은 메신저가 되는 길이라고 확신한다.

이제 당신도 책을 써라. 그리고 당신의 이야기를 듣고 싶은 사람들에게 메시지를 전해라. 당신의 몸값은 지금과 비교할 수 없을 정도로 높은 경지에 이를 것이다.

내가 깨달은 인생의 가르침

드림 킬러에게 당하기 쉬운 사람들의 8가지 특징

1. 감수성이 예민하고 깊이 생각하는 편이다.
2. 다른 사람의 말에 공감을 잘하고 연민을 느낀다.
3. 누군가와의 이별을 지나치게 두려워한다.
4. 타인에게 마음의 문을 쉽게 열고 매사에 호의적이다.
5. 크고 작은 부탁을 잘 거절하지 못한다.
6. 남을 돕는 것을 좋아하며 희생정신에 사로잡힐 때도 있다.
7. 달콤한 말과 칭찬, 아부에 약하다.
8. 자주 죄책감을 느끼며 완벽주의자 기질이 있다.

– 『100억 부자의 생각의 비밀』, 김도사, 위닝북스

05

난 매일 열등감 속에 빠져 살았다

"어떤 사람이 열등감 때문에 주저하고 있는 동안
다른 사람은 실수를 통해 뛰어난 능력을 발휘하고 있다."
– 헨리 링크

자신감도 습관이다

우리는 매일 수많은 비교와 경쟁 속에서 살아간다. 지금도 가족들에게 비교당하고 친구에게 비교당하며 살아간다. 회사에서는 진급을 앞두고 동료 직원들과 경쟁하고 있다. 지금 우리는 무엇을 위해 비교하고 경쟁하며 살아가고 있는 것일까? 혹시 선의의 경쟁이라고 생각하는가! 착각하지 마라. 선의의 경쟁은 없다. 선의의 경쟁이라고 착각하는 순간부터 우리는 자신을 잊고 살아갈 뿐이다.

나는 어릴 적부터 착하다는 말을 많이 듣고 자랐다. 직장 생활을 할 때도 심성이 착하다는 말을 많이 들었다. 오죽하면 주변에서 "너는 다른 사람들과 다르게 심성이 착해서 좋다."라고 말했겠는가. 어른들과 주변인들로부터 들어왔던 이 착함이 나를 억누르는 삶을 살아가게 만들었다. 우리는 평소 배려라고 생각하는 순간들과 마주하게 된다. 내가 그동안 생각해왔던 배려가 얼마나 나에게 독이 되었는지 지금부터 설명해볼까 한다.

나는 어릴 적부터 부모님으로부터 착하게 살아야 한다는 말을 많이 듣고 자랐다. 내가 생각하는 착함의 기준은 나를 먼저 생각하는 것이 아닌 남을 위해 배려하는 삶을 사는 것이라 생각했다. 지금은 이 생각이 얼마나 잘못된 생각이었는지 깨닫고 있다. 하지만 성장해가는 과정에서 나는 한 번도 내가 생각하는 배려가 잘못된 것이라고 생각하지 못했다.

예를 들면, 선택의 순간이다. 음식점을 갈 때나 영화관을 갈 때 그리고 놀이공원을 가면 선택권이 누구에게 놓여 있을까. 결국 상대방이 먹고 싶은 음식을 먹고 보고 싶은 영화를 본다. 그리고 상대방이 타고 싶은 놀이기구를 탄다. 사람들은 나의 이런 모습을 보고 선택장애라고 한다. 당신은 주로 선택을 하는 입장인가, 아니면 선택을 따르는 입장인가.

당신도 선택장애가 있다고 말한다면 나는 거짓말이라고 말하고 싶다. 우리가 하는 이런 행동은 선택장애가 아니다. 자신감이 없는 것이다. 나는 항상 타인을 위한 배려라고 생각했다. 단 한 번도 나의 자신감 부족이라는 생각을 해본 적이 없다. 내가 선택한 배려가 자신감 부족이라는 오명으로 뒤바뀌는 순간이다. 나와 비슷한 경험을 하는 사람들이 많을 것이다. 그럼에도 우리는 단순한 선택장애라고 아무런 거리낌 없이 말하고 있다.

네빌 고다드의 『상상의 힘』을 보면 "신이 인간에게만 준 두 가지 선물이 있다. 신은 그 선물을 다른 유한한 창조물에겐 허락하지 않았다. 말과 마음이다. 말과 마음이란 선물은 불멸의 선물이다."라는 구절이 있다.

생각과 결정의 주체를 내가 아닌 타인에게 주는 것이 배려라고 생각했다. 배려라고 생각한 상황들이 반복될수록 나는 자신감을 잃어 가고 있었다. 시간이 지날수록 습관이 되고 버릇이 되었다. 급기야 나 스스로 선택장애가 있다고 말하는 상황에 처하게 되었다. 자신감도 습관이 될 수 있다는 것을 잊어서는 안 된다.

나는 지금껏 나를 잃고 살았다. 착하다고 하는 말이 나를 그렇게 살게 만들었다. 혹시라도 그들이 몰랐던 다른 모습을 보여준다면 실망을 줄 수도 있다. 눈치를 보며 살게 되는 시작인 셈이다. 나중에는 남들에게 좋은 모습으로 보여야 스스로 뿌듯한 생각마저 들기 시작했다. 나는 이기적이란 말을 들어본 적이 없다. 항상 배려라고 생각하며 타인을 먼저 생각했으니까. 모든 순간을 돌아보면 이 모든 것이 나로부터 시작된 착각이었다.

정작 내가 누구인지를 찾고 싶었을 때는 그 어디에서도 나를 찾을 수가 없었다. "나는 누구일까? 나는 어떤 사람일까?" 자신에게 물었을 때 나는 도저히 대답할 수 없었다. 나는 사람들이 많은 곳을 가지 못한다. 특히 혼자 무언가를 하는 것은 여전히 힘들다. 내 주변에도 이런 사람들이 있다. 조용한 곳이 좋다고 하는 사람들, 혼자는 무언가를 잘 못하는 사람들.

우리는 이해한다며 괜찮다고 서로를 위로해준다. 하지만 이런 위로는 서로에게 아무런 도움이 되지 못한다. 열등감이 열등감인 줄 모른 채 서로 위로하고 있는 것이다. 사람들이 많은 곳에 못 가는 이유는 무엇인가. 낯섦, 두려움. 이 모든 것은 자신감 부족으로부터 시작되는 것임을 기억해야 한다.

열등감 때문에 나 자신에 대한 배려와 사랑을 잊고 살았다

우리는 이 세상에서 가장 귀한 존재이다. 그렇기에 누구라도 세상에서 당당한 모습으로 살아야 한다. 하지만 우리는 장점이 아닌 단점을 찾으며 산다. 긍정보다 부정을 달고 산다. 나 스스로를 보잘것없는 사람이라고 생각한다. 내가 스스로를 남들과 비교하며 살고 있다. 겉으로 보이는 남들의 모습을 보면서 초라한 자신의 모습을 생각한다. 왜 우리가 이토록 초라한 삶을 살아야 하는지 모르겠다. 결국 내가 모든 것을 선택하고 생각해서 벌어진 일이다. 그 어떤 누구도 나를 초라하게 생각하지 않는다. 나의 단점도 보려 하지 않고 나를 부정적인 사람이라고 생각하지도 않는다. 나 스스로가 모든 것들을 판단하고 결정해서 내린 것들이다.

지금 생각해보면 우습다는 생각이 든다. 사람이 많은 곳을 싫어하고 혼자 있는 것에 익숙해져버린 것이 어떻게 합리화될 수 있었던 것인지 의문스럽다. 무언가에 홀린 것처럼. 인간은 사회적 동물이다. 어울려 살고 적응하며 살아야 한다.

서로가 공존하며 살아야 하는 사회 속에서 혼자 살아간다는 것이 얼마나 쓸쓸하고 외로울지 상상은 해봤는가! 지금 나는 너무 외롭다. 그리고 쓸쓸하다. 내가 만든 열등감 때문에 나 자신에 대한 배려와 사랑을 잊고 살았다. 지난 수십 년 동안 나 자신을 잊어버린 채로 살아온 시간들이 너무 아깝다. 그리고 내가 너무나 한심스럽다.

이제라도 나는 〈한책협〉을 만나 내가 누구인지를 알아가고 있다. 자신감과 자존감은 완전히 다른 것이다. 자신감을 잃고 나면 그다음은 자존감을 잃는다. 그리고 마지막에는 자존심으로 버티는 것이다. 나는 자존심마저 무너질 뻔했다. 그러다가 〈한책협〉을 만난 것이다. 주변에 베풀고 봉사하며 사는 것은 참으로 행복하고 감사한 일이다. 하지만 자아를 잃어가며 베푸는 봉사와 배려는 진심을 전해주지 못한다. 결국 이 또한 눈치를 보며 해야 하는 상황에 놓이게 되는 것이다.

성공학의 거장 데일 카네기는 "자기를 사랑하는 법을 배우기 위해서는 자기의 결점에 대한 관용심을 기르지 않으면 안 된다. 그렇다고 자기 인생의 기준을 낮추든지, 최선의 노력을 게을리 해도 좋다는 말은 아니다. 단지, 우리 자신을 포함하여 누구든 100% 훌륭할 수는 없다는 점을 이해하자는 것이다. 물론 타인에게도 100% 완벽한 인격을 기대하지 말아야 한다. 또한, 자기에게 그것을 기대함도 매우 부당한 일이다."라고 말한다. 관용심은 자신을 이해하고 감싸 안아줄 수 있는 사랑을 뜻한다.

이제 나는 나에 대해 관용심을 가질 것이다. 더 이상 나는 열등감 속으로 나를 밀어넣지 않을 것이다. 내가 느낀 모든 열등감은 내가 만든 것이었다. 열등감은 내가 어떻게 생각하느냐에 따라 생기는 것이다. 못하고 잘하고의 문제가 아닌 생각으로 결정된다는 말이다. 그동안 나는 눈치 보는 삶을 살아왔다. 그렇게 시간이 지남에 따라 점점 자신감을 잃어갔다. 자신감의 부재가 열등감을 낳았다는 사실조차 모른 채 지금껏 살아온 것이다.

지금도 열등감 속에서 살아가는 사람들이 많을 것이다. 어떻게 벗어날 수 있는지, 어떻게 생각을 바꿔야 하는지 고민하지 말고 010-4146-5463으로 문자나 전화를 해라. 그럼 자아를 찾을 수 있는 방법에 대한 조언을 아끼지 않을 것이다. 모든 사람이 자아를 찾아 열등감 속에서 해방되기를 바란다. 그리고 개개인이 가진 장점과 긍정의 마인드로 모두가 행복한 삶을 살기를 바란다.

06

나에게 절망이란 세상 밖 단어였다

"어떤 희망이든 자신이 품고 있는 희망을 믿고 인내하는 것이 바로 인간의 용기다. 겁쟁이는 금세 절망에 빠져 쉽게 좌절해버린다."
– 에우리피데스

신용불량자라는 낙인으로 절망의 늪에 빠지다

나는 매사에 긍정적인 생각으로 살았다. 힘들고 어려운 일이 생겨도 시간이 지나면 해결된다는 마음으로 넘겼다. 빚이 있어도 친구에게 배신을 당해도 나의 긍정적인 마음은 변하지 않았다. 그런 나에게도 절망을 느낄 수밖에 없는 현실에 맞닥뜨린 순간이 생겼다. 바로 신용불량자다. 20대 중후반 나는 신용불량자가 되었다. 사채업자는 내가 당한 친구의 배신을 이해해주었다. 그래서 모든 이자를 감면해주고 원금만 상환하는 조건으로 해결되었다.

하지만 그동안 나의 빚은 쌓여만 갔다. 온통 신경은 사채 상환이었기 때문에 내가 가진 빚은 눈에 들어오지도 않았다. 사채업자의 파격적인 제안으로 원금을 상환하고 나자 그때부터 내가 가진 빚이 눈에 들어오기 시작했다. 이미 감당하기 힘든 상황에 이르렀다. 나는 어떻게든 해결하려고 했다. 카드 돌려 막기, 현금서비스, 카드론 등 할 수 있는 모든 것을 다하며 상환을 위해 노력했다. 하지만 영업직으로 일하던 나는 빚에 대한 스트레스로 월급의 하락세를 면치 못했다. 결국 나는 개인워크아웃을 신청해서 신용불량자라는 낙인이 찍히게 되었다.

개인워크아웃 신청으로 모든 채무는 해결되었다. 5년 동안 매달 이자만 내면 되는 것이라 월급이 적더라도 생활이 가능했다. 하지만 그 5년은 나를 너무도 숨 막히는 삶을 살게 했다. 내가 워크아웃을 신청했을 당시 나라에서 대대적인 홍보를 했다. 빚 때문에 힘들어하지 말고 감면 혜택을 받아 정상적인 생활을 하라는 것이다. 파산으로 인해 직장에서 퇴출당하고 사회 활동이 어려워지는 문제를 예방하라고 했다. 하지만 현실은 달랐다.

사회 활동이 어려워지는 문제가 해결되는 것이 아니라 오히려 사회 활동에 제약이 생기기 시작한 것이다. 나는 5년 동안 제약된 사회생활 속에서 간신히 버틸 수 있었다. 영업직으로 일하던 나는 정규직원이 아닌 사업소득자로 근무를 했다. 4대 보험 가입이 되어 있지 않았기 때문에 회사는 나의 상황을 자세히 알지 못했다. 어떻게든 숨기고 버텨야 했다.

신용불량자의 삶을 살아본 사람은 누구나 느낄 것이다. 두 번 다시 경험하고 싶지 않다. 아무리 힘들고 어려운 상황에서도 긍정적인 마음으로 살던 내가 신용불량자라는 낙인 하나로 절망의 늪에 빠지게 된 것이다. 5년의 시간이 지나고 30대 초반이 되었을 때 나의 모든 부채는 끝났다. 신용불량자의 굴레에서는 벗어날 수 있었다. 하지만 금융권 이력이 지워지지 않았다. 모든 채무가 상환되고 3년간 이력이 남는다는 것이다.

모든 시간이 지나고 내가 34살이 되었을 때 나는 다시 신용카드를 만들 수 있게 되었다. 두 번 다시는 신용불량자의 삶을 살지 않겠다는 다짐을 하며 신용카드를 만들었다. 자그마치 8년이라는 세월이 흘렀다.

나는 항상 빚과 함께 인생을 살아온 것 같다. 24살 처음 빚을 지기 시작해서 지금까지 빚이 없던 순간이 없었다. 생각해보면 나는 이 상황을 입에 달고 살았다. '나는 차라리 빚이 있어야 돼.' '빚을 지고 갚아가는 게 내 인생이야.' '나는 항상 빚을 갚으며 살았어.' '나는 빚을 갚아도 앞으로 또 빚을 지고 살 거야.'

그래서 지금도 빚과 함께 살고 있다. 내가 지금 살고 있는 모습은 과거에 내가 말하고 상상하던 모습이었다. 믿을 수 있을지 모르겠지만 사실이다. 현재 자신의 모습에 대해서 곰곰이 생각해보자. 얼마 전 혹은 몇 년 전 지금의 모습을 말하거나 상상한 적이 있었는지. 생각해보면 분명히 지금의 모습을 상상한 날이 있을 것이다. 그렇다면 지금의 모습을 벗어날 수 있는 방법은 미래의 성공적인 모습을 말하고 상상하면 되는 것이다.

나는 "빚을 갚아도 또 빚을 지고 살 거야."라고 말을 했다. 이것이 진심이었겠는가! 정신병자가 아니고서야 빚을 지고 사는 걸 좋아할 사람이 어디 있겠는가! 아무 생각 없이 한 이 한마디는 우주에 전달이 되어 내가 빚을 지고 사는 인생이 멈추지 않도록 한 것이다. 내가 미친놈처럼 보이는가! 그럼 고이케 히로시의 『2억 빚을 진 내게 우주님이 가르쳐준 운이 풀리는 말버릇』을 읽어보라. 우리는 평소에도 이런 일들을 많이 겪고 있다. 단지 알지 못할 뿐이다. 항상 말을 조심히 해야 하고 긍정적으로 해야 하는 이유가 여기에 있다.

절망 없는 세상을 살고 싶다면 희망을 가지면 된다

절망의 반대말은 희망이다. 우리가 절망에 빠진다는 것은 희망이 없다는 것과 같은 것이다. 그럼 희망을 가진다면 절망에서 벗어날 수 있는 걸까? 그렇다. 벗어날 수 있다. 다만, 희망을 가지려면 먼저 생각해야 할 것이 있다. 바로 꿈과 목표다. 꿈이 있고 뚜렷한 목표를 갖게 되었을 때 우리는 희망의 태양을 볼 수 있다. 희망이라는 빛을 볼 것인가, 절망이라는 어둠 속에 살 것인가는 본인이 선택할 문제다.

나는 꿈도 없이 수십 년을 살았지만 절대 포기하지 못한 한 가지가 있었다. 그건 성공에 대한 욕망이었다. 돈도 없고 성공할 수 있는 방법도 몰랐지만 성공에 대한 욕망만큼은 식지 않았다. 그것이 나를 작가로 만들어준 시발점이 된 것이다. "성공해서 책을 쓰는 것이 아니라 책을 써야 성공한다."라는 〈한책협〉 김태광 대표의 말이 가슴에 꽂힌 이유다. 내가 책을 쓰지 않았다면 내 욕망의 발판은 오로지 회사뿐이었을 것이다. 잘리지 않아야 하고 어떻게든 전전긍긍 버티며 기약 없는 미래만을 바라보고 살아야 했을 것이다. 꿈도 없고 목표도 없는데 욕망마저 없었던 내 모습은 상상만 해도 아찔하다.

"인간은 산 사람과 죽은 사람으로 나눌 수 있다. 꿈이 없는 사람은 살아 있어도 죽은 사람과 같다. 그런 사람은 열정이 없고 매사에 부정적이어서 함께 일을 할 수가 없다." 윤석금 웅진그룹 회장이 한 말이다. 꿈이 없는 삶은 죽음과 같다는 말이다.

우리는 살면서 수없이 많은 절망을 마주한다. 가족, 회사, 친구 등 우리에게 주어진 환경은 지극히 제한적이다. 그럼에도 우리는 끝없는 절망을 경험하고 있다. 절망을 느끼는 이유는 무엇일까? 바로 희망이 없기 때문이다. 어쩌면 너무나 당연하고 평범한 말이다. 하지만 이 평범하고 당연한 말을 지키지 못하고 살아가기 때문에 끝없는 절망과 사투를 벌이고 있는 것이다.

나는 꿈이 없는 채로 수십 년을 살았다. 꿈을 가질 여유가 없다고 생각했다. 그것이 변명이었음을 나는 너무 늦게 알았다. 나는 꿈을 가질 여유가 없었던 것이 아니라 꿈을 꾸려는 시도조차 하지 않았다. 나는 잠을 잘 때도 꿈을 꾸지 않는다. 입으로는 행복하게 잘 살고 싶다고 말하면서도 행동으로 실천하는 삶은 살지 못한 것이다. 나는 이 책을 읽는 많은 독자들이 나와 같은 실수를 반복하지 않고 제대로 된 인생을 살 수 있기를 희망한다. 절망은 희망이 없기 때문에 생겨난 것이다. 절망 없는 세상을 살고 싶다면 희망을 가지면 된다. 성공한 내 모습을 그리며 분명한 목표를 세우고 전진하자. 그러면 눈앞에 희망의 태양이 떠오를 것이다.

아직도 망설이는가! 나는 빚을 갚아주거나 상환할 수 있는 방법을 알려줄 수는 없다. 나도 지금 빚을 갚고 있기 때문에 동병상련의 입장이다. 혹시라도 빚 때문에 고통을 받는 사람이 있다면 박종혁 작가의 『30억의 빚을 진 내가 살아가는 이유』를 읽어보길 권한다. 충분히 빚에 대한 고통으로부터 벗어날 수 있을 것이라고 생각한다. 나는 빚에 대한 해결책을 마련해줄 수는 없지만 꿈과 목표를 찾고 희망의 빛을 볼 수 있는 방법에 대해서는 실감나게 말해줄 수 있다. 때론 비판을 할 수도 있다. 상처를 줄 수도 있다. 하지만 정말 나와 똑같은 절차를 밟으며 인생을 사는 일은 없었으면 하는 바람이다.

마지막으로 내가 꿈과 희망을 얻을 수 있었던 건 〈한책협〉 김태광 대표 덕분이다. 김태광 대표가 아니었다면 나는 여전히 꿈과 희망도 없이 절망 속에서 살아가고 있었을 것이다. 성공을 꿈꾸는 사람들에게 새로운 인생을 살 수 있도록 물심양면으로 도와주는 김태광 대표에게 진심으로 감사의 말을 전하고 싶다.

07

왜 남들과 똑같이 살아야 할까?

"현재가 과거와 다르기를 바란다면
과거를 공부하라."
– 바뤼흐 스피노자

사막에서 우물을 찾지 말고 사막을 벗어나기 위해 노력하라

우리는 누구나 특별한 삶을 살고 싶어 한다. 특별한 삶이란 별게 없다. 개인이 생각하는 특별함의 기준이 다를 뿐이다. 결국에는 행복한 삶을 살고 싶은 것이다. 우리는 왜 남들과 다른 인생을 살고 싶어 하는 걸까?

내가 지금 만나고 있는 주위 사람들을 둘러보자. 아니면 내 주변에 어떤 사람들이 있는지 잠시 동안 눈을 감고 상상해보자. 누가 보이는가! 내가 만나는 대부분의 사람은 나와 같은 사람들이다. 유유상종이라고 했다. 끼리끼리 어울린다는 말이다. 내가 보는 그들의 모습은 행복하지 않다. 행복은커녕 무언가에 쫓기듯 살아가고 있다. 이게 우리의 현실이다.

이런 모습만을 보고 사는 우리는 당연히 다른 인생을 살고자 하는 욕망이 강하게 생겨난다. 가슴속에 뜨거운 열정이 타오른다. 하지만 지금의 상황을 벗어날 방법을 찾지 못한다. 결국 우리는 같은 무리 속에서 같은 모습을 지닌 채 살아간다. 다시 한 번 지금 나와 다른 상황에 놓인 사람이 있는지 둘러보자. 모두 나와 같은 모습으로 살아가고 있다.

남들과 다른 삶을 살아가기 위해서는 어떻게 해야 할까? 모두가 그토록 바라고 원하는데 왜 우리는 항상 같은 자리에서 같은 모습으로 살고 있는 걸까? 나는 궁금했다. 지금까지 나는 특별한 삶을 꿈꿀 만한 여유가 없었다. 직장 생활이 바쁘다는 핑계로 생각조차 해보려고 하지 않았다. 하지만 나는 지금의 상황을 벗어나고 싶다는 욕망이 어느 때보다 강하다. 나름대로 할 수 있는 최선의 방법들을 찾아서 노력했다. 그래도 벗어날 수 없었다.

나는 서점에 가는 것을 좋아한다. 서점에 가면 책을 읽지 않아도 마음의 양식을 얻는 기분이었다. 가장 즐겨 읽는 책은 자기계발서다. 나는 지금의 모습을 바꿀 수 있는 방법을 책에서 찾으려고 했다. 한 달에 적게는 5권에서 10권 정도를 샀다. 책은 두고두고 읽을 수 있기 때문에 보고 싶은 책이 있으면 사는 것이다. 매달 책을 읽어도 나는 예전의 모습 그대로 살고 있다. 분명 문제가 있다는 생각이 든다.

김태광 작가의 『100억 부자의 생각의 비밀』에는 이런 구절이 있다.

“사막에서 우물을 찾지 말고 사막을 벗어나기 위해 노력하라.”

우리는 사막 한가운데서 우물을 찾기 위해 노력한다. 드넓은 사막 모래 위에서 아무리 걸어도 우물을 찾을 수 없다. 햇빛은 강하게 내리쬐고 갈증은 타오르고 결국 사막 한가운데서 쓰러질 것이다. 이게 현재 우리가 살아가고 있는 인생의 방향이다.

하지만 김태광 작가는 사막을 벗어나기 위해 노력하라고 말한다. 우리에게 사막은 현재 나를 옥죄고 있는 모든 현실을 말한다. 직장이 될 수도 있고 내 주변 사람들이 될 수도 있다. 그 현실로부터 벗어나면 더 좋은 많은 것이 우리를 기다리고 있을 것이다.

우리가 행복이라 느끼는 건 무엇일까? 바로 돈이다. 행복을 돈이라고 말하는 나를 혹자는 틀렸다고 할 수도 있다. 어쩌면 속물이라고 비난할 수도 있다. 하지만 생각해보라. 솔직히 말하는 내가 틀린 건지 아니면 마음을 숨기고 착한 척 살아가는 당신이 틀린 건지. 우리는 돈 앞에서 너무나도 겸손하게 살아왔다. 돈이 좋다고 말하면 속물이라고 손가락질을 받을 것 같다는 생각에 좋아도 좋다는 말을 못 한다.

내가 행복은 돈이라고 말한 것은 돈만 있으면 행복하다는 의미는 아니다. 개인마다 행복을 느끼는 기준은 모두 다를 것이다. 여행, 드라이브, 음식, 영화, 휴식 등 모든 것들을 통해서 우리는 행복을 느낀다. 무엇을 하든 간에 돈은 기본적으로 있어야 한다. 하지만 우리는 상황이 그렇게 될 수 없다는 생각에 모든 것을 배척하려는 습성이 있다.

눈을 감고 상상해보자.

지금 당신은 초호화 아파트에 살고 있다. 오늘은 쉬는 날이다. 드라이브를 떠나기 위해 집을 나섰다. 내가 그토록 꿈에 그리던 이성과 드라이브를 떠나는 것이다. 주차장에는 차가 5대가 있다. 람보르기니 1대, 페라리 2대, 포르쉐 1대, 그리고 벤츠 1대. 벤츠는 내가 매일 출퇴근 용도로 타고 있는 데일리 카다. 혼자만의 여행을 떠난다면 람보르기니도 괜찮다. 하지만 이성과의 드라이브라 너무 관심을 받으면 곤란하다.

고민하던 나는 페라리를 선택했다. 이제 이성과 함께 해변도로를 따라 드라이브를 즐긴다. 근처에 카페가 보인다. 커피 한 잔의 여유를 즐기며 바닷바람을 쐬고 있다. 먹고 싶은 것을 먹는다. 그리고 입고 싶은 것을 입는다. 사고 싶은 것을 사고, 하고 싶은 것을 하며 자유롭게 다닌다.

어떤가? 이런 삶이 당신에게 주어질 수 있다고 생각하는가! 아마 헛소리라고 생각할 것이다. 그리고 이런 모습은 나와는 거리가 멀다고 생각할 것이다. 그래서 당신이 남들과 똑같이 사는 것이다.

지금 당신은 얼마나 행복한가

실제로 이런 모습으로 사는 사람이 있다. '한국책쓰기1인창업코칭협회' 김태광 대표다. 김태광 대표는 '23년간 200권 이상의 책을 쓰고 8년간 900명 이상의 작가를 배출한 대한민국 최고의 책 쓰기 및 1인 창업 코치'다. 그는 실제로 람보르기니, 페라리, 벤츠 등 6대 이상의 수입차를 보유하고 있다. 그리고 매년 수 차례 크루즈 여행을 즐긴다. 셀 수 없이 해외여행을 다니는데 모두 크루즈 여행으로 다닌다고 한다.

지금도 수많은 수강생들이 작가의 꿈을 가지고 〈한책협〉에서 교육을 받고 있다. 매일 계약 소식과 투고 소식, 그리고 출판 소식을 듣는다.

나는 매주 행복한 삶을 살고 있는 사람들과 마주한다. 그들은 사랑하는 사람들과 하고 싶은 일을 하며 즐기는 인생을 살고 있다. 〈한책협〉 김태광 대표는 많은 제자들에게 그러한 삶을 살 수 있도록 조언을 해준다. 그는 이 시대의 진정한 리더다.

우리는 돈이 좀 있다고 하는 사람들을 만날 수 있다. 하지만 그들은 자신의 존재를 감추려고 애쓴다. 돈이 있어도 있다고 말을 못 한다. 진정한 부자라고 말할 수 있을까? 나는 아니라고 생각한다. 진짜 부자는 부자라고 말할 수 있는 사람이다. 그리고 주변 사람들에게 부자가 될 수 있는 방법을 알려주고 공유할 수 있는 사람이 진짜 부자라고 생각한다.

김태광 대표는 항상 말한다. 100억의 자산을 보유하고 있고, 30채 이상의 부동산을 보유하고 있으며 슈퍼카를 포함한 6대 이상의 수입차를 보유하고 있다고. 또한 자신이 이룬 모든 일은 우연이 아니라고 말한다. 누구나 꿈을 위해 미치도록 노력하면 이룰 수 있다고 말한다. 이런 삶을 사는 사람이 진짜 부자라고 생각한다.

나는 우연한 기회로 안명숙 작가의 『나는 독서 재테크로 월급 말고 매년 3천만 원 번다』라는 책을 읽고 〈한책협〉을 알게 되었다. 나는 바로 '1일 특강'을 신청했다. 사막에서 우물을 찾는 것이 아니라 사막을 벗어나기로 마음먹은 것이다. 특강을 마치고 나는 '책 쓰기 7주 특강'을 신청했다. 그곳에서 하는 교육 프로그램은 10가지 이상이나 된다. 모든 수업을 듣고 나면 작가는 물론 강연가로 활동할 수 있다. 그리고 1인 창업가로서의 삶도 살 수 있다. 내가 할 수 없다고 생각했던 모든 것을 할 수 있는 상황으로 만들어주는 그런 곳이다.

우리가 원하는 삶은 행복한 삶이다. 누구나 행복한 삶을 꿈꾼다. 하지만 주위를 둘러보면 나와 같은 처지에 놓인 사람들이 너무나 많다. 우리는 그들과 같이 더불어 살아야 한다고 생각한다. 하지만 이는 큰 착각이다. 내가 행복하지 못하면 누구에게도 행복을 전해줄 수 없다.

당신은 지금 행복한가! 솔직하고 진솔한 당신의 마음이 변화를 만들어 줄 것이다.

이제는 자신이 가진 욕망을 숨기지 말고 세상에 드러낼 수 있어야 한다. 나의 욕망이 세상에 드러날 때 남들과 다른 행복한 삶을 살아갈 수 있게 된다. 이제는 남들과 똑같은 삶이 아닌 나의 행복을 위한 삶을 살기 위해 노력하라.

"사막에서 우물을 찾지 말고 사막을 벗어나기 위해 노력하라."

내가 깨달은 인생의 가르침

무기력증을 겪는 사람들의 7가지 증상

1. 자발적으로 행동하지 않는다. 스스로 상황을 통제하지 못한다고 여기면 행동하지 않을 가능성도 커진다.
2. 부정적인 인지가 형성된다. 쉽게 말하자면 '나는 뭘 해도 안 돼.'라고 스스로 생각하는 것이다.
3. 신체적인 병을 동반할 수 있다. 무기력증을 겪으면 면역력이 약해져서 질병에 걸릴 가능성이 높아진다.
4. 식욕이 지나치게 높아지거나 낮아질 수 있다. 이는 우울증에 걸린 사람에게서도 나타나는 증상 중 하나이다.
5. 피로감을 많이 느낀다.
6. 다른 사람과의 교류가 줄어들며 고립되고자 한다.
7. 마음이 조급하고 어떤 일에 과민반응을 보이기도 한다.

– 『줌바댄스가 온다』, 권미래

저자는 무기력증을 극복할 수 있는 방법으로 무엇인가를 하라고 말한다. 운동이든, 산책이든 사람들의 활력 있는 모습을 볼 수 있는 방법으로 말이다. "내가 나를 소중하게 여길 때, 다른 사람에게도 인정받을 수 있다."라는 말을 기억하자.

INSTAMATIC 104
CAMERA
Kodak
PASSPORT
United States
of America
Barents
Sea
Kara Sea
SWEDEN
FINLAND
St. Petersburg
Moscow
EUROPE
KAZAKHSTAN
UKRAINE
ROMANIA
Black Sea
Caspian Sea
TURKEY
Istanbul
Ankara
SYRIA
IRAQ
IRAN
AFGHANISTAN
PAKISTAN
INDIA
SAUDI
ARABIA
Arabian
Peninsula
Red Sea
Arabian
Sea
ALGERIA
LIBYA
EGYPT
Cairo
MAURITANIA
MALI
NIGER
CHAD
SUDAN
NIGERIA
AFRICA
ETHIOPIA
SOMALIA
KENYA
SOUTH
SUDAN
CENTRAL
AFRICAN
REPUBLIC
DEM. REP.
OF
THE CONGO
TANZANIA
ANGOLA
ZAMBIA
NAMIBIA
BOTSWANA
MOZAMBIQUE
MADAGASCAR
Johannesburg
ATLANTIC
INDIA
OCEA
NTIC
EAN
Gulf of Guinea
MALDIVES
SEYCHELLES

Chapter 2

인생은 어쩌면 하나의 농담일지도 모른다

01

나는 여자 친구 사귀기가 가장 어려웠다

**"얼마나 많이 주느냐보다
얼마나 많은 사랑을 담느냐가 중요하다."
– 마더 테레사**

나는 왜 연애를 하지 못하는 걸까

나는 평소 무엇이든 배우면 된다고 생각하는 입장이다. 길고 짧음의 차이는 있을 수 있지만 배우면 된다고 생각한다. 나는 겨울마다 스노보드를 타기 위해 하이원을 찾는다. 15년 정도를 탔으니 경력도 꽤 된다. 스노보드를 처음 탔을 때 나는 독학으로 배웠다. 넘어지고 일어서기를 수차례 반복한 끝에 방법을 터득하기 시작했다. 그리고 두 번째 스키장을 갔을 때 혼자 보드를 타기 시작했다.

처음 학원 일을 할 때는 적응하는 데 1년 정도 걸렸다. 매출을 내는 건 적응과는 관계가 없다. 정확히 어떤 일을 어떻게 해야 하는 것인지 파악

하는 데 1년 정도 걸린 것이다. 이처럼 배움에 길고 짧음이 있을 뿐이지 배워서 못하는 것은 없다고 생각한다. 그런데 40 평생 아직도 적응하지 못하는 것이 있다. 바로 연애다.

연애는 왜 그렇게 어려운 걸까? 정신 건강하고 육체 튼튼하고 착한 B형에 특별히 모난 성격도 아닌데 나는 왜 연애를 하지 못하는 걸까? 남들은 쉽게 잘만 하는데 말이다. 아무리 생각을 해봐도 이유를 모르겠다.

주변에 나와는 한 살 터울인 지인이 있다. 지금까지 맞선 횟수 300회. 결혼정보업체나 가족들의 소개를 통해서 총 맞선을 본 횟수가 300회는 족히 넘을 것이다. 그러고도 여전히 혼자 살고 있다. 나는 언젠가 물어본 적이 있다.

"아니 도대체 맞선을 그렇게 보는 이유가 뭐야?"
"나라고 맞선 보는 게 좋겠어?"
"그럼 왜 그렇게 맞선을 보는 건데? 진짜 궁금해서 물어보는 거야."
"이게 아니면 어디서 여자를 만나겠어. 나도 연애를 해야 결혼을 하지."

지인은 결혼에 대한 갈망이 상당히 크다. 장손 집안인데다 나이도 40이 넘어 더더욱 마음이 급한 상태다. 나이가 있으니 부모님께서 결혼에 대해 말씀하는 것도 있지만 스스로가 더 조급한 것이다. 빨리 결혼해서 부모님께 손주를 안겨드려야 한다는 조급함이 있다. 그래서 300회가 넘는 맞선을 보게 된 것이다. 아무리 옆에서 말려도 안 된다.

나는 35살에 결혼을 했었다. 당시 20대 후반에 결혼하는 것이 보통이었다. 20대 후반이 아니면 30대 초반에는 대부분 결혼을 하는 시기였다. 하지만 내 주변에는 결혼한 사람들이 많지 않았다. 결혼을 해도 늦게 결혼하는 사람들이 대부분이었다. 나도 20대 후반부터 부모님에게 결혼 이야기를 들었다. 부모님이 물어보실 때마다 나는 늦게 해도 괜찮다고 했다. 나는 30대 중반에 결혼을 하는 것이 늦다는 생각을 하지 않았다. 주변에 온통 결혼을 안 한 사람들뿐이었기 때문이다. 지금까지도 미혼인 지인들이 많다.

지금 생각해보면 너무나 철이 없었다는 생각이 든다. 내가 결혼을 하는 것과 주변 사람들이 결혼을 안 하는 것이 무슨 상관이 있어 비교를 했는지 모르겠다. 주위에 미혼인 사람들이 공통적으로 하는 말이 있다.

"너는 왜 아직도 결혼을 안 하는 거야? 안 하는 거야, 못 하는 거야?"
"사랑하는 사람 만나면 결혼해야지."
"언제 만나는데? 그러다 노총각으로 늙어 죽는다."
"내 주변에 아직도 결혼 안 한 사람들 많아. 그런 게 어디 있어?"

실제로 주변에서 이런 말을 많이 듣는다. 나 역시 생각해보니 이런 말을 했던 사람이다. 왜 우리는 온전히 내가 결정해야 할 결혼에 타인의 결혼관을 포함시켜 합리화하려는 걸까?

곰곰이 생각해본 나는 이유를 알 수 있었다. 그것은 '나'를 기준으로 고민하고 생각해서 찾은 이유이다. 다른 사람들과는 분명히 다를 수 있다. 나의 가장 큰 문제점은 '자격지심' 때문이었다. 우리가 보통 합리화하는 데는 분명한 이유가 있다.

어떤 식으로든 이해를 시킬 수 있어야 하는데 이해를 시킬 수 있는 방법이 없는 것이다. 나에게 결혼 문제를 두고 "왜 너는 결혼을 안 해?"라고 물으면 답은 하나다. "여자가 없으니까!" 이거 말고 더 확실한 답이 있을까? 근본적인 문제는 여자를 만나지 못하고 있는 나 자신에게 있다. 하지만 해결책을 외부 환경에서 찾고 있었다. 당연히 이해를 시킬 수 없는 것이다.

인간이란 사람과 사람 사이를 말하는 것이다

그럼 내가 가진 자격지심은 어떤 것이었을까? 예를 들어보겠다.

누가 봐도 예쁜 여자가 지나가면 '저 여자는 저렇게 예쁜데 당연히 남자 친구가 있겠지?', 커리어 우먼 같은 스타일의 여자가 지나가면 '저 여자를 만나면 데이트는 할 수 있을까? 워커홀릭일 거 같은데….' 나 혼자 상대방에 대한 벽을 만드는 것이다. 또 다른 예를 들어보겠다.

나는 여자 친구를 만났다. 생각만 해도 좋다. 여자 친구를 만나서 같이 밥을 먹는다. 당연히 계산은 내가 한다. 그리고 카페에서 커피를 한잔 마신다. 그 또한 내가 계산을 한다. 여자 친구가 지불하려고 하면 나는 뭐 하는 거냐며 계산을 한다. 그리고 쇼핑을 하기 위해 백화점을 간다. 여자 친구에게 무언가를 계속 사주려고 한다. 그럴 때마다 고민한다. 한 번은 사줄 수 있는데 다음에 또 사달라고 하면 어떡하지? 여자 친구는 극구 사양을 한다. "나는 진짜 안 사도 되고 살 것도 없어. 그러니까 그냥 구경만 하고 가자." 나는 계속 마음속에 선물을 사주지 못한 것에 대한 미안함이 남아 있다. 그리고는 백화점을 돌아다니며 괜찮다고 했던 물건을 산다. 그리고 여자 친구에게 선물을 해준다. 당연히 여자 친구는 "안 사도 된다니까 왜 샀어?"라고 하지만 좋아한다.

여자 친구라는 존재를 내 마음속에 옭아매는 것이다. 여자 친구는 분명한 의사를 전달했다. 표현도 했다. 하지만 나는 쓸데없는 자격지심으로 마음에도 없는 행동을 보인다. 그리고 나중에 돌아서서 생각하는 것이다. '그냥 여자 친구가 계산할 때 가만 있을 걸 그랬나? 굳이 안 사줘도 된다고 했는데 괜히 샀나?' 하는 생각들. 얼마나 찌질한가.

나는 실제로 연애를 하던 시절 이런 일을 몇 차례 경험했다. 모든 만남에 이런 찌질한 모습을 보인 것은 아니다. 나 스스로에 대한 믿음이 있었다면 아마 이런 모습은 생기지 않았을 것이다. 하지만 나는 내세울 것이

하나도 없었다. 외모가 특별히 잘생긴 것도 아니고 몸매가 좋은 것도 아니다. 특히 돈이 있는 것도 아니다. 무엇 하나 내세울 것 없는 내가 여자친구를 만났을 때는 어떻게든 잘해주고 싶다는 생각만 갖게 되는 것이다.

하지만 잘하는 것이라 생각하는 것마저도 나 혼자만의 착각이었던 것이다. 여자 친구는 모든 것이 싫었을 것이다. 여자 친구는 말은 하지 않더라도 내가 하는 행동이나 모습이 진심이 아니라는 것을 알았을 것이다. 내가 하는 행동이 마음에 없는 행동이라 느끼는 순간 나에 대한 마음도 식어갈 것이다. 진심으로 사랑하는 마음으로 여자 친구를 만난 것이 아니라 여자 친구라는 존재가 필요했기 때문에 만난 것이었다.

이노우에 히로유키가 쓴 『배움을 돈으로 바꾸는 기술』에 나오는 구절이다.

"인간이라는 단어 자체를 보면 결국 사람과 사람 사이라는 뜻이지요. 다시 말해, 인간은 다른 사람과의 관계에 의해 자극받거나 격려받는 존재입니다."

연애를 하는 순간도 마찬가지라 생각한다. 서로 긍정적인 자극을 주고받고 아낌없는 격려를 주고받아야 한다. 그러기 위해서는 가슴속 깊은 곳에서부터 뿜어져 나오는 진심이 있어야 하는 것이다. 이것이 눈에 보이는 선물공세로 아무리 마음을 표현해도 결국 여자 친구가 눈에서 멀어지게 되는 이유이다.

이제 나는 내 마음을 다스릴 수 있는 방법을 배웠다. 스스로 마음을 통제하고 제어하지 못하면 결국 헤어나올 수 없다는 것도 알게 되었다. 이제는 여자 친구를 만나면 어떤 마음가짐으로 만나야 하는지를 알게 된 것이다. 나는 요즘 꾸준히 외치고 있는 것이 있다. 그냥 외치는 것이 아니라 이루어졌음을 믿고 외치는 것이다. 그리고 기다리기로 했다.

02

운전기사 하면서 비상금을 만들다

"여자 친구는 떠나도 새로운 사랑이 가능하지만
부모님은 한 분입니다. 사랑합니다. 부모님!"
– 콜베

아버지가 뇌경색으로 쓰러지다

"여보세요!"

"형님, 큰일 났습니다. 좀 올라오셔야 할 것 같습니다."

"왜? 무슨 일인데?"

"아버님이 지금 쓰러지셔서 병원에 계시다고 합니다. 저희도 지금 출발합니다."

아버지가 뇌경색으로 쓰러지셨다. 다행히도 같이 계시던 일행분이 빠르게 조치를 취해주셔서 병원으로 이동할 수 있었다. 응급처치를 하긴

했지만 아버지는 좀처럼 눈을 뜨지 않으셨다. 1시간, 2시간. 얼마나 지났을까? 아버지는 조금씩 눈을 뜨기 시작했다.

서울에서 회의를 하고 있을 때였다. 매제의 전화로 아버지가 쓰러진 소식을 들었다. 매제는 평소에도 안부전화를 자주 했는데 다행히 쉬는 시간에 그 전화를 받을 수 있었다. 나는 놀란 가슴을 진정시키고 강원도를 향해 내달리기 시작했다. 엄마와 동생들은 벌써 도착했다.

울고 계신 엄마와 동생들을 보면서 장남인 나는 눈물조차 흘릴 수 없었다. 가족들을 진정시켜야 했다. "괜찮을 거야, 엄마도 울지 말고 너희들도 울지 마!"

충격이었다. 나는 단 한 번도 아버지가 쓰러지실 거라고 생각해본 적이 없었다. 아버지는 나에게 정신적 지주였다. 내가 존경하는 인물 1위였던 아버지가 쓰러지신 것이다. 뇌경색으로!

가슴속은 요동쳤다. 제발 살려달라고! 제발 눈을 뜰 수 있게 해달라고! 시간이 좀 흐르고 아버지는 눈을 뜨셨다. 가족들을 둘러보셨다. 그리고는 괜찮다고 눈을 깜빡이셨다.

나는 아버지 생각만 하면 가슴이 울컥한다. 아무리 기분이 좋다가도 아버지라는 이름만 들으면 가슴이 먹먹해진다. 아버지는 지금 하늘나라에 계신다. 4년간 투병 생활을 하시다가 결국 가족 곁을 떠나셨다. 얼마나 울었는지 모른다. 살면서 흘렸던 눈물을 다 모아도 모자랄 만큼 펑펑 울었다.

"당신의 아들로 살게 해주셔서 감사합니다. 못난 아들 끝까지 믿고 응원해주셔서 감사합니다. 부디 하늘나라에서는 아프지 말고 편하게 계세요. 아버지, 죄송합니다. 감사합니다. 그리고 사랑합니다!"

아버지를 떠나보내며 마지막으로 쓴 편지였다. 나는 한 번도 아버지께 효도를 한 적이 없다. 항상 말썽만 피우고 사고만 치는 못난 아들이었다. 그래도 아버지는 크게 혼내거나 야단치지 않고 "너는 잘될 거다."라며 항상 응원을 해주셨다. 효도를 해야 할 젊은 시절 나는 빚의 수렁에서 빠져나올 수 없었다. 월급이 언제 들어왔는지도 모를 만큼 빠른 속도로 돈은 빠져나갔다. 부모님께 효도를 할 마음의 여유가 없었던 것이다.

돈이 있어야 효도를 할 수 있는 것은 분명 아니다. 다만 스스로 마음의 여유가 없다 보니 효도를 미룬 것이다. 아버지는 아들의 효도를 단 한 번도 받아보시지 못한 채로 눈을 감으셨다. 나는 아버지에게 못한 효도, 엄마에게라도 평생 해드리며 살겠다고 다짐했다.

아버지는 운전기사를 하셨다. 공기업 임원의 운전기사로 오랜 기간 운전을 하셨다. 점심 식사는 식권으로 구내식당, 저녁은 항상 집에서 드셨다. 커피는 자판기에서 뽑아 드셨고 그 외 돈을 쓰지 않으셨다. 술을 즐기시던 아버지는 약주도 집에서 드셨다. 그렇게 근검절약을 하시며 살아오신 아버지다. 짠돌이 아버지는 아니다. 가족을 위해서라면 어떤 것이라도 해주셨으니까! 아버지는 수령하는 모든 급여를 엄마에게 주셨다. 엄마는 그렇게 알뜰살뜰 돈을 모아 우리 삼남매를 키워주셨다. 먹고, 입고, 자는 걱정을 단 한 번도 하지 않았을 정도로 잘 먹고 잘 살았다.

아버지는 보험이 없었다. 보험은 필요 없다며 가족들의 보험 가입마저 막으셨다. 그럼에도 엄마는 우리 같은 서민은 보험이 있어야 한다며 몰래 가입을 시키셨다. 나중에 알게 된 사실이지만 아버지도 보험 가입을 안 하신 것에 대해 후회하셨다고 한다. 아버지의 투병 기간은 4년 정도다. 보험이 없던 아버지! 빚에 허덕이는 아들! 말이 안 나왔다. 그래도 막냇동생이 병원에서 일하고 있어 병원비 혜택은 일부 받을 수 있었다.

암이나 뇌경색과 같은 병명으로 입원하게 되면 만만치 않은 비용이 발생된다. 장기간 투병 생활을 하는 경우에는 더욱 부담이 된다. 오죽하면 어르신들이 "보험 없이 암에 걸리면 집안이 망한다."고 했을까! 나도 조금씩 걱정이 되기 시작했다. 오랜 기간 투병 생활을 하셔야 되는데 병원비를 어떻게 감당해야 할까?

아버지는 의식을 되찾으신 후 말도 하셨다. 하지만 거동은 불편했기에

휠체어에 의존해야 했다. 아버지도 오랜 기간 병원에 계셔야 되는 걸 아셨을까? 엄마에게 비밀을 털어놓으셨다.

통장이 OO에 있는데 그 돈으로 병원비를 보태라고 하신 것이다. 통장에 돈이 얼마나 있었길래 아버지는 그 돈을 숨겨 두셨을까? 나는 엄마에게 얘기를 듣고 깜짝 놀랐다.

3천만 원! 나는 처음 액수를 듣고 어떻게 그럴 수 있는지 궁금했다. 아버지가 어떻게 살아오셨는지 알았기 때문에 그 액수는 너무나 큰돈이었다. 엄마는 통장을 보시고는 또다시 눈물을 흘리셨다. "그동안 가족을 위해서 그렇게 돈을 모아놓고 제대로 쓰지도 못하고 쓰러지셨다."라며 가슴 아파하셨다. 내가 엄마에게 해 드릴 수 있는 것은 위로밖에 없었다. "엄마 울지 마."

책을 쓰며 아버지의 빈자리를 절실히 느끼다

나는 아버지의 월급이 얼마인지 알고 있다. 월 수령액이 220만 원 내외였다. 아버지는 대체 무슨 돈으로 비상금을 만드셨을까? 나는 아버지의 삶이 너무나도 궁금했다.

아버지는 살아오시면서 돈을 허투루 쓰신 적이 없다. 회사와 집밖에 모르시던 분이었다. 궁금해하던 때 엄마가 말씀해주셔서 이유를 알 수 있었다. 당시 아버지의 용돈은 5만 원이라고 했다. 나는 지금도 이해가 안 되는 게 5만 원으로 한 달을 어떻게 살까? 그럼에도 아버지는 통장에

3천만 원이라는 큰돈을 모아 두신 것이다.

5만 원의 용돈을 가지고 사시면서 매달 돈이 남았다고도 했다. 나는 상상도 할 수 없는 일이지만 아버지에게는 당연한 일인 듯 보였다. 그렇게 아버지는 돈을 모으셨다. 나는 당시 마음 한편에 아버지에 대한 미안함이 컸다. 한 번도 용돈을 드리지 못한 것에 대한 미안함.

보험은 없었지만 아버지에게는 비상금이 있었다. 그동안 모아온 비상금 전부를 당신의 병원비로 쓰게 될 것이라 생각이나 하셨을까? 아버지의 비상금, 아들의 대출, 동생의 적금으로 우리는 아버지의 4년간 병원비를 충당할 수 있었다. 지금 생각해보면 아버지는 끝까지 가족에게 무거운 짊을 지게 하고 싶지 않으셨던 것 같다. 그런 아버지의 모습 때문에 더 가슴이 먹먹해지고 울컥한다. 조금 더 잘 해드릴걸!

우리는 참 많은 일을 겪으며 세상을 살아가고 있다. 눈으로 보고도 믿지 못하는 일들이 넘쳐난다. 나에겐 아버지의 사망 선고가 그것이었다. 평생 가족을 위해 살다가 한순간에 뇌경색으로 쓰러지셨다. 그리고 4년 뒤 우리 곁을 떠나셨다. 나는 아버지의 빈자리를 느끼지 못했다. 아니 느끼고 싶지 않았다. 아버지는 항상 나를 지켜보고 계실 것만 같았다. 하지만 이 글을 쓰는 지금 내 마음이 거짓이었다는 걸 알게 되었다. 아버지가 돌아가신 후 처음으로 소리 내어 울어본다. 아버지의 빈자리가 너무 컸나 보다. 아버지, 사랑합니다!

03

TV에서 보던 일이 왜 우리한테 일어날까?

"행복은 돈으로 살 수 없지만,
가난으로도 살 수 없다."
– 레오 로스텐

돈 때문에 형제 간에 불화가 생기다

누구나 살아오면서 안 좋은 추억이나 기억들이 있을 것이다. 나 역시 인생에서 꼭 지우고 싶은 기억이 있다. 한참을 잊고 살았는데 다시 기억해야 하는 것이 힘들다. 나는 이 글을 쓰기 전 한참을 망설였다. 세상에 나를 드러내는 데 있어 감추고 싶은 비밀은 누구에게나 있기 마련이다. 죽을 때까지 가슴에 묻고 산다는 말도 하지 않는가.

결국 화가 되어 수명을 단축시킨다. 나도 책을 쓰기 전에는 몇몇 세상에 드러내고 싶지 않은 것들이 있었다. 그 첫 번째가 나의 이혼이었다. 7년이 지난 지금도 아직 나의 이혼 사실을 모르는 사람들이 있다. 내가 이혼을 했다는 사실을 감추고 싶은 것이 아니다. 사람들의 구설수에 오르내리는 것이 싫은 것이다. 하지만 언제까지 숨기고 감출 수는 없는 노릇이다. 그리고 다른 하나는 지금부터 하게 될 가족에 대한 이야기다. 나에게는 가슴 아픈 이야기지만 이 순간이 마음속에 있는 짐을 덜어내는 계기가 되었으면 하는 마음이다.

우리는 외갓집과의 관계가 상당히 좋다. 엄마는 7남매 중 둘째다. 큰이모가 근처에 있어 언제든지 보고 싶을 때 보며 산다. 매년 명절이 되면 우리 집이나 큰이모 집에서 모인다. 큰이모는 외할머니를 모시고 산다. 가족이 모이면 너무나도 화기애애하다. 우리 집에 무슨 일이 있으면 큰이모 딸인 사촌 누나가 와서 도와줄 정도다.

반면에 친가 쪽과는 인연이 끊어졌다. 아버지가 돌아가시고 나서는 아예 왕래도 없고 연락도 없다. 아버지는 5남매 중에 장남이셨다. 둘째와 넷째는 딸이고, 셋째와 막내가 아들이다. 내가 20대 후반의 나이 때까지는 친가 쪽도 사이가 괜찮았다. 외갓집처럼 가까운 것은 아니지만 간간이 연락을 하고 인사를 했다. 하지만 친할머니가 위독해지시면서 상황은 급격히 변하기 시작했다. 지금부터 쉽게 이해할 수 있도록 작은엄마와 고모들의 이야기는 생략하고 삼촌들로 통합해서 이야기하도록 하겠다.

나는 서울 태생이다. 본적지는 전라북도 전주다. 셋째 삼촌은 전주에서 오랫동안 살았다. 결혼을 하고 두 아들을 낳을 때도 전주에 계셨다. 그러다 할머니의 건강이 악화되면서 이사를 해야 했다. 문제는 이때부터 시작되었다. 할머니가 소유하고 계신 논밭이 있었다. 이사를 하게 되면 처분을 해야 한다. 아버지는 큰아들로서 할머니를 모시고자 했다.

하지만 셋째 삼촌이 모신다고 했다. 논밭의 분할 문제가 남았다. 처음에는 삼 형제가 똑같이 분할을 하기로 했다. 그 논밭에는 장남인 나의 몫도 같이 있었다. 하지만 셋째 삼촌이 할머니를 모시기로 하면서 더 많은 재산을 셋째 삼촌에게 주기로 협의했다. 대신 할머니를 극진히 모시는 조건이었다. 그리고 셋째 삼촌이 전주에서 의정부로 이사를 했다. 이때까지만 해도 분위기는 괜찮았다. 하지만 시간이 지날수록 할머니 건강은 더 악화되었다.

아픈 곳이 늘어나고 병원 가는 일이 잦았다. 부모님은 셋째 삼촌에게 자초지종을 들었다. 이야기를 들었을 때는 아무런 이유가 없었다. 어느 명절 날, 할머니는 아버지께로 오고 싶다고 하셨다. 할머니는 자세한 말씀을 하지 않으셨지만 셋째 아들 집이 불편하다고 하셨다. 부모님은 낌새를 느끼셨는지 셋째 삼촌과 다시 대화를 했다. 부모님은 할머니를 모시겠다고 하셨지만 계속해서 반대를 하는 것이었다.

다시 재산을 분할해야 했기 때문이다. 논밭을 팔아 의정부 아파트로 이사한 셋째 삼촌은 돈이 없었다. 재산을 다시 분할해야 하는 형편이 안 되는 것이었다. 아버지는 돈을 바라지 않았다. 다만 그때부터 형제들이 괘씸하다고 생각하신 것이다. 지금까지 살아오시면서 아버지 형제들 간에는 불화가 없었다. 불화가 있을 일이 없었다. 형제들이 재산이 많은 게 아니었기 때문에, 특히 돈 문제로 불화가 생길 일이 전혀 없었던 것이다. 하지만 할머니가 소유하고 있던 논밭을 처분하자 상황이 돌변했다.

누군가 죽고 쓰러져야 끝나는 돈 문제

내 기억에 모든 처분 비용이 2억이 안 되는 걸로 알고 있다. 그 재산을 서로 갖겠다고 욕심을 내는 모습에 아버지는 괘씸하다 생각하신 것이다. 그래도 형제들이라 아버지는 이해해주셨다. 할머니는 다시 셋째 삼촌이 잘 모시기로 했다. 그리고 몇 달 후 엄마한테 전화가 왔다. 큰집에서 말도 안 되는 소리를 해서 답답하다고 하시는 것이다. 지금은 생사 여부를 확인할 수 없지만 큰할아버지가 살아계셨다.

큰할아버지가 형제들 앞에서 우리 집안에서 받아야 할 돈이 있다고 하신 것이다. 형제들은 바로 아버지께 전화를 했다고 한다. 친할아버지가 살아계실 때 큰할아버지에게 빌린 돈이 있으니 대신 갚으라는 전화였다. 아버지는 기가 찼다. 내가 생각해도 기가 찼다. 우리 친가는 정말 온순한 집안이었다. 셋째 삼촌은 젊은 시절 우리 집에서 산 적도 있다. 큰집에 무슨 일이 생기면 아버지는 자식들보다 더 많이 움직이셨다. 나는 그걸 보고 자랐다. 그래서 형제들 간에 우애가 얼마나 중요한지 보고 자랐다.

하지만 돈 때문에 벌어지는 일들을 보면서 아버지는 인생을 잘못 사셨다고 한탄하실 정도였다. 아버지는 그때부터 극심한 스트레스를 받으셨다. 형제들도 모자라 이제 큰집에서까지 돈 때문에 불화가 생기는 것을 보면서 아버지도 대안을 찾으셔야 했다. 할머니께 자초지종을 물으셨다. 할머니는 그 상황을 기억하고 계셨다. 그리고 모두 해결된 일이라고 하셨다.

양쪽 집안의 문제는 해결될 기미가 안 보였다. 아버지는 어떤 심정이셨을까. 그동안 형제들을 위해서 항상 희생하면서 살아오셨는데 얼마 되지 않는 돈 때문에 불화가 생겼다. 아버지는 당신 일이라 생각하고 큰집에서 일어나는 소소한 일도 챙기려 하셨던 분이다. 아버지의 평소 지론은 돈을 좇지 말라고 하셨다. 욕심도 부리지 말라고 하셨다. 돈은 욕심부린다고 얻을 수 있는 게 아니라고 하셨다. 그런 모습을 형제들도 알고 있었을 터.

그런 아버지에게 돈 때문에 말도 안 되는 일들이 벌어지기 시작한 것이다. 형제들 간의 관계는 점점 안 좋아졌다. 친가는 물론 큰집과의 관계도 안 좋아졌다. 셋째 삼촌은 우리 집에서 같이 산 적이 있다. 막내 삼촌은 아버지를 잘 따르던 막냇동생이었다. 그리고 큰집의 삼촌은 아버지와 몇몇 일을 같이 하신 분이다. 이 모든 사람이 한순간에 아버지와 등을 돌리는 상황이 생긴 것이다. 급기야 막내 삼촌마저 셋째 삼촌과 뜻을 같이 했다.

결국 형제들 중에 아버지 홀로 남게 되셨다. 엄마는 참다 참다 도저히 안 되겠다 생각하셨는지 우리 형제들을 불러 모았다. 그리고 말씀하셨다. 앞으로 아버지 형제들과는 모든 연락을 끊고 살 거니까 그렇게 알라고 하셨다. 아버지가 스트레스로 인해서 건강이 안 좋아지신 것이다. 엄마는 울먹이며 아버지께도 앞으로 형제들은 없다고 생각하고 살라고 하셨다. 얼마나 속상하셨을지는 말 안 해도 알 것이다.

이렇게 우리는 모든 아버지 형제들과 연락을 끊었다. 돈 문제는 여전히 남아 있었다. 그러나 한순간을 계기로 그동안 불화의 원흉이었던 돈 문제가 해결되었다. 아버지가 쓰러지시면서다. 아버지가 뇌경색으로 쓰러지시고 난 뒤 모든 돈 문제는 해결되었다. 아버지는 4년간 투병생활을 하셨다. 투병 생활 중에 친할머니가 돌아가셨다. 우리는 아버지께 이 사실을 전할 수 없었다. 할머니는 고향에서 마지막을 보내고 싶다고 하셨다. 그래서 전주 요양병원에서 요양 생활을 하시다가 돌아가셨다. 나는 전주로 갔다. 그리고 아버지 형제들을 봤다. 삼촌들은 그동안 상처 많이 받았을 텐데 너무 마음에 담아두지 말라고 했다.

나는 그 말이 너무 싫었다. 아버지는 지금 병상에 누워 계시는데 얼굴 한 번 비치지도 않으면서 나에게 그런 말을 하는 삼촌들이 너무 싫었다. 마치 얼굴에 가면을 쓰고 있는 듯했다. 나는 속으로 다짐했다. 반드시 성공해서 보란 듯이 잘 살겠노라고. 그리고 얼마 뒤 아버지는 세상을 떠나셨다. 내가 살면서 가장 많이 울고 통곡한 날이다.

나는 그날을 절대 잊을 수 없다. 아니 잊지 못한다. 행복한 인생을 살다가 떠나도 모자란 세상을 극심한 스트레스만 받다가 돌아가셨다. 하늘에서 보고 계실 아버지는 여전히 내가 성공해서 잘 사는 모습을 보기 원하실 것이다. 이제 가슴속에 있던 모든 무거운 짐을 내려놓고자 한다. 사실 나보다 엄마의 마음속에 분노가 많다. 아마 평생 지워지지 않을 분노일 것이다. 하지만 그 분노가 결국 엄마의 마음을 더 상하게 할 것이다. 이제 엄마도 마음속에서 모든 것을 잊고 행복한 일들만 생각하며 살았으면 좋겠다.

"엄마! 그동안 힘든 일 너무 많았는데 이제 다 잊고 행복하게만 살아요. 사랑합니다!"

내가 깨달은 인생의 가르침

잠재의식을 움직이는 3가지 원칙

"첫째, 밤에 잠들기 전에 당신이 쓴 암시의 말을 소리 내어 읽는다.

둘째, '암시의 말'이 마음속에서 완전히 당신의 것이 될 때까지 아침저녁으로 반복하여 읽는다.

셋째, 벽이나 천장, 화장실, 책상 등 눈에 잘 띄는 곳에 '암시의 말'을 붙여두고 항상 당신의 마음을 자극한다.

이 3가지 일을 실행하는 것은 자기 암시의 힘을 발휘하는 가장 좋은 방법이다. 단, 행동으로 옮길 때마다 반드시 감정을 깃들여야 하며, 신념을 갖고 자기 암시를 하도록 노력해야 한다.

누가 뭐라고 말해도 상관하지 마라. 당신이 열정을 갖고 순수한 마음으로 이 가르침을 실행한다면, 지금까지 당신을 속박하고 있던 고정관념이라는 그물이 풀리고 껍질이 깨져 다시 태어난 기분으로 변화된 것이다."

– 『놓치고 싶지 않은 나의 꿈 나의 인생』, 나폴레온 힐

04

우리는 돈 때문에 싸우지 말자

**"사람은 가난해야
베풂의 풍요로움을 알 수 있다."
– 조지 앨리엇**

동생들에게 아무것도 해주지 못한 미안함

나는 아버지 형제들과의 일들을 겪으며 마음속 깊이 새긴 다짐이 있었다. 절대 우리 형제들이 돈 때문에 싸우는 일만큼은 만들지 않겠다는 것이다. 나는 삼남매 중 장남이다. 여동생 둘이 있다. 아버지 형제의 일은 나뿐만이 아니라 여동생들도 같이 겪었다. 나는 성공하면 꼭 하고 싶은 몇 가지가 있다. 첫 번째는 엄마를 위한 것, 두 번째는 동생들을 위한 것이다.

여동생들은 모두 결혼을 했다. 첫째 동생은 딸 둘을 낳아서 키우고 있다. 막냇동생은 딸 하나를 키우고 있다. 나에게는 너무도 예쁘고 사랑스러운 조카들이다. 동생들은 결혼을 참 잘했다고 생각한다. 최소한 사랑해주는 남편을 만나서 결혼을 했기 때문이다.

나는 1년에 두 번 가족을 보러 간다. 설날에 한 번, 추석에 한 번. 자주 가고 싶다는 생각은 하는데 말처럼 쉽지가 않다. 이 또한 핑계라는 것도 안다. 이제라도 가족을 보러 가는 횟수를 늘려보자는 생각도 한다. 가끔 가족들과 함께 있을 때 나는 돈을 벌면 가족들을 위해서 어떻게 해줄 것인지 말한다. 그럼 엄마는 전적으로 내 편을 들어준다.

동생들은 그냥 콧방귀만 뀐다. 지난 세월을 살아오면서 나는 부모님을 비롯해서 동생들에게도 좋은 아들, 좋은 오빠가 아니었다. 그냥 착한 아들, 착한 오빠였다. 24살 때부터 빚잔치를 시작했던 모습을 동생들은 알고 있다. 그래서 30대 중반까지 동생들은 내가 하는 것들을 믿지 않았다. 콩으로 메주를 쑨다고 해도 동생들은 믿지 않았다. 주변 사람들은 고사하고 가족에게 믿음을 얻지 못한다는 게 얼마나 서글픈 일인지는 당해보지 않으면 모른다.

나는 모든 것을 이해했다. 동생들이 믿지 못하는 것들에 대해서 충분히 공감했다. 그동안 부모님께 효도는 못할망정 속만 썩였으니 얼마나 한심했을까. 여동생 둘은 성향이 좀 다르다. 첫째 동생은 좀 직설적인 편이다. 내가 무언가 잘못을 하면 대놓고 말한다. 그래서 기분이 좀 상할 때도 있다. 어떤 성향인지 아는데도 기분이 나쁠 때가 있다.

그리고 막냇동생은 핵심을 말한다. 정확한 포인트를 짚어서 말을 한다. 그래서 반박을 하기가 힘들다. 나는 어렸을 때부터 막냇동생을 예뻐했다. 성격도 성격이지만 어렸을 때부터 예쁜 짓만 했던 것 같다. 학교와 집밖에 모르고 살았던 동생이다. 막내임에도 스스로에 대한 책임감이 강해서 혼자 공부하는 법을 배웠다. 지금도 신기하다. 나는 공부를 싫어했다. 그리고 둘째는 공부를 싫어하지는 않았는데 못했다. 그런데 막냇동생은 공부에 대한 관심이 많았다.

그래서 부모님은 좁은 베란다에 공부방을 만드셨다. 우리가 살던 곳은 지금은 재개발이 이루어진 도곡동이다. 당시에는 5층짜리 아파트였다. 실평수로는 13평 남짓 되었던 것으로 기억한다. 다섯 식구가 20년간 살던 집이다. 안방 한 개, 작은 방 한 개, 거실은 주방과 연결되어 두 사람이 앉아 있으면 꽉 차는 공간이었다. 베란다는 안방에 반 평 정도 되는 공간이었다. 그곳에 막냇동생의 공부방을 만들어준 것이다. 동생은 그곳에서 정말 열심히 공부했다. 새벽이 넘어서도 자신이 하고자 하는 게 있으면 꼭 하는 성향이었다. 그런 동생이 나는 예뻤다.

지금 막냇동생에게는 딸이 있다. 이름은 조연진. 엄마의 성향을 쏙 빼닮았다. 어찌나 하는 짓이 예쁘고 사랑스러운지 모른다. 지금은 6살인데 공부도 곧잘 한다. 역시 유전자는 무시할 수 없는 것이라는 생각이 든다. 너무 막냇동생 말만 해서 첫째 동생이 서운해할 수도 있을 것 같다. 그래도 나는 여동생 두 명 모두 사랑한다. 우리는 가족이니까.

나는 부모님을 사랑하고 동생들을 사랑한다. 그동안 나를 믿어주지 않았던 것도 이해한다. 믿음을 얻지 못한 사람의 심정도 서글프지만 가족을 믿지 못하는 당사자들도 얼마나 힘들었을까 싶다.

30대 중반이 되고 첫째 동생이 딸을 낳았다. 이름은 정예인. 나는 너무 좋았다. 조카가 생긴 기쁨이었다. 내가 할 수 있는 모든 걸 해주고 싶다는 생각을 했다. 나는 부모님께도 동생들에게도 제대로 된 선물을 해준 적이 없다. 그동안 빚잔치만 하다 보니 여유가 없었다. 그래도 조카들에게는 많은 걸 해주고 싶었다. 여동생들은 부유한 환경에서 자라지는 않았다. 그렇다고 부족한 환경에서 자란 것도 아니다. 남들 사는 것처럼 평범한 모습으로 살았다.

나는 동생들의 상황을 너무도 잘 알았다. 그동안 동생들에게 못 해줬던 것들을 조카들에게라도 해주고 싶다는 생각을 많이 했다. 나는 조카 바보다. 조카들이 원하는 건 무엇이든 해준다. 내가 조카 바보가 된 데는 분명 이유가 있다. 아이들을 좋아하는 것도 있지만 그동안 동생들에게 아무것도 해주지 못한 것에 대한 미안함이다. 그래서 많은 것을 해주고 싶다.

아버지 형제들로부터 형제들의 소중함을 배우다

얼마 전 막내 매제와 술을 마실 일이 있었다. 어머니를 모시고 동생 부부가 부산 집으로 온 것이다. 막내 매제는 나에게 동생의 말을 전했다.

"오빠는 왜 우리들한테 그렇게 신경 쓰는지 모르겠어. 우리가 못 살아? 우리가 힘들어? 이제 본인만 신경 쓰고 잘 살았으면 좋겠다. 우리는 오빠만 잘 살면 아무 걱정 없어."

나는 이런 존재다. 아직도 동생들에게 걱정거리인 오빠. 30대 중반 이후부터 동생들의 믿음은 조금씩 살아났다. 부모님을 위해서, 동생들을 위해서 그리고 조카들을 위해서 무언가를 하는 오빠의 모습을 보았기 때문이다. 하지만 동생들은 완전한 믿음을 나에게 갖지는 못했다. 나를 완전히 믿어주는 건 엄마뿐이다.

나는 동생들이 어떤 생각을 하든 중요하지 않다고 생각했다. TV에서만 보던 일들을 아버지 형제들로부터 실제로 겪다 보니 형제들의 소중함을 알게 되었다. 그래도 내게 무슨 일이 있을까 걱정하는 사람은 엄마와 동생들뿐이다. 내가 24살부터 독립해서 살았기 때문에 동생들과의 관계가 어색할 때도 있다. 동생들도 내가 어색한 순간이 있을 것이다.

나에게는 사랑하는 가족의 인생이 우선순위다. 그런데 아버지 형제들로부터 너무 참담한 모습들을 많이 보게 되었다. 충격적인 상황은 나에게 너무도 오랫동안 가슴에 남아 있었다. 아버지 형제들은 잊었을지도 모른다. 아니 잊었을 것이다. 가족들에게 남겨진 상처가 어떻든지 자신들만 잊으면 끝난다고 생각했을 것이다. 하지만 엄마도, 나도, 동생들도 그때의 상황은 잊혀지지 않을 것이다. 가슴 가장 깊은 곳에 상처로 남았으니까.

살다 보면 영화 같은 인생이나 드라마에나 나올 법한 일들을 겪는 순간들이 온다. 가끔 뉴스를 볼 때면 돈 때문에 집에 불을 지르고, 부모를 살해하고, 형제간에 난투극을 벌이는 기사들을 접하게 된다. 이 모든 건 눈에 보이는 욕심 때문에 벌어지는 일이라 생각한다. 돈에 대한 욕심을 내는 건 지극히 당연한 일이다. 하지만 돈을 어떻게 다뤄야 하는지에 대해서는 배워야 한다고 생각한다.

나는 〈한책협〉을 통해 책 쓰기 수업만 들은 것이 아니다. 의식을 향상시키고 확장할 수 있는 수업도 같이 들었다. 우리에게 주어진 모든 것이 새롭게 만들어진 것이 아니라 이미 만들어져 있었던 것이라는 걸 알게 되었다. 이 믿음을 통해 나는 이제 성공한 삶을 살고자 한다. 그리고 사랑하는 가족과 함께 행복한 인생을 시작하고자 한다.

마지막으로 동생들에게 한마디만 하고 싶다. 한 번도 해본 적이 없는 말인데 이제는 사랑하는 동생들에게도 용기 내어 말하고 싶다.

"사랑하는 희정아, 선정아! 그동안 오빠로서의 모습을 어떻게 기억하는지는 잘 모르겠지만 이제는 착한 오빠가 아닌 좋은 오빠가 되어줄게. 그냥 우리는 행복하게만 살자. 엄마랑 오랫동안 행복하게 살면서 옛날 일들은 추억으로 묻어두고 좋은 일들만 만들어가면서 살자. 오빠는 꼭 성공할 거야. 너희들은 그냥 기다려주기만 하면 돼. 오빠 믿지? 그리고 예인이, 예빈이, 연진이 잘 키워. 지금까지도 잘했는데 앞으로도 예쁘게 잘 키우길 바래. 대혁이랑, 상범이도 고맙고. 우리 행복하게 잘 살자!"

05

도곡동 아파트 재건축, 우린 이사했다

"인생은 가까이서 보면 비극이지만 멀리서 보면 희극이다."
– 찰리 채플린

아들 때문에 포기한 도곡동 아파트

나는 공인중개사 자격증을 취득하기 위해 6년간 공부했다. 사실 공부했다는 표현까지는 그렇지만 매년 교재를 구입했다. 하지만 자격증을 취득하지는 못했다. 6년이라는 기간 내내 내가 공부한 건 '부동산학개론'이었다. 공인중개사 자격증은 당시 유망자격증 중 하나였다. 유망자격증이라는 이유로 나는 자격증을 취득하고 싶었던 것이다. 하지만 공부에 흥미가 없었던 나는 부동산학개론만 공부하고 책을 덮었다. 지금 생각해 보면 흥미가 없었던 것이 아니라 절실함이 없었던 것 같다. 그렇게 나는 매년 반복적으로 자격증 취득을 시도했다.

처음 공인중개사 자격증을 취득하려고 했던 이유는 유망 자격증 때문이었다. 하지만 이후부터는 한 가지 소망이 있었다. 집을 사고 싶었다. 당시 20대 중반의 나이에 집을 산다는 건 쉽지 않았지만 나에게는 큰 소망이었다. 부모님에게 평생 갚아도 못 갚을 만큼 많은 빚을 지고 살지만 큰마음의 빚이 있었기 때문이다.

나는 23살에 처음 집을 나와 독립을 했다. 군대를 제대하고 얼마 되지 않아 시작한 독립이었다. 부모님의 만류에도 불구하고 독립을 했기 때문에 어떻게든 혼자 살아가야 했다.

나는 집안의 장남이었다. 부모님의 기대를 한 몸에 받고 자랐고 어지간한 일들은 모두 용서를 받으며 자랐다. 그런 내가 군대를 제대하고 독립을 선언한 것이다. 나중에 알게 된 것은 그때 엄마가 이사를 하기로 마음먹었다고 들었다. 집이 좁아서 내가 밖으로 나갔다고 생각을 하신 것이다. 나는 그게 아니었는데 엄마는 그 생각을 떨칠 수가 없으셨나 보다!

평균 매매가 20억! 우리나라 부유층이 모여 사는 곳, 도곡동!

내가 20년을 살아온 곳이다. 유치원 때부터 초등학교, 중학교, 고등학교 시절을 모두 그곳에서 살았다. 방 2개, 화장실, 주방. 실평수 13평에 다섯 식구가 살았다. 작은방 하나는 온전히 나만을 위한 방이었다. 그리고 안방에 아버지, 엄마, 여동생 둘이 생활을 했다.

그때 당시를 생각하면 가족에게 너무 미안하다. 얼마 전 막냇동생과 이야기를 하다 그 시절 이야기가 나왔다. 형제들 중에서 유난히 공부를 열심히 잘하던 막냇동생이다. 공부할 공간이 마땅치 않았던 동생은 좁디좁은 베란다에 책상을 놓고 공부를 했다. 그래서일까! 유난히 나는 막냇동생에게 미안함이 많다. 동생들 모두에게 미안한 일들이 많지만 좁은 베란다에서 공부했던 막냇동생을 생각하면 지금도 미안하다. 좁은 곳이었지만 그래도 우리 가족은 화목하고 단란한 가정을 꾸리며 살았다.

당시 우리 가족은 동네가 재개발될 것이라는 소식을 들었다. 그토록 기다리던 재개발 소식이었다. 부모님은 재개발이 되면 큰 집에서 살 수도 있고 집값도 많이 오를 것이라고 했다. 부모님이 오랜 시간을 좁은 집에서 버티며 살아온 이유가 바로 이것이었다. 20년이라는 시간을 버텨낸 결과물이 드디어 눈앞에 놓이게 된 것이다. 그토록 오랫동안 기다리셨는데 나의 철없는 생각으로 인해 부모님은 재개발 아파트를 포기하셨다. 그 아파트가 지금 평균 20억에 거래되고 있는 도곡동 아파트다.

엄마는 지금 번동 주공 아파트에 살고 계신다. 막냇동생이 바로 옆에서 살고 있다. 2023년 막냇동생은 다른 곳으로 이사를 한다. 올해 청약에 당첨이 됐다. 엄마는 동생이 이사를 하고 나면 동네에 이제 혼자 계셔야 한다. 자식들이 모두 멀리 있다. 나의 버킷리스트 중 하나가 엄마 집을 사드리는 것이다. 엄마가 원하는 곳에 집을 사드릴 것이다. 내가 있는 부산이든, 둘째 동생이 있는 수원이든, 막냇동생이 이사하는 청량리든. 엄마가 원하는 곳 어디든 집을 사드릴 것이다. 내가 엄마한테 가지고 있는 커다란 빚 중에 하나가 바로 이것이다. 나 때문에 포기하게 된 도곡동 아파트.

엄마 집을 담보로 돈을 빌리다

나는 10년 전 부산으로 내려왔다. 그때 당시 부산의 집값은 전국 저평가 도시 순위에도 오를 정도로 저평가되어 있었다. 그럼 현재는? 10년 전에 비해 대략 3배 정도 오른 듯하다. 내가 공인중개사 자격증을 취득했더라면 30대 중반에 집을 소유하고 있었을 것이다. 지금도 생각하면 아쉬움이 많이 남는다. 나는 부동산에 대한 개념이 없었다. 10년간 월세로 지급한 돈을 계산해보니 1억 정도 되었다. 진짜 남 좋은 일만 하며 살아온 것 같다.

10년의 월세살이를 하고 나니 이제 더 이상은 안 되겠다는 생각이 들었다. 부동산을 투기 목적으로 할 경우에는 단기 시세 차익을 두고 매매를 한다. 하지만 거주 목적으로 할 경우 기간이 몇 년이 걸리든 상관없다. 부동산은 반드시 오른다. 나는 거주 목적으로 집을 구입하는 것이기 때문에 몇 년이 걸리든 상관이 없다고 생각했다. 빠르면 좋지만 조금 늦더라도 오르기만 하면 된다. 앞으로의 10년도 집값은 오를 것이다. 집을 사기로 마음먹었다.

내게는 아직도 많은 빚이 남아 있다. 그래서 집을 사는 건 불가능했다. 집은 사고 싶은데 방법이 없을까 고민을 하다가 엄마한테 말을 꺼내보기로 했다.

"엄마, 부산에 괜찮은 집들이 있는 거 같은데 집값이 좀 싼 거 같아."

"지금 집값이 높아서 하락하니까 지금 집 사면 안 된대."

"누가? 누가 그런 얘길 해?"

"요즘 뉴스에 많이 나와. 부동산 하락세라고!"

엄마는 TV를 보시다가 조금이라도 특이한 기사들이 나오면 내게 전화를 하신다. 그 정도로 TV 기사를 많이 믿는 편이다. 나는 아랑곳하지 않고 말을 꺼냈다.

"엄마, 그건 서울이나 그렇고 지금 부산은 집값 자체가 워낙 낮아서 괜찮아."

"그래. 근데 어떡하라고?"

"부산에 집을 하나 사는 것도 괜찮은 거 같아."

"돈 있으면 사. 사면 되지 무슨 걱정이야."

"돈 좀 빌려주세요."

"무슨 돈?"

"나중에 서울 가서 다시 얘기해."

지금 생각해보니 그때 어디서 그런 용기가 나와서 엄마한테 그런 말을 했는지 모르겠다.

추석을 맞이하여 나는 서울로 갔다. 엄마한테 진지하게 얘기를 꺼냈다. 부산에 집을 사고 싶은데 지금은 내가 가진 돈이 없으니 엄마 집을 담보로 돈을 빌려달라고 했다. 근데 이게 웬일인가! 엄마는 흔쾌히 허락을 해주셨다. 허락을 해주신 엄마를 보고 내가 놀랐다. "진짜? 진짜? 진짜 해줄 거야?" 지금도 철없기는 마찬가지다.

엄마는 수개월 전에 뉴스를 보시고는 이런 말씀을 하신 적이 있다. "자식들한테 유산을 미리 주면 안 돼. 자식들한테 유산을 미리 주고 나니까 아무도 안 찾아온단다." 나는 엄마가 그런 말씀을 하시는 게 너무 속상했다. 우리 엄마도 그런 생각을 하는 건 아니겠지.

그런데 하셨단다. 절대 대출 안 해줄 거라고. 그런 속마음을 시간이 지나서야 들을 수 있었다. 겉으로 내색은 못했지만 엄마한테 죄송스러웠다. 지금은 비록 엄마도 불안감에 이런 생각을 하셨겠지만 내가 꼭 행복하게 해드리겠다는 마음으로 기분을 달랬다.

"엄마, 이제는 걱정하지 마. 내가 돈 많이 벌어서 꼭 좋은 집 사드릴게요! 사랑해요!"

내가 깨달은 인생의 가르침

땀 흘리는 노력 없이는 얻는 것이 없다

"당신은 절대로 실패하지 않는 투자를 알고 있는가? '나'라는 건강에 투자하는 원금은 절대 손실이 없다. 아름다움과 건강이라는 이자까지 쳐서 돌려준다. 이 얼마나 지혜로운 투자인가? 세상에서 유일한 100% 수익률이다. 꾸준히 하게 될 경우, 가장 좋은 효과와 수익률을 누릴 수 있다. 시간과 돈을 투자한 이상의 수익을 낼 수 있다. 정말 가치 있는 투자이다."

–『줌바댄스가 온다』, 권미래

돈에 대한 욕심을 갖는 것은 지극히 정상이며 좋은 일이다. 재테크를 위해서는 빚도 얻어가며 투자한다. 하지만 유일하게 실패하지 않는 자신에 대해서는 얼마나 투자하며 살고 있는지 생각해보자.

06

다 싫다던 군대, 계속 남아 있을까?

"희망을 품지 않는 자는 절망도 할 수 없다."
– 조지 버나드 쇼

남자의 필수, 군대 입대하다

1997년 5월. 군대 입대 통보를 받았다. 1년만 연기하고 싶었는데 아버지의 완강한 거부로 나는 군대를 가게 되었다. 군대 제대 전에는 운전면허도 따지 말라는 아버지의 말씀 때문에 나는 운전면허도 군대를 전역하고 나서야 취득했다. 부모님의 말씀을 잘 듣는 사람은 아니었다. 하지만 과거에 했던 잘못들 때문에 잘 듣고 싶었던 것이다. 그렇게 나는 21살의 나이로 군대에 입대했다.

군대 가기 하루 전 나는 부모님과 함께 전주에 있는 할머니 댁으로 향했다. 내가 입대하는 훈련소가 전주에 있었다. 보통 가장 많이 가는 훈련소는 논산 훈련소였는데 어찌 된 영문인지 나는 전주로 입소를 하게 되었다. 엄마는 펑펑 우셨다. 앞으로 다시 볼 수 없는 것도 아닌데 어찌나 우시던지. 아버지와 동생은 엄마를 달래주었다. 그렇게 나는 보이지 않을 때까지 손을 흔들며 훈련소로 들어갔다.

"지금 발이 보인다! 누가 걸으래? 빨리 뛰어!"

"…"

"빨리 안 뛰어? 뛰어! 선착순 10명!"

"1, 2, 3, 4, 5…!"

처음 군대 입대했을 때가 기억난다. 부모님과 인사를 하고 보이지 않는 곳에 이르자 조교가 고함을 질렀다. 당황했던 나는 주변을 두리번거렸다. 어떻게 해야 하는지도 모른 채 누군가 뛰는 모습을 보고 덩달아 뛰었다. 그때부터 훈련이 시작된 것이다.

내무반을 배정받고 모든 소지품과 음식물을 반납했다. 하나라도 더 먹고 싶은 걸 참았는데 빼앗겼다. 첫날부터 훈련은 시작되었다. 군대를 다녀온 남자라면 누구나 똑같은 말을 한다. 군 생활이 너무 힘들었다고! 나도 훈련소 시절이 힘들었다. 그래도 남자가 되어 가는 과정이라 생각하고 최선을 다해서 훈련에 임했다. 마지막 훈련을 마치는 날! 본격적인 군대 생활을 위해 자대 배치를 받았다.

"OOO번 훈련병 김. 종. 윤!"

"김종윤 훈련병, 자네 군대에 누구 아는 사람 있나?"

"없습니다!"

"그래? 근데 어떻게 여기로 배정을 받았지? 육군본부."

"…"

육군본부? 나는 멍했다. 그곳이 어떤 훈련을 하는 곳인지를 몰랐다. 대부분의 동기는 최전방 부대로 배치를 받았다. 간혹 훈련소 조교로 배정을 받은 친구들도 있었다. 근데 나와 다른 동기 한 명만 육군본부로 배정을 받은 것이다. 궁금증만을 가지고 육군본부로 향했다. 육군본부는 대전에 위치한 육군 총 사령 부대다. 군대 최고 계급인 참모총장이 근무하는 곳! 나는 그곳에서 2년 6개월의 군 생활을 했다.

처음 자대 배치를 받아 내무반으로 들어갔다. 나는 행정병으로 배치를 받았다. 행정병? 컴퓨터를 할 줄도 모르는 내가 어떻게 행정병으로 배치를 받았는지 이해를 할 수 없었다. 그래도 군대는 시키면 시키는 대로 하는 곳 아닌가! 나는 행정병으로서 군 생활을 시작했다.

"야! 너는 그 머리로 어떻게 군 생활을 할래? 이게 어려워? 이것도 못하면 어쩌자는 거야?"

"죄송합니다!"

"됐고! 다시 해봐! 이번에도 틀리면 두고 봐!"

"네! 알겠습니다!"

세상 밖 현실은 너무도 달랐다

컴퓨터 문서 작성을 한 번도 해본 적이 없던 나는 실수를 계속했다. 얼마나 구박을 받았는지 모른다. 흔히 말하는 얼차려는 기본이었다. 지금은 신병 보호 규정이 있어 군기 잡는 것이 불가능하지만 당시에는 조금씩 있었으니 이해 바란다. 얼차려를 받는 동안 나는 생각했다. 왜 하지도 못하는 행정병으로 끌고 와서 이러고 있어야 하는지 이해가 안 간 것이다. 다음 날 아침 나는 행정관을 찾아갔다. 도저히 답답함을 해결할 방법이 없었다.

나는 행정병이 아닌 소대로 변경을 요청했다. 컴퓨터를 붙잡고 있느니 차라리 몸으로 때우는 게 낫겠다는 생각이었다. 행정관의 승인으로 나는 군대 소속을 변경할 수 있었다. 나중에 알게 된 일이지만 친척 중에 소령으로 계시던 분이 있었다. 그분의 영향력이 미쳤는지는 모르지만 아버지는 내가 군대 가는 것을 그분께 말씀드렸다고 한다.

소속을 변경해서 군 생활을 했던 나는 소위 풀린 군 생활을 했다. 운이 좋았다. 바로 위 선임과 1년 2개월의 차이가 났다. 그렇게 나는 상병을 달면서 소대 최고의 계급장을 달았다. 전역 때까지 남은 기간은 1년. 나의 군 생활은 사실 힘들지 않았다. 훈련소 때는 모두가 힘든 시기였지만 자대 배치를 받은 후부터는 군 생활이 할 만했다. 군대는 축구 아니던가! 나는 축구를 좋아했고 꽤나 잘했다. 축구로 받은 포상휴가도 다 쓰지 못했다. 나중에는 너무 자주 나온 휴가 때문일까! 엄마는 더 이상 휴가 나오지 말고 전역하고 나오라고 하셨다. 처음에는 그렇게 보고 싶다고 하셨는데!

군대 전역하기 3개월 전! 행정관이 나를 불렀다. 뜻밖의 제안을 받았다.

"병장 김종윤! 부르셨습니까?"

"혹시 군대 남을 생각 없나? 잘할 것 같은데!"

"네? 잘 못 들었습니다!"

"내가 여기서 근무할 수 있도록 해볼 수 있으니까 하사관 지원해보는 건 어때?"

"생각할 시간을 주시면 생각해보고 말씀드리겠습니다."

며칠간 고민 끝에 행정관에게 전역할 뜻을 전했다. 전역하는 그날까지 고민했다. 이유는 하나였다. 전역하고 나면 무엇을 해야 할지 몰랐기 때문이다. 바깥세상은 어렵다고 한다. 하루하루 살기가 힘들다고 한다. 그냥 군대에 남아서 군 생활하는 게 낫겠다는 생각을 했다. 나는 아무 꿈이 없었다. 목표도 없었다. 그런 내가 밖에 나가서 사회생활을 하면 꿈을 찾을 수 있을까 걱정스러웠다. 전역하는 날까지 고민을 하다가 전역 신고를 했다.

"병장 김종윤. OO년 OO 월 OO 일 전역을 명 받았습니다.! 이에 신고합니다! 충성!"

행정관은 나를 다시 불렀다. 군대 남으면 좋을 거 같은데 아쉽다고 했다. 그러고는 제대 후에도 하사관 지원은 가능하니까 생각해보라고 했다. 그렇게 나는 전역을 했다.

다음 지면에서 다시 말하겠지만 나는 군대 제대 후 하사관 지원을 하려고 했다. 세상 밖의 현실은 내가 생각했던 것과 너무도 달랐다. 사실 힘들었다. 여러 가지 이유가 있지만 꿈이 없고 목표도 없다는 현실이 괴로웠다. 우리는 주변 사람들에게 꿈을 꾸라고 한다. 목표를 세우라고 한다. 하지만 무슨 꿈을 어떻게 꾸어야 하는지는 말해주지 않는다. 이유는 간단하다. 그들도 꿈을 꾸지 못하기 때문이다. 꿈이 없는 삶은 죽은 삶이나 마찬가지다. 살아 있음을 느끼기 위해서는 진짜 꿈을 꾸어야 한다. 진짜 꿈은 입으로 말하는 꿈이 아니라 상상으로 이루는 꿈이다. 꿈과 목표가 없기에 나는 군대에 남아 있으려고 했다. 남들은 모두 힘든 군 생활이라고 했지만 나는 꿈과 목표가 없는 것이 더 괴롭고 힘들었다. 그래도 세상은 날 버리지 않을 거란 희망으로 세상 밖으로 나왔지만 결코 만만치 않았다.

지금부터 진짜 꿈을 꿔라. 입으로 말하는 꿈이 아닌 상상 속의 소망이 이루어진 꿈을! 그 꿈이 당신을 이 세상으로부터 행복한 인생을 살도록 만들어줄 것이다!

07

제대 후 5년, 다시 군입대를 알아보다

"희망은 어둠 속에서 시작된다. 새벽은 올 것이다. 기다리고 보고 일하라. 포기하지 말라." – 앤 라모트

꿈도 목표도 없이 시작한 웨이터 생활

1999년 7월 나는 군대를 전역했다. 꿈과 목표 없이 세상을 살 수 있을까 염려스러웠다. 그래도 세상은 살 만하다고 했다. 세상은 나를 버리지 않을 것이라는 막연한 희망을 갖고 세상 밖으로 나왔다. 집으로 향했다. 부모님과 동생들은 나의 전역을 축하해주었다. 같이 식사를 하고 동생들은 밖으로 나갔다. 엄마는 설거지를 하셨고 나는 아버지와 마주 앉았다. 그리고 향후 계획을 말씀드렸다.

"아버지! 저 하고 싶은 일이 있습니다."

"그래, 어떤 거?"

"저 웨이터가 하고 싶습니다."

"허허. 뭐라고! 웨이터?"

갑자기 어머니가 방으로 달려오셨다.

"뭘 하고 싶다고?"

"웨이터요."

"밥 먹고 무슨 귀신 씻나락 까먹는 소릴 하고 있네."

"꼭 하고 싶어요!"

아버지는 어머니를 진정시키고 차근차근 나의 이야기를 들어주셨다. 군대 전역하기 전 웨이터 생활을 하던 후임병이 있었다. 몇 번 이야기를 들었는데 흥미가 생겼다. 왠지 잘할 수도 있을 거라는 생각도 했다. 그래서 항상 머릿속에는 전역하고 나면 꼭 한 번 해봐야겠다는 생각을 했었다. 그래서 당당하게 전역 첫날 부모님께 말씀을 드렸다. 어머니는 끝까지 반대를 하셨지만 아버지는 고민 후 한 가지 조건만 들어주면 해주신다고 하셨다.

그 조건은 아버지 친구분이 운영하시는 가게에서 일하는 것이었다. 나는 놀랐다. 아버지 친구분 중에 술집을 운영하시는 분이 계실 거라고는 상상도 못했다. 나는 그렇게 하기로 했다. 아버지 친구분이 운영하시는 가게로 갔다. 술도 마시고 노래도 하는 곳이었다. 그곳에서의 웨이터 생활은 기대가 되었다. 같이 일하는 형도 너무 좋았다. 성격도 착하고 나를 많이 챙겨주던 형이다. 나는 가까워진 형과 함께 그곳에서 즐겁게 일을 했다. 그러던 어느 날 우락부락한 형님들이 들어오셨다.

'우당탕탕! 쨍그랑!' 별의별 소리가 다 들린다. 들어가 보니 싸움이 난 것이다. 치고받고 바닥에는 온통 피투성이다. 간신히 상황이 종료되고 우리는 정리를 하기 시작했다. 나는 그 순간이 너무 무서웠다. 싸움 구경은 많이 했지만 실제로 그렇게 싸우는 건 처음 본 것이다. 형에게 이 말을 하자 형은 태연하게 자주 있는 일이라고 했다. 내가 걱정을 해서였을까! 형은 나에게 다른 곳으로 일자리를 옮기자고 했다. 나는 형을 따라 새로운 곳으로 일자리를 옮겼다. 나의 마지막 웨이터 생활은 인천이었다. 1년쯤 되었을 때 스카우트 제의를 받아 인천으로 가게 되었다. 항구도시 인천! 뱃사람들이 엄청나다. 술은 또 어찌나 잘 마시는지. 오랜 기간 배를 타고 잠시 쉬는 동안 술을 그렇게나 많이 마셨다. 막내 웨이터라고 귀엽게 봐주신 덕에 팁도 많이 받았다. 그렇게 즐거운 웨이터 생활을 지속했다.

명절이었다. 나는 가게 누나들과 같이 고향을 가기로 했다. 나를 포함해서 총 4명이었는데 가게 사장님이 누나들 집에 잘 데려다주고 나도 잘 다녀오라고 차를 빌려주신 것이다.

제2경인고속도로를 내달리고 있었다. 당시 제2경인고속도로는 가로등

이 없었다. 쌍라이트를 켜고 달려도 잘 보이지 않을 정도로 어두웠다. 운전면허를 취득한 지 얼마 안 된 나는 쌍라이트를 찾지 못했다. 그래서 라이트를 손으로 잡고 운전을 했다. 시속 140km. 갑자기 P 턴 구간에 접어든 것이다. '악!' 외마디 말과 함께 나는 핸들을 돌렸다. 옆에서는 신음소리가 들렸다. 뒤를 돌아보니 머리를 부딪힌 누나도 있었고 무릎을 부딪힌 누나들도 있었다. 나는 아찔했다. 그래도 크게 다친 사람은 없는 듯 보였다. 얼마나 지났을까! 사고를 수습하기 위해 견인차가 도착했다. 신고한 사람은 없는데 어떻게 온 건지 이유도 묻지 않았다.

차량을 이동하려고 하는데 차가 움직이질 않았다. 밖에 내려서 보니 차바퀴 축이 돌아가 있었다. 결국 견인차에 이끌려 정비소로 향했다. 차량을 본 정비사는 차주가 살아 있는지 물었다. 이건 또 뭔 소리지! 차바퀴 축이 그렇게 틀어질 정도면 최소 사망이라고 한다. 내가 차주라고 말하자 천운이라고 했다. 나는 그때 그 말을 실감하지 못했다. 사고로 모든 것이 엉망인데 천운이라는 게 이해되지 않았다. 그렇게 우리의 명절은 끝이 났다.

사고 소식을 들은 가게 사장은 나에게 수리비 200만 원을 요구했다. 나도 책임이 있으니 그렇게 하겠다고 했다. 하지만 사장은 나에게 무상으로 일할 것을 요구했다. 나는 돈을 모아서 갚겠다고 했으나 사장은 무상으로 일하라고 한 것이다. 결국 나는 사장에게 200만 원을 현금으로 주고 가게를 그만두었다.

꿈이 있는 사람은 목표를 위해 쉼 없이 내달린다

1년간의 웨이터 생활을 통해 나는 많은 것을 느꼈다. 가장 크게 느낀 건 내가 할 일은 아니라는 것이었다. 내가 23살의 나이에 웨이터로 일을 한다는 건 시간이 너무 아까웠다. 나는 더 큰 세상을 향해 나아가고 싶었다. 아르바이트를 하며 어떤 일을 할지 고민했다.

그러다 눈에 띄는 일자리를 찾았다. 전화로 영어 교재를 판매하는 일이었다. 당시에는 전화영어가 유행이었다. 판매하는 만큼 월급을 받을 수 있다는 말에 입사를 결정했다. 내가 일한 만큼 보상을 받는다는 건 분명 매력적인 일이다. 나는 열심히 했다. 결제를 받기 위해서 고객의 집으로 찾아간 적도 있다. 나는 영업의 매력에 빠졌다. 그렇게 점점 더 영업이라는 굴레에서 벗어나지 못하는 삶을 시작하게 되었다.

그러다 나는 다니던 영어 교재 판매 회사를 그만두고 학원에 입사를 했다. 영어 교재가 불황을 맞게 된 것이다. 전화로 팔던 교재가 인터넷 시대가 열리면서 온라인으로 판매가 되기 시작한 것이다. 나는 더 이상 희망이 없을 거라는 마음에 회사를 옮기게 되었다. 그렇게 시작한 학원 생활은 굉장히 떨렸다. 일한 만큼 번다는 것이 어떤 것인지를 눈으로 생생하게 확인한 것이다. 지금 생각해보면 한 가지 놓친 부분이 있었다. 일한 만큼 벌 수는 있었지만 보장된 삶이 아니기에 안정감은 떨어질 수 있다는 것을!

일을 시작한 지 5년 정도 지났을 때 나는 일에 회의감을 느꼈다. 매일매일 똑같은 반복적인 삶이 기계적이라는 생각이었다. 일은 즐겁게 해야 하는데 마치 기계처럼 매일 반복된 일을 하는 것이다. 시간이 지날수록 발전 가능성이 떨어지는 것 같았다. 가뜩이나 빚도 가지고 있던 터라 더 이상 이대로는 힘들겠다는 생각이 들었다.

방법이 없을까? 나는 문득 행정관 생각이 났다. 시간이 지나더라도 재입대가 가능하다는 말이 떠올랐다. 그래! 군대였다! 나는 군 생활이 즐거웠다. 힘들지도 않았고 축구도 좋아했다. 군대를 다시 갈 수만 있다면 그만한 곳은 없겠다고 생각했다.

군대에 전화를 했다. 나는 전역을 했고 하사관 지원을 하고 싶다고 말했다. 나이 때문인지 전역 후 기간 때문인지는 정확히 기억나지 않는데 안 된다고 했다. 당시 1-2개월 차이로 입대를 할 수 없는 상황이었다. 하소연도 해봤지만 안 된다고 했다. '그럼 나는 이제 어디로 어떻게 가야 하는 걸까?' 또다시 고민에 빠졌다.

당신은 어떤 꿈을 가지고 사는가? 우리는 매일매일 반복되는 일상 속에서 살아가고 있다. 누군가는 무료함을 달래기 위해 동호회 활동을 한다. 또 다른 누군가는 힐링을 한다며 카페에 가서 책을 읽는다. 하지만 다음 날이 되면 어김없이 우리는 반복된 일상을 되풀이하고 있다. 꿈이 있는 사람은 목표를 이루기 위해 쉼 없이 내달리고 있다. 지치고 힘들 시간이 없을 만큼 바쁘게 생활하고 있다. 하지만 꿈과 목표가 없기 때문에 우리의 뇌는 정지되어 있고 가슴은 평온한 상태로 살고 있다. 당신의 가슴을 뛰게 하라! 가슴을 뛰게 하는 꿈을 찾아라! 그 순간이 되면 나의 일상은 꿈으로 가득한 행복한 일상으로 바뀔 것이다.

08

나만 몰랐던 친구들의 진실

"선물로 친구를 사지 마라.
선물을 주지 않으면 그 친구의 사랑도 끝날 것이다."
– 토마스 풀러

진짜 인맥을 만들기 위해서는 꿈 친구를 만들어야 한다

나는 고졸 출신이다. 고등학교를 졸업하고 바로 취업 전선에 뛰어들었다. 인문계 고등학교를 졸업했음에도 빨리 직장인이 되고 싶었다. 나는 대학에 대한 미련은 없었다. 하지만 대학 생활이 어떨까 하는 궁금증은 있었다. 대학을 다니는 친구에게 물어볼 기회가 생겼다. 대학을 다니면서 얻은 것이 무엇인지. 단지 그것만이 궁금했다.

친구의 대답은 의외였다. 인맥이라고 했다. 많은 친구들을 만나서 사회에 진출하면 새로운 인맥을 형성할 수 있다는 것이었다. 나는 그것이 의미하는 바를 잘 몰랐다. 나는 직장 생활을 하면서 또래 친구들이 많았다. 동갑내기도 있고 한두 살 터울의 형 동생들도 있었다. 그들은 퇴근하고 나면 친구들과 함께 하는 약속이 많았다. 어떤 약속인지 물으면 대학 때 친구들을 만난다고 했다. 대학은 정말 인맥을 쌓는 데 도움이 되는 곳일까?

인맥을 쌓으려고 하는 이유는 무엇일까? 평소 친구들을 많이 사귀어야 한다는 말을 많이 들어봤을 것이다. 내가 힘들 때 옆에 있는 친구가 진짜 친구라는 말도 들었을 것이다. 친구들을 나열하면 학창 시절 친구, 대학에서 만난 친구, 군대에서 만난 친구, 직장에서 만난 친구 등 수없이 많다. 친구들이 그렇게 많다는 것은 아마도 당신의 인성이 좋아서일 것이다. 그리고 사람을 좋아해서 그럴 수도 있을 것이다. 그런데 친구들이 많으면 정말 좋은 걸까?

나는 주변에 친구가 거의 없다. 학창 시절에는 친구들이 좋아서 가출까지 했는데도 지금 내 주변에는 친구가 없다. 직장에서 만난 친구들도 직장을 떠나자 연락이 끊겼다. 주변에 몇몇 친구가 있긴 하지만 모두가 필요에 의해 연락을 하는 친구들이다. 나는 친구가 있어서 좋은 것들이 무엇인지 모른다. 하지만 어떤 친구들을 만나야 하는지는 너무나도 잘 알고 있다. 지금부터 진짜 친구 찾는 방법을 알아보자.

우리가 인맥을 만드는 데는 여러 가지 방법이 있다. 학교에서, 군대에서, 직장에서, 심지어 미용실과 술집에서도 인맥을 만들어간다. 모두 각자의 필요에 의해서 인맥을 형성하는 것이다. 하지만 나는 이렇게 형성하는 인맥이 어떤 의미가 있을지 궁금하다. 서로가 필요에 의해 만들어진 인맥이라면 반대로 필요가 없어지면 떨어지는 인맥 아닌가.

이렇게 만들어진 인맥은 오래갈 수가 없다. 진짜 인맥을 만들기 위해서는 꿈맥을 만들어야 한다. 꿈 친구다. 나는 꿈 친구라는 존재가 있다는 것을 전혀 몰랐다. 지금 이 글을 읽고 있는 당신은 '꿈 친구'라는 말을 들어본 적이 있는가. 꿈을 공유하고 서로의 꿈을 응원해주는 그런 친구 말이다. 꿈 친구라는 말 자체도 어색해하는 사람들이 많을 것이다.

하지만 확언하건대 지금 만나고 있는 인맥 100명, 1,000명보다 꿈 친구 한 명 있는 것이 인생에 더욱더 도움이 될 것이다. 또한 꿈 친구 한 명과 함께하는 것이 성공하는 더 빠른 지름길이 될 것이다. 나는 확신한다. 나는 자기계발서를 많이 보는 편이다. 돈이 되고 인간관계를 형성하기 위해 필요한 정보를 얻고자 함이다.

지금 우리가 이토록 열심히 일하는 최종적인 이유는 돈을 벌기 위함이다. 우리는 돈을 벌기 위해 필요한 방법들을 찾아 각 분야에서 일을 하는 것이다. 누군가는 회사에서, 누군가는 창업으로, 또 다른 누군가는 원양어선을 탄다. 귀농을 해서 농사를 짓는 사람들도 있다. 돈을 버는 방법이 다를 뿐이지 모든 목적은 돈을 벌기 위함이다.

하지만 돈을 버는 것도 방법을 알아야 한다. 책을 읽다 보면 하루에 4시간 일하고도 월 1,000만 원씩 버는 사람들이 있다. 또 어떤 책에서는 일을 잘할 수 있는 방법들을 말해준다. 누군가는 창업을 해야 한다 하고 또 다른 누군가는 회사에서 오래 살아남을 수 있는 방법을 제시해준다. 우리의 최종 목적지는 돈을 벌기 위함인데 너무나도 많은 방법이 있다. 배워서 따라 하기도 힘든 실정이다. 하지만 돈은 누가 번다고 생각하는가. 내가 버는 것이다. 돈이 돈을 번다는 말도 결국에는 나의 결정에 따라 움직이는 것이다.

꿈 친구와 함께한다면 인생의 큰 변화가 시작된다

우리가 살아가면서 기억해야 할 것이 있다. 세상의 중심에 내가 있어야 한다. 나의 선택과 나의 결정으로 내가 움직여야 한다. 하지만 지금 주변에 있는 친구들로 인해 방향을 바꾼 적은 없는지 생각해보자. 내가 하고자 하는 것이 분명 있음에도 친구의 만류로 인해 방향을 선회하는 것이다. 그리고 친구의 조언에 고맙다는 인사를 전한다.

친구의 조언이 도움이 되는 경우도 있을 것이다. 하지만 어떤 결정이든 내가 해야 발전이 있는 것이다. 설령 나의 선택이 잘못된 선택이라 할지라도 그래서 실수를 할지라도 내가 선택을 해야 하는 것이다. 실패하지 않는 것이 가장 큰 실패라는 말이 있다. 실패는 성공의 어머니라는 말도 있다. 내가 결정을 해야 실수를 하든 성공을 하든 할 수 있다. 하지만 가족과 친구들의 반대가 만만치 않은 상황들이 많다. 내가 가진 확신이 없기 때문에 결국 포기하게 되는 것이다.

여기서 문제는 내가 가진 생각에 대한 확신이 없다는 것이다. 왜 그럴까? 나는 그토록 간절히 원하는데도 불구하고 확신이 서지 않는 이유 말이다. 바로 꿈과 목표가 없기 때문이다. 꿈과 목표, 그리고 희망에 대해서는 수백 번을 말해도 아깝지 않다. 아니 어쩌면 수백 번을 말해서라도 변화될 수만 있다면 말해주고 싶다.

우리에게 꿈이 있다는 것은 살아 있다는 증거다. 반대로 꿈이 없다는 것은 죽은 것이나 다름없다. 꿈이 있으면 목표가 생긴다. 목표가 생기면 희망을 볼 수 있다. 꿈 자체가 없으니 목표도 없고 희망도 없는 것이다. 꿈 친구가 필요한 이유가 여기에 있다. 꿈을 꾸고자 노력한다면 누구나 가능하다. 그러면 자연스럽게 목표도 생겨난다. 하지만 꿈을 꾸는 것도 방법을 알아야 한다. 그래서 꿈 친구가 필요한 것이다. 그냥 꾸는 꿈은 아무런 의미를 갖지 못한다. 꿈은 잠자리에 누워서만 꾸는 것이 아니라 낮에도 꿈을 꿀 수 있어야 한다. 이 말은 내면의 의식을 바꿔야 한다는 말이다.

김태광 작가의 『100억 부자의 생각의 비밀』을 보면 "소망이 단기간에 이루어지게 하려면 '완료형 말버릇'을 사용해야 한다."라는 문구가 나온다. 그렇다. 현재완료형으로 말해야 한다. 꿈도 이처럼 현재완료형으로 꾸어야 한다. 처음에는 적응하기 쉽지가 않다. 반복적인 연습이 필요하다. 하지만 반복적인 연습을 통해 익숙해지기만 하면 인생을 순식간에 변화시킬 수 있다.

이 모든 것을 이해하기 위해서는 성경까지 섭렵해야 하지만 그전에 이해할 수 있는 방법이 있다. 베어드 T. 스폴딩의 『초인들의 삶과 가르침을 찾아서』라는 책을 보면 된다. 책을 보면 말도 안 되는 일들이 일어난다. 눈으로 보고도 믿기지 않는 일들뿐이다. 책을 읽다 보면 무슨 상황을 보고 있는지 감당하기 힘들 수도 있다. 하지만 이 책은 100년 전에 쓰인 책이다.

얼마 전 영화로도 상영했던 〈명량해전〉을 모두 알 것이다. 1597년의 일이다. 그보다 더 가까운 시대에 쓰인 책이다. 중요한 건 경험을 토대로 기록한 책이라는 것이다. 현장에서 보고, 듣고, 느끼고, 체험한 모든 것을 책에 담았다. 그 책을 보고 믿는 순간이 오면 의식의 변화가 느껴지고 있음을 느낄 것이다. 또한 네빌 고다드의 저서들을 읽으면 많은 도움이 된다. 의식을 성장시키고 확장하는 데는 이만 한 책들이 없다고 생각한다. 의식이 성장하고 확장되면 모든 것이 이루어져 있음을 느끼고 받아들일 수 있게 된다. 돈도 마찬가지다.

김태광 작가의 『100억 부자의 생각의 비밀』을 보면 "우리는 10만 원을 버는 것보다 10억 원을 버는 것이 더 어렵다고 여긴다. 그러나 하나님의 관점에선 10만 원과 10억 원은 같은 액수다."라는 말이 나온다. 친구들에게 이 말을 해보자. 아마 미친놈이라고 할 것이다. 하지만 내가 느끼고 받아들이는 순간이 되면 더 이상 그 친구들과는 마주하지 않게 될 것이다.

꿈 친구를 만나자. 꿈 친구와 함께한다면 당신의 인생에 큰 변화가 시작될 것이다. 꿈 친구가 있을 때 비로소 세상의 주인이 되어 행복한 삶을 살 수 있음을 기억하자.

내가 깨달은 인생의 가르침

말버릇으로 인생이 바뀌는 진짜 이유

"말로 표현하는 것 자체가 주문이 이루어지게 하는 행동이다. 말로 표현하는 행위는 소원을 이루는 첫걸음이다. 나 자신의 경험을 돌이켜보면 확신할 수 있다. 목소리도 파동을 가진 에너지 그 자체다. 다양한 소리의 조합이 우리의 목소리나 말을 만들어낸다. 그리고 소리의 조합에 의해 에너지는 좋아지기도 하고 나빠지기도 한다.

좋은 말을 발신하고 좋은 말을 수신함으로써, 좋은 에너지를 발신하고 좋은 에너지를 수신한다."

– 『2억 빚을 진 내가 뒤늦게 알게 된 소~오름 돋는 우주의 법칙』, 고이케 히로시

평소 아무 생각 없이 하는 말들이 현실에서 그대로 이뤄진다면 기분이 어떨까? 말 한마디가 얼마나 소중한지 깨달을 수 있을 것이다. 실제로 말은 생각으로부터 나온다. 이것이 "생각이 현실이 된다."라는 말을 무시하면 안 되는 이유다. 말버릇만 바꿔도 인생은 반드시 바뀐다.

현명한 포기에는 용기가 필요하다

01
대학보다 취업을 택한 이유

"자신의 능력을 믿어야 한다.
그리고 끝까지 굳세게 밀고 나가라."
– 로살린 카터

고3, 인문계에서 예체능계로 진로가 바뀌다

나는 고등학교 2학년까지는 평범한 학창 시절을 보냈다. 말썽을 피운 적도 별로 없다. 나의 학창 시절 이동 경로는 학교, 도서관, 집이었다. 그러던 내가 고등학교 3학년에 진학하자마자 변하기 시작했다. 고등학교 3학년이면 입시 준비생이다. 그 시기는 학기 초반부터 공부를 하지 않으면 따라가기가 어렵다. 그렇기 때문에 초반부터 집중을 해야 한다. 경쟁에서 살아남기 위해서는 어쩔 수 없는 것이다. 나는 머리를 삭발하기로 결심했다.

나는 내신 성적이 그다지 좋은 편이 아니었다. 벼락치기가 잘 먹히는 날에는 중위권 수준이었고 안 먹히는 날에는 하위권이었다.

내가 다닌 학교는 경기고등학교다. 강남구 삼성동에 위치해 있다. 내 모교는 명문 고등학교다. 유명한 인물들도 꽤 있다. 한때 취업을 준비하던 시절, 이력서를 내고 지원한 곳이 있다. 얼마 지나지 않아 면접 일정이 잡혔다. 나와는 전혀 상관없는 회사였는데 면접이 잡힌 것이다. 나는 인사 담당자에게 면접 이유에 대해서 물었다. 고등학교 때문이었다. 출신 고등학교만 보고 면접을 잡은 것이라고 했다. 고등학교 선배였던 것이다. 지금까지 100년이 넘은 역사를 자랑하고 있는 고등학교다.

그런 학교에 내가 어떻게 배정이 되었을까? 공부는 중간 정도 하고 특별한 특기가 있는 것도 아닌데 어떻게 명문고를 갈 수 있었을까? 소위 말하는 뺑뺑이다.

당시 고등학교를 들어갈 때 뺑뺑이를 돌렸다. 그리고 배정받는 학교가 있으면 입학할 수 있는 시스템이었다. 대부분의 친구는 단체로 집에서 가까운 학교에 배정을 받았다. 나만 버스를 타고 언덕을 올라가야 하는 학교로 배정을 받은 것이다.

고등학교 2년의 시절을 보내고 나는 중대한 결심을 했다. 이왕 공부하는 거 1년은 제대로 공부하겠다고 마음먹은것이다. 내가 다니던 고등학교는 매일 두발 검사를 했다. 매일 머리를 신경 쓰는 것도 여간 귀찮은 것이 아니다. 그래서 나는 삭발을 하기로 결심했다. 집중해서 할 수 있는 결단력이 필요했다.

그런데 아뿔싸! 담임 선생님으로 오신 분은 두발 검사를 하지 않겠다고 하셨다. 고3이니까 머리 신경 쓰지 말고 공부에만 집중하라고 하셨다. 전교에서 나만 민머리였다. 얼마나 지났을까! 조금 껄렁껄렁한 친구가 내 옆으로 왔다. 나한테 친하게 지내자고 했다. 나중에 들은 말인데 내가 일진인 줄 알았단다. 살면서 싸움 한 번 안 해본 나한테 일진이라니! 기가 찼다. 나의 삭발은 일진이라는 후폭풍을 가져다주었다.

나는 어릴 적부터 운동을 좋아했다. 농구, 축구, 탁구, 배드민턴 등 웬만한 구기 종목은 모두 좋아했다. 학교는 매년 체육대회를 진행했다. 1학년 때는 배구, 2학년 때는 농구, 3학년 때는 축구를 했다. 3학년 때 축구하는 모습에 담임 선생님은 나의 진로를 변경하셨다. 인문계에서 예체능계로 변경을 하신 것이다. 부모님과의 면담도 모두 끝났다.

나는 어렸을 때 운동선수가 되고 싶었다. 성장하면서 운동선수에 대한 미련을 버렸다. 시간이 지날수록 늦었다는 생각이 들었기 때문이다. 그런데 체대 입시를 준비하라니! 나는 체대를 가기 위해서 입시를 준비한 것이 아니었다. 하지만 부모님과의 면담까지 끝난 상황에서 나는 체대로 진로를 변경했다.

체대 입시 준비는 너무 힘들었다. 도망치고 싶을 정도로 힘들게 운동했다. 늦게 시작을 했기 때문에 더 열심히 해야 했다. 얼마나 지독하게 했으면 지금도 운동을 할 때 극한까지 한다. 그래야 개운함이 들기 때문이다.

고3 때 동네에서 만나던 친구가 있었다. 흔히 하는 말로 동네 양아치 친구였다. 성격까지 안 좋았다면 안 만났을 텐데 성격은 괜찮은 친구였다. 나는 그 친구와 친해지기 시작했다. 나와 다른 성향의 친구를 만나다 보니 끌리게 되는 무언가가 있었다. 외모도 성격도 모든 것이 나와 달랐지만 사춘기 시절이다 보니 모든 것이 끌렸나 보다! 친구가 가출을 제안했다.

운동에 지칠 대로 지치고 하루하루가 힘들었다. 벗어날 수만 있으면 좋겠다고 생각했다. 그런데 친구가 가출을 제안한 것이다. 그것도 고3 때. 나는 고민이 되었다. 한 번도 가출을 생각해본 적이 없었다. 그리고 어떻게 집을 나가야 하는지도 몰랐다.

집에 있으면서 방법을 궁리했다. 그때 아버지가 술 심부름을 시키셨다. 아버지는 집에서 반주하시는 걸 좋아하셨다. 그때 소주값은 700원이었다. 1,000원 지폐를 주시며 소주 심부름을 시킨 것이다. 그때 기회라는 생각이 들었다. 아파트 2층에 거주하고 있던 나는 옷 가방을 창문 밖으로 던졌다. 그리고 슈퍼에 간다며 집을 나갔다.

선택에 따른 책임은 오로지 자신의 몫이다

내가 모르던 세상은 신기했다. 밤이고 낮이고 모든 사람이 신기했다. 평소 내가 볼 수 없었던 모습들을 보고 나니 즐거운 마음도 들었다. 가출을 해서 하고 싶은 것들을 하며 하루하루를 살았다. 그때 나는 1,000원짜리 한 장 있었다. 나는 오락실을 좋아했다. 어렸을 때부터 동네에 있는 게임들을 하며 자랐다. 가출을 하고 보니 갈 수 있는 데가 한정적이었다. 주로 시간을 보낼 수 있는 유일한 공간이 오락실이었다. 가출한 지 3일째 되는 날이었다.

오락실에서 한참 오락을 하고 있는데 누군가 오락실로 들어오는 모습이 보였다. 낯익은 목소리로 누군가 나를 불렀다. 아버지였다. 아버지는 나를 보시더니 웃으셨다. 얼마나 어이없으셨을까? 1,000원짜리 한 장 들고 집을 나간 아들을 오락실에서 찾으셨으니! 나를 보고 웃으시던 아버지를 따라 나는 집으로 들어갔다. 아버지는 딱히 나에게 별다른 말씀이 없으셨다. 집에 도착해서는 엄마가 말씀하셨다. "너는 돈도 없이 집을 나가냐?" 나는 그냥 웃었다.

그리고 한 달 뒤 나는 두 번째 가출을 했다. 두 번째 가출도 5일 정도 만에 아버지에게 붙잡혔다. 나는 그 뒤로 가출을 시도하지 않았다. 어차피 붙잡힐 테니까!

나는 체대 입시를 포기했다. 가출을 하다 보니 운동을 하는 것도 더 이상은 무리였다. 하지만 담임 선생님은 끝까지 체대를 준비하라고 하셨다. 제자를 포기하지 않으셨던 담임 선생님 덕분에 운동은 끝까지 할 수 있었다. 체대 진학은 결국 포기했지만 말이다.

내가 대학 진학을 포기하게 된 데는 이유가 있었다. 체대를 진학해서 졸업을 하면 내가 할 수 있는 게 없을 것 같았다. 트레이너로서의 삶을 살 수 있지만 나는 트레이너가 되고 싶지 않았다. 지금은 많은 진로가 있다는 것을 알지만 그때의 나는 다른 생각이 없었다.

그래서 과감히 대학을 포기하고 산업 전선에 들어가 돈을 벌어야겠다고 생각을 했던 것이다. 외삼촌이 사업체를 운영하고 계셨다. 나는 고등학교를 졸업하자마자 외삼촌 회사에 입사해서 1년간 일했다. 그게 내 사회생활의 첫 시작이었다.

나는 지금도 대학을 포기한 것에 대해 후회하지 않는다. 오히려 대학을 포기하고 산업 전선에 뛰어든 것이 잘한 선택이라고 생각한다. 우리는 살면서 수많은 결정을 해야 한다. '버릴 것인가, 얻을 것인가!' 이런 고민은 자신의 최선의 선택으로 결정된다. 하지만 반드시 꼭 필요한 건 없다고 생각한다. 필요한 건 내가 만들어갈 수 있다. '소탐대실.' 작은 것을 얻기 위해 큰 것을 잃는 경험을 우리는 너무 많이 봤다. 지금도 학교에 대한 고민, 직장에 대한 고민, 친구에 대한 고민, 연인에 대한 고민 등 수많은 사람이 고민 속에서 살아가고 있다. 당신은 어떤 선택을 할 것인가!

지금의 행복을 위한 선택을 할 것인가. 아니면 지금을 포기하고 행복한 미래의 삶을 선택할 것인가.

어느 것이 맞다고 아무도 단정할 수 없다. 선택에 따른 책임은 오로지 자신의 몫이다. 다만 한순간의 선택이 인생을 좌우하는 것처럼 당신이 꿈꾸는 미래를 상상해보라. 그 모습이 어떤 모습이든 당신이 원하는 모습을 꿈꾸고 상상하라.

02

15년간 믿어왔던 교회의 배신

"아는 것이 문제가 아니라,
안다고 믿는 것이 문제다."
– 마크 트웨인

유일하게 믿고 의지했던 교회의 배신

당신은 지금껏 배신을 당해본 적이 있는가? 그것도 믿었던 것으로부터의 배신! 나는 지금까지 많은 배신을 당해왔다. 친구로부터, 지인으로부터, 그리고 교회로부터.

나는 매년 12월 31일 교회를 갔다. 송구영신예배를 드리기 위해서다. 새로운 한 해를 맞이하며 하나님께 기도를 하는 시간이다. 새해 기념으로 일출을 보러 가는 것과 같았다. 우리 집안은 불교 집안이었지만 나는 꿋꿋이 교회를 다녔다. 교회를 가면 친구들을 만날 수 있었고 밥도 공짜로 먹을 수 있었다. 그리고 악기도 배울 수 있었다. 교회에 가는 시간이 너무 좋았다. 그렇게 나는 15년 동안 기독교인으로 살았다.

군대를 가면 매주 일요일 종교 활동을 한다. 교회, 성당, 불교. 원하는 곳을 찾아간다. 나는 물론 항상 교회를 갔다. 보통 군대에서 종교 활동은 교회가 가장 많다. 맛있는 것들을 많이 주기 때문이다. 나는 교회 다니는 것을 워낙 좋아했기 때문에 군대 간부들은 나를 군종병처럼 생각했다. 교회 행사만 있으면 나를 찾았다.

언젠가 군대에서 작업을 하고 있는데 부소대장이 급하게 찾았다. 무슨 일인지 물어봤더니 교회에 기타를 칠 수 있는 사람이 없다면서 급하게 나를 찾은 것이다. 내가 근무하던 부대 간부들은 모두 기독교였다. 나는 모태신앙은 아니지만 그보다 더 절실했으며 간절한 믿음을 가지고 종교 생활을 했다. 군대 입대하기 전까지 목사의 꿈을 키운 적도 있었다.

그렇게 군대에서 열심히 종교 활동을 하고 전역을 했다. 지금은 연락이 닿지 않아 만날 수 없지만 그때 만난 고마운 분들이 많다. 은진이, 은경이, 상봉이 삼남매! 혹시라도 이 책을 보게 된다면 꼭 한번 연락해 줬으면 좋겠다. 전역 후에도 가끔은 연락을 했는데 어느 순간 연락이 끊겨 아쉬웠다. 상봉이는 나하고 생일도 같은 날이었다.

나는 전역한 후에 교회를 자주 다니지 못했다. 그래도 매년 빠지지 않고 참석했던 것이 송구영신예배였다. 어느 주말, 나는 교회에 가서 예배를 드리고 싶었다. 이유는 모르지만 그날은 유독 교회를 가고 싶은 날이었다. 교회에 도착한 순간 나는 못 볼 걸 보고 말았다.

내가 다니던 교회는 담임목사와 부목사가 있었다. 담임목사는 아버지였고 부목사는 아들이었다. 내가 알고 지내던 분들은 1층에서 예배를 드리고 있었는데 2층에서는 또 다른 예배가 진행되고 있었다. 이게 무슨 일인가! 교회에서 이중 예배를 드리는 말도 안 되는 일이 생긴 것이다. 나는 충격을 받았다. 그리고 상황을 파악하기 위해 장로들을 찾았다.

장로들은 충격적인 말을 했다. 담임목사가 헌금을 가지고 집을 사고 차를 샀다는 것이다. 그것도 집 5채, 차 3대를 가지고 있단다. 나는 믿을 수 없었다. 그래서 장로들은 주택 구매와 차량 구매에 대한 자금 출처를 요청했다고 했다. 부목사는 말도 안 된다고 펄쩍 뛰었다. 결국 담임 목사가 자금 출처를 밝히지 못해 최악의 이중 예배가 시작된 것이다.

장로들이 담임목사 퇴진을 요구했지만 담임목사는 자신이 설립한 교회이기 때문에 절대 퇴진은 없다고 맞선 상태였다. 나는 교회가 너무 싫었다. 아니 교회에 정이 떨어졌다. 교회의 기본 신념은 두 명의 신을 섬기지 않는 것이다. 그런데 1층, 2층 각기 다른 층에서 서로 다른 목사가 동시간대에 예배를 드린다는 것이 도저히 납득이 되지 않았다.

그렇게 나는 교회를 뒤로하고 나왔다. 충격을 받은 나는 하염없이 걸었다. 오랫동안 교회에서 알고 지내던 동생들도 나를 회유했다. 담임목사와 부목사를 비방하면서 이런 교회는 다니면 안 된다고 했다. 걷고, 걷고, 또 걸었다. 나의 최종 선택은 종교를 버리는 것이었다.

나는 그 후로 교회를 가지 않았다. 단 한 번도 교회를 가지 않았다. 교회는 나에게 기도를 들어주는 곳이 아니라 상처를 준 곳이다. 그래서 갈 수가 없었다. 고등학교 때 나는 기독교 동아리 활동을 했다. 당시만 해도 목사를 꿈꿀 때였다. 기독교 동아리를 하면서도 참 행복했다. 선후배끼리 모여 기도하고 찬양을 부르면서 믿음을 키워갔다. 그때 친하게 지내던 후배가 있었다. 이름은 정주영. 내가 고3 때 동아리 회장을 했고 차기 회장을 그 후배가 맡았다. 우리는 그렇게 믿음을 가지고 꿈을 키워갔다.

교회를 다니지 않아도 하나님은 존재한다고 믿는다

지금 그 후배는 목사의 꿈을 이뤘다. 목사가 되어 개척교회를 설립했다. 집안 대대로 기독교 집안인데다 믿음이 워낙 강했던 친구라 목사가 되는 게 어쩌면 당연했던 것 같다. 내가 그 친구의 현재 모습을 알고 있는 데는 이유가 있다. 그 친구의 친동생이 지금 내 매제가 되었다. 매제도 현재 목사다. 이 기막힌 인연도 교회 때문에 생긴 것이다.

나는 여동생이 2명이다. 나와는 2살, 4살 차이 나는 동생들이다. 첫째 동생은 결혼 전까지 남자 친구를 한 번도 만난 적이 없다. 혹시 있었는데 숨겼는지도 모른다. 하지만 내가 아는 한, 단 한 번도 남자 친구를 만나본 적이 없다. 답답한 나머지 엄마는 동생한테 교회를 가라고 했다. 교회에 가서 남자라도 만나라고 말이다. 엄마는 정말로 교회를 가면 동생이 남자 친구를 만날 수 있을 거라 생각하신 걸까? 정말 남자 친구를 만났다. 그것도 남자가 먼저 동생에게 사귀자고 한 것이다. 지금 그 둘은 어여쁜 딸을 둘 데리고 있는 부부가 되었다.

참 신기한 일이다. 지금도 가끔씩 엄마는 그 말씀을 하신다. 교회에 가라고 해서 간 동생이나 엄마나 분명 통하는 무언가가 있었던 듯하다. 그렇게 둘은 결혼을 하고 지금까지 잘 살고 있다. 동생도 지금은 목사의 아내로서 열심히 교회를 다니고 있다. 조카가 식탁에 앉아 기도하는 모습을 보면 얼마나 예쁜지 모른다. 뭘 안다고 저렇게 기도를 할까.

매제와 동생은 지금껏 한 번도 나에게 교회를 가자는 말을 한 적이 없다. 내가 교회로 인해 상처를 가지고 있다는 걸 알았을까. 한 번도 교회를 다니라는 말도 없이 언제나 나를 위해서 기도한다고 했다. 나는 그런 애들이 좋아 보였다. 등 떠밀려 교회를 다니는 것이 아니라 언제가 되더라도 믿음이 생긴다면 교회를 갈 것이라고 생각하는 듯 보였다.

그런데 얼마 전 매제에게 뜻밖의 말을 들었다.

"형님, 이제 교회에 가셔야 될 것 같습니다."

"뭐? 무슨 교회를 가. 갑자기."

"차를 보고 있는데 뒤에 형수님이 타고 계시는 상상을 했습니다. 옆에는 아기도 있고요."

"지금 나한테 여자 만나러 교회 가라고 하는 거야?"

"형님, 이제 그런 것도 괜찮아요. 교회에서 여자 만나면 얼마나 좋은데요. 저 좀 보세요!"

"너는 무슨 목사가 교회를 여자 만나러 가라고 하냐! 하하하."

매제가 여자를 만나러 교회를 가라고 한 것이다. 나는 뜻밖이었다. 아무리 가족이라지만 목사가 교회에 여자를 만나러 가라고 말하는 것 자체가 의아했다. 어쩌면 그는 진정한 목사인지도 모른다는 생각을 했다. 나에게만큼은 인간적인 목사.

나는 동생 부부를 보면서 한 번씩 생각을 한다. 그동안 교회로부터 당한 배신감이 회복되는 게 아닐까 하는. 이제 교회를 안 간 지도 15년 쯤 되는 거 같다. 사랑의 기간이 길면 길수록 시련의 기간이 길다고 했던가! 교회를 다닌 지 15년, 그리고 멀어진 지 15년.

지금은 교회를 다니지 않아도 하나님은 존재한다고 믿는다. 꼭 교회가 아니어도 된다는 생각을 하는 것이다. 나는 동생 부부를 보면서 이제 교회에 대한 상처는 치유받았다고 생각한다. 그동안의 교회에 대한 불신과 안 좋은 추억은 기억 속에서 사라졌다. 나는 동생 부부가 좋은 목회 활동을 하길 바란다. 나와 같은 상처로 교회를 멀리하는 사람들이 없도록 말이다. 선한 마음으로 성도들의 의식을 변화시킬 수 있는 참다운 목사가 되기를 응원한다.

내가 깨달은 인생의 가르침

책을 쓰면 달라지는 것들

"책 쓰기의 목적은 무엇인가. 1인 퍼스널 브랜딩, 1인 창업이다. 책을 써서 자신의 경험을 브랜딩하고 그 전문성을 세상에 알리는 것이다. 일반인들이 자신의 전문성을 찾으라고 하면 의아해한다. '나'같은 평범한 사람이 무슨 전문성? 무슨 창업? 사람들은 누구나 전문성을 가지고 있다. 김도사처럼 책 쓰기 비법을 터득한 사람도 있고, 세일즈를 잘하는 사람, 육아를 잘하는 사람, SNS를 잘하는 사람, 이모티콘을 인상적으로 그리는 사람, 사진을 잘 찍는 사람, 영상 제작이나 편집을 잘하는 사람 등등. 누구나 살아오면서 터득한 경험이 있다. 바로 그 경험을 브랜딩화해서 그 노하우가 필요한 사람들을 도우면 된다. 단순해 보이는 그 행위로 수익을 창출하면 바로 창업이고 사업이다."

– 『나는 독서 재테크로 월급 말고 매년 3천만 원 번다』, 안명숙

'나'를 상품화한다는 것은 그리 어려운 일이 아니다. 우리는 누구나 장점이 있다. 장점이 없다고 생각한다면 큰 오산이다. 없는 것이 아니라 생각하지 못하는 것이다. 나만이 가진 장점으로 퍼스널 브랜딩에 도전해보자.

03

1년간 나이트클럽에 미쳐 살다

**"우리는 오늘은 이러고 있지만,
내일은 어떻게 될지 누가 알아요?"
– 윌리엄 셰익스피어**

나이트클럽의 꽃은 부킹이다

나이트클럽! 지금은 클럽이 대세인 시대지만 2000년대 초반에는 나이트클럽이 성행이었다. 곳곳에 나이트 웨이터들이 호객 행위 하는 것을 심심치 않게 볼 수 있었다. 군대 가기 전 친한 형들과 나이트에 갔던 추억은 잊을 수가 없다. 나는 회사에 취업을 한 이후에도 나이트에 대한 로망을 가지고 있었다.

회사에는 나와 또래 친구들이 많았다. 같은 또래임에도 직급은 서로 달랐다. 같은 나이임에도 주임, 사원, 신입 등 다양했다. 회사에서는 직급 체계가 있기 때문에 직책을 불러야 하지만 밖에 나오면 친구다. 우리는 매일 같이 퇴근해서 술을 마셨다. 당구도 쳤다. 아침에 출근해서 일하고, 퇴근하고, 술 마시고, 당구 치고, 그게 우리의 일상이었다.

회사는 모두에게 스트레스인 곳이다. 아무 일이 없어도 회사라는 공간은 누구에게나 스트레스의 장소다. 직장인을 현대판 노예라고 부르는 데는 그만한 이유가 있는 것이다.

매일 스트레스로 하소연을 하던 때 나이트클럽을 제안한 친구가 있었다. 나는 너무 좋았다. 나이트에 대한 로망을 항상 가지고 있었기 때문에 언제든지 가고 싶었다. 2000년 초반 종로에 유명한 나이트클럽이 있었다. 지금은 오래돼서 이름은 기억이 안 나지만 가장 유명했던 곳이다. 나는 친구들과 안으로 들어갔다.

군대 가기 전 다녔던 모습과 흡사했다. 추억 속에 있던 나이트를 다시 눈으로 보게 된 것이다. 가슴은 흥분으로 가득했다. 시끄럽게 울려 퍼지는 음악소리, 광란의 댄스, 나를 나이트로 처음 데려가 준 형들이 생각났다. 나는 친구들과 어울려 술 마시고 춤추고 신나게 놀았다. 나이트클럽의 꽃은 부킹이다. 부킹이 없으면 나이트는 재미가 없다.

2명이 갈 때나 3명이 갈 때나 웨이터는 인원에 맞춰 부킹을 주선해준다. 지금은 포장마차에서도 부킹을 해주는 곳이 있다. 지금은 일반 술집도 흔하게 볼 수 있다. 하지만 당시에는 나이트클럽을 가야만 부킹의 기뻠을 누릴 수 있었다. 모두가 자유로운 곳! 나는 그곳이 너무 좋았다. 천국과도 같았다.

나는 고등학교 시절 체대 입시를 위해 운동을 했다. 그리고 얼마 되지 않아 군대를 갔다. 입시를 준비하고 군대를 다녀왔으니 최고의 몸 상태를 유지하고 있을 때였다. 자신감은 하늘을 찔렀다. 어딘가에 있을 내 주민등록증은 아직도 20대 사진을 부착해서 가지고 있다. 그때의 모습을 기억하고 싶어서다. 외모도 준수하고 단련된 몸을 가지고 있었기에 옷이 잘 어울렸다.

나는 월급날이 되면 바로 동대문을 갔다. 굳이 백화점에 가서 옷을 사지 않아도 괜찮았다. 동대문에서 파는 모든 옷이 맞춤 옷이었다. 잘만 고르면 백화점에서 산 것과 같은 품질의 옷을 살 수 있었다. 내가 월급 날마다 옷을 사는 이유는 나이트에 놀러 가기 때문이었다. 멋진 옷을 입고 클럽에 가서 놀 때 여자들이 바라보는 시선을 즐긴 것이다.

사실 나는 숙맥이다. 소심한 성격이라 새로운 사람 앞에서 말을 잘 못한다. 대화를 10분 정도만 하면 괜찮았다. 문제는 그 10분 안에 부킹이 깨지는 것이다. 내가 나이트를 좋아하고 부킹을 자신했던 이유가 있었다. 군대 가기 전 만났던 댄서 형 때문이었다. 당시 형은 나에게 춤을 가르쳐 줬다. 나이트 전문 댄스라고 하면서 말이다. 나이트클럽을 가서 춤만 추면 환호를 받았던 형이 가르쳐준 춤이었다. 무조건 신뢰할 수밖에 없었다. 어쩌면 그때 당시에 나이트를 자주 갔던 이유가 춤을 배우기 위해서였을 수도 있다. 시끄러운 음악소리에 몸을 맡겨 춤을 추는 건 대단히 신나는 일이었다.

무엇을 하든 자신이 좋아하는 것을 찾아라

그때 배우던 춤이 기억났다. 나는 친구들과 함께 무대로 나가 신나게 춤을 췄다. 여자들의 시선이 느껴진다. 나의 춤 솜씨에 친구들도 열광했다. 음악이 멈추고 쉬는 시간은 여지없이 다가왔다. 아니나 다를까 웨이터 손에 이끌려 여성분이 자리에 앉았다.

"춤 잘 추시네요."

"아니에요. 그냥 즐기는 거죠."

"계속 쭉 봤는데 너무 재미있게 노시는 거 같아서 같이 놀고 싶었어요."

"네, 같이 놀아요."

부킹은 보통 여성을 데리고 남성 테이블로 이동을 한다. 나는 그 이유를 아직도 모르겠다. 왜 여성을 데리고 남성 테이블로 가는 건지. 모든 나이트의 부킹 방식이 그러하니 패스하기로 하자. 당시 나는 여성 테이블로 이동을 했다. 웨이터도 신기하다고 했다. 나이트에서 남성을 불러

달라고 하는 경우는 없다고 했다. 아무리 잘 생기고 외모가 출중해도 남성을 부르는 경우는 없었다고 한다. 진실은 나도 모른다. 나는 그렇게 여성 테이블로 이동해서 착석을 했다.

"몇 살이에요?"

"25살인데요."

"계속 봤는데 춤도 잘 추고 잘 놀던데, 친구들이랑 같이 왔어요?"

"네."

"몇 명이서 왔어요?"

"저희 3명이요."

대화에서 느껴지는 게 있는지 모르겠다. 대화의 주도권은 여성에게 있었다. 나는 대답만 했을 뿐. 그런데도 우리와 놀고 싶다고 하는 것이다. 재수 없다고 생각할 것이다. 하지만 진실이다. 나는 그 당시 자신감이 하늘을 찔렀다. 아무도 나의 자신감을 막을 수 없었다.

어느 날, 나이트클럽 담당 웨이터에게 연락이 왔다.

"형님, 오늘 물 좋은데 놀러 오세요!"

"나 오늘은 못 가. 돈 없어."

"형님, 그냥 오세요. 오늘은 제가 그냥 푸시해드릴게요."

요즘 나이트나 클럽을 가면 저녁 8시 이전에 들어오는 여성분들에게 무료 및 서비스로 주류를 제공해준다. 남성들을 끌어들이기 위해서다. 내가 그 대우를 받고 나이트클럽에 입장을 하는 것이었다. 웨이터는 나에게 한 가지 제안을 했다.

"형님, 댄스 타임이 되면 이쪽에 앉아서 술을 드세요. 제가 술은 서비스로 드릴게요."

"이렇게 해도 괜찮은 거야? 좋긴 한데 나도 모르겠다."

"괜찮습니다. 블루스 타임만 되면 화장실 쪽에 계세요. 그때 제가 부킹해드릴게요."

나이트에서 완전히 VIP급 대우를 받은 것이다. 웨이터는 왜 술을 무료로 제공해주면서 나를 부른 것일까? 나는 궁금했다. 하지만 궁금함도 잠시, 부킹을 가서야 이유를 알 수 있었다. 나이트에 혼자 오는 여성분들이 많았다. 혼자 오는 여성분들 대다수가 돈이 좀 있는 여성이었다. 나보다는 나이가 서너 살 많은 정도. 결국 내가 나이트 술 상무가 되었던 것이다. 나는 그 사실을 알고 웨이터에게 말했다.

"지금 나 술 상무 시키려고 부른 거냐?"

"형님, 그건 아닙니다. 근데 혼자 오시는 손님들도 있고 형님도 좋아하시니까."

"미친놈! 다음부터 부르지 마라."

나의 1년간의 나이트클럽 생활은 이렇게 종지부를 찍었다. 우리는 많은 스트레스 속에서 살아간다. 직장인들의 만병의 근원이 오죽하면 스트레스라 하겠는가! 스트레스를 받았을 때 어떻게 해소하느냐는 상당히 중요한 문제다. 사람마다 다양한 해소 방법으로 해소를 하고 있지만 조심해야 할 것이 있다. 바로 공황장애다!

불과 몇 년 전만 해도 공황장애는 50-60대에서 많이 발병하는 증상이었다. 하지만 지금은 30-40대에서도 흔히 발병한다고 한다. 공황장애가 바로 화병이다. 스트레스를 해소하지 못하고 마음에 쌓아놓다 보니 결국 화가 생겨 공황장애가 생기는 것이다. 스트레스로 인해 화가 쌓일 때 마음속에 담아두지 마라. 무엇을 하든 자신이 좋아하는 것을 찾아 해소하며 자신의 행복한 삶을 살아라. 당신의 행복한 삶을 응원한다.

04

대한민국 최고의 웨이터를 꿈꾸다

"인생에 있어서 최고의 행복은
우리가 사랑받고 있음을 확신하는 것이다."
— 빅터 위고

우리의 삶은 가장 행복하게 사랑받으며 살 권리가 있다

영화 〈국가부도의 날〉을 보았는가! 1997년 IMF 구제금융 당시 상황을 재현해 만든 영화다. 영화를 보면 알겠지만 실제로 IMF 시절 많은 기업들이 도산했다. 국내 재벌 5위 안에 있던 대우가 부도났으니 얼마나 많은 기업들이 도산했을지 상상에 맡긴다. 그때 도산했던 기업 중 삼미그룹이 있었다. 제재업 및 목재 가공업을 영위하던 기업이다. 야구단을 운영할 정도의 규모였으니 꽤 큰 기업이다.

1997년 삼미그룹은 최종 부도 처리가 되었다. 많은 이들이 실직자로 전락했다. 그중 삼미그룹 부회장 서상록 씨가 있었다.

내가 군대에 있을 때 일이다. 1997년도에 군대에 입대를 했으니 IMF 구제금융이 확정되기 얼마 전이었다. 입대 후 1년쯤 지나서 외부 강사를 초청해 꿈과 희망에 대한 강연을 하는 시간이 있었다. 분주하게 장병들이 자리에 착석을 하며 기다렸다.

"대기업 부회장을 역임하고 지금은 OO호텔 웨이터로 새로운 인생을 시작한 서상록 선생님을 모시고 오늘 강연을 시작하도록 하겠습니다. 큰 박수 부탁드립니다."

삼미그룹 부회장을 역임한 서상록 씨는 그룹 부도 후 호텔 웨이터로 취업을 했다. 많은 장병들은 그룹 부회장이 웨이터를 한다는 사실에 놀라워했다. 나 역시 충격이었다. 하지만 강연은 너무도 훌륭하고 감동이었다. 강연의 주된 내용은 꿈에 대한 이야기였다.

많은 사람들은 꿈을 꾸며 살아간다. 하지만 꿈에 대해 얼마나 진지하게 생각하는지 묻고 싶다. 서상록 씨는 저서 『미쳐야 청춘이다』에서 "자신의 이야기를 통해 꿈이 꼭 거창한 것일 필요는 없다. 현재 하고 있는 일이든 새로이 갖게 된 취미든, 자기가 한번 미쳐 보겠다고 결심하고 죽을 각오로 매달린다면 그 분야에서 성공하고, 행복을 찾을 수 있다."라고 말한다. 우리는 이런 꿈을 꾸어야 한다. 꿈에 미쳐야 하고 죽을 각오로 매달려야 성공하고 행복해질 수 있다.

"너는 꿈이 있어?"

"너는 꿈이 뭐야?"

나는 가끔 직원들에게 꿈에 대해 묻는다. 내가 꿈이 없을 때에는 물어볼 생각조차 못했다. 하지만 나에게 꿈이 생기니 이제는 직원들의 꿈이 궁금하다. 대부분 꿈에 대해 물어보면 돈을 많이 벌고 싶어 한다. 그것은 모든 사람이 이루고 싶은 소망인 듯하다.

그래서 꿈을 위해서 지금 무엇을 하고 있는지 물어보면 대부분 생각에 잠긴다. 우리는 너무 막연한 꿈을 꾸며 사는 게 아닌가 생각해본다. 비단 우리 직원들만 이런 생각을 가지고 사는 것이 아니다. 많은 사람들이 막연한 꿈을 꾸며 살고 있다. 매일 일상 속에서 바쁘다는 핑계로 꿈을 외면하며 살고 있는 것이다.

우리는 우리의 삶을 가장 행복하게 사랑받으며 살 권리가 있다. 자신에게 주어진 중요한 삶의 우선순위를 미뤄두고 살아가는 현실이 얼마나 참혹한지 생각해보라.

나도 한때 대한민국 최고의 웨이터가 되고 싶은 꿈이 있었다. 나도 반복되는 일상 속에서 꿈을 잃고 살았다. 내 꿈이 무엇이고, 나는 무엇을 위해 살고 있는지조차 모른 채 하루하루를 살아가고 있었다. 나는 혼밥을 제외하고는 혼자 무언가 하는 것을 극도로 싫어한다. 혼밥은 살기 위해서 하는 것이다. 하고 싶은 것은 너무도 많지만 혼자 하는 두려움이 있어 무언가 하기를 꺼린다. 그런 내가 유일하게 힐링할 수 있는 방법은 책을 보는 것이었다. 책은 나에게 주어진 그 어떤 환경 속에서도 함께할 수 있는 유일한 친구인 것이다.

뚜렷한 꿈과 목표가 없었기 때문에 하고 싶은 게 많아도 제대로 하지 못했다. 나는 끈기가 없는 것이라고 생각했다. 하지만 끈기가 없던 것이 아니라 뚜렷한 목표의식이 없었던 것이다. 목표가 없으니 해도 그만, 안 해도 그만인 것이었다. 부동산, 주식, 경매 등 많은 공부들을 하다가 말기를 여러 번. 끝까지 공부를 제대로 끝낸 것이 없다. 그냥 책만 읽는 것이 유일한 낙이었던 것이다.

자신을 사랑하는 법을 배우면 남을 사랑할 수 있는 지혜를 얻게 된다

어느 날인가 눈에 확 꽂히는 책을 보게 되었다. 안명숙 작가의『나는 독서 재테크로 월급 말고 매년 3천만 원 번다』라는 책이었다. 유일한 힐링이 독서였던 나에게 독서 재테크는 말 그대로 대박이었다. 책 제목대로라면 책만 읽으면 재테크가 가능하다는 것이었다. 나는 바로 서점에서 책을 구입했다. 책은 기획부동산에 속아 2억 원의 빚을 진 교사가 어떻게 빚을 갚으며 희망을 찾게 되었는지에 관한 이야기다. 비슷한 정도의 빚이 있는 나에게 희망이 될 수 있을 것이란 생각이 들었다.

책 속에는 〈한책협〉에 관한 이야기가 나온다. 〈한책협〉을 만나서 꿈을 찾고 희망을 찾았다고 한다. 그리고 교사로서의 활동을 그만둔다고도 했다. 도대체 무엇을 하는 곳이기에 교사직을 그만둘 수 있는 건지 너무도 궁금했다. 그리고 소개된 네이버 카페를 찾았다. 그 책 한 권이 내 인생을 변화시켜준 첫 번째 책이 되었다.

나는 학원 일을 하고 있다. 영업부터 시작해서 원장에 오르기까지 많은 일을 했다. 그중의 하나가 카페와 블로그 작업이다. 지금은 하지 않지만 카페를 셀 수 없이 만들고 운영하고 관리한 적이 있다. 카페를 만들고 관리하는 게 여간 힘든 일이 아니다.

하지만 나는 〈한책협〉 카페를 방문하고 경악을 금치 못했다. 한눈에 보더라도 카페는 완벽했다. 수백, 수천만 원의 제작비와 운영 관리비가 들어가는 홈페이지보다 훨씬 더 체계적이었다. 나는 카페를 둘러보며 완벽한 파이프라인이라는 생각을 했다. 여기는 도대체 어떤 곳일까!

'한국책쓰기1인창업코칭협회'는 200권의 책을 쓰고 900명의 작가를 배출한 김태광 대표가 운영하고 있는 '책 쓰기 및 1인 창업 교육센터'다. 김태광 대표는 "성공해서 책을 쓰는 것이 아니라 책을 써야 성공한다."라는 모토를 가지고 센터를 운영하고 있다. 책을 쓰면 왜 성공을 할 수 있는 걸까? 책을 써서 성공할 수 있다면 누구나 다 성공할 수 있지 않을까? 맞다. 모두 성공할 수 있다. 하지만 책을 쓰는 방법을 모른다. 가르쳐준다고 해도 배우지 않는다. 눈에 보이는 현실을 보고도 믿지 않기 때문에 아무나 성공을 할 수 없는 것이다.

책을 쓰기 위해서는 가장 먼저 꿈과 목표가 있어야 한다. 꿈과 목표 없이는 책을 쓸 수가 없다. 김태광 대표는 이 부분을 가장 강조한다. 우리가 가지고 있는 생각의 변화가 이루어질 때 성공할 수 있다고 한다. 그래서 '꿈에 미쳐라'라고 강조한다. 꿈을 가지고 책을 쓰면 희망이 보인다. 그리고 내가 가고자 하는 길을 상상할 수 있게 된다. 상상의 길이 열리면 비로소 성공한 삶을 살 수 있고 꿈꾸던 행복한 인생을 시작할 수 있다.

〈한책협〉은 나를 사랑받은 사람, 행복한 사람으로 만들어주었다. 나의 자존감을 찾아주었다. 힘들고 어려운 시절, 내가 누구인지도 모르고 살아가고 있을 때 〈한책협〉을 만났다. 그리고 김태광 대표를 만났다. 내가 나를 사랑하는 법을 배우면 남을 사랑할 수 있는 지혜를 얻게 된다. 그리고 사랑에 대한 깊은 의미를 알 수 있게 된다. 나는 그때부터 꿈에 미쳐 살고 있다.

"꿈이 꼭 거창한 것일 필요는 없다. 현재 하고 있는 일이든 새로 갖게 된 취미든, 자기가 한번 미쳐 보겠다고 결심하고 죽을 각오로 매달린다면 그 분야에서 성공하고, 행복을 찾을 수 있다."라는 서상록 씨의 말을 기억하라! 그리고 가슴에 새겨라!

꿈은 잠을 자는 동안 꾸는 것이 아니다. 진정한 꿈은 낮에 꾸는 것이다. 꿈을 꿀 수 있을 때 우리가 살아 있음을 느껴야 한다.

한동안 나는 잊고 살았다. 꿈에 미쳐 살아야 하고 죽을 각오로 매달리면 성공할 수 있다는 말을 하얗게 잊고 살았다. 하지만 〈한책협〉을 만나 꿈을 꿀 수 있었다. 많은 사람들이 꿈과 목표를 갖고 행복한 인생을 살기를 바란다. 꿈이 현실이 되는 데는 그리 오랜 시간이 필요하지 않는다. 그리고 어떤 절차가 필요한 것도 아니다. 나는 오늘도 꿈이 이루어진 모습을 상상한다.

05

한 달에 300만 원 준다고!?

**"부를 견딜 수 없다는 것은
의지박약의 증거이다."
– 세네카**

텔레마케팅으로 영업을 시작하다

우리는 한 달에 얼마의 급여를 받으면 만족할까? 200만 원? 300만 원? 500만 원? 나는 얼마의 급여를 받더라도 만족하지 못한다고 말해주고 싶다. 인간은 사회적 동물이다. 적응의 동물이기도 하다. 어느 순간 적응하는 단계에 이르면 무뎌지기 마련이다.

나는 적지 않은 급여를 받고 있다. 회사 보안상 실 급여액을 말할 수 없음을 이해하기 바란다. 지금 다니는 회사에 처음 입사했을 때 받았던 급여는 대략 200만 원 정도였다. 나는 영업직으로 일했기 때문에 매달 급여액은 달랐다. 첫 달 운이 좋아 매출이 나온 덕분에 200만 원 정도의 급여를 수령했다.

지금 최저임금이 8,350원인 걸 감안하면 20년 전 200만 원은 상당히 큰 금액이었다. 나는 매달 그 월급을 받을 수 있을 것이라고 생각했다.

나는 처음 영어교재 판매 업체에 취업을 했다. 첫 면접 때가 기억난다. 면접 당시 팀장은 여성분이었다. 나에게 희망 급여가 얼마인지 물었다. 나는 200만 원 정도라고 말했다. 내가 200만 원이라고 말한 데는 이유가 있었다. 24살 때 나는 독립을 했다. 부모님의 만류에도 불구하고 독립을 선언한 것이다. 당시 너무 좋아하던 여자 친구가 있었다.

여자 친구를 설득해서 같이 독립하기로 한 것이다. 나와 동갑내기였던 여자 친구는 나를 믿고 독립에 동참했다. 그렇게 우리의 동거는 시작되었다. 동거를 하다 보니 당연히 돈이 2배로 필요했다. 나 혼자였다면 그만한 비용은 필요하지 않았다. 하지만 둘이었기 때문에 200만 원 정도의 비용이 필요하다고 생각했던 것이다.

팀장은 내가 말한 200만 원의 급여는 맞춰줄 수 있다고 했다. 자신만 잘 따라서 하면 200만 원까지는 받을 수 있다고 했다. 나는 그 말을 믿고 회사에 취업을 했다. 내가 하던 일은 텔레마케팅으로 교재를 파는 것이었다. 한 번도 그런 일을 해본 적이 없었지만 팀장은 성심성의껏 나에게 교육을 해주었다.

점심시간이 되었다. 여자 친구와 같은 곳에 입사를 했기 때문에 점심도 같이 먹었다. 점심 먹고 들어가는 길. 벼룩시장이 눈에 띄었다. 나는 벼룩시장과 교차로, 그리고 가로수까지 모든 신문을 집어 들었다. 그리고 사무실로 향했다.

텔레마케팅은 업무 특성상 무작위 전화를 해야 한다. 하지만 가지고 있던 데이터베이스가 많지 않았기 때문에 소스가 필요했다. 그때 벼룩시장 안에는 수많은 소스가 있다는 생각을 한 것이다. 내가 벼룩시장을 들고 사무실로 들어가자 팀장이 웃었다. 생각이 기특하다고 하면서 열심히 해보라고 했다. 나는 잘할 수 있을 것만 같았다.

무작위로 전화를 하다 보니 정해진 대상층이 없었다. 영업의 기본적인 마케팅은 판매하고자 하는 대상층을 선정해야 한다. 그리고 타깃 마케팅을 해야 성공적인 영업을 할 수 있는 것이다. 하지만 영업에 대해 아무것도 모르던 나는 보이는 전화번호를 그대로 누르고 영업을 시작했다. 그게 내 영업의 첫 시작점이 된 것이다.

"여보세요."

"네 안녕하세요. OOOOOO인데요. 혹시 영어 좀 배우실 생각 있으신가 해서요."

"없습니다. 뚝."

지금은 인터넷이 기본인 세상이다. 하지만 1990년대 후반에서 2000년대 초반까지는 컴퓨터도 많지 않던 시대였다. 내 자리는 전화기 한 대만 놓여 있는 칸막이 책상이었다. 그렇기 때문에 당연히 스팸에 대한 개념도 없었다. 전화를 10번, 100번 하면 전화는 수신차단 없이 고스란히 연결이 되었다. 전화 수신차단을 고객이 하는 것이 아니라 내가 해야 하는 것이다. 고객들의 요청으로.

전화 한 통이 불행의 씨앗이 되다

몇 번의 전화 시도를 했지만 모두 거절당했다. 나는 첫날이니 그럴 수 있다고 스스로 위로하고 전화를 계속 시도했다. 점심도 먹고 좀 나른해질 무렵.

"여보세요."

"네, 안녕하세요. 전화드린 곳은 OOOOOO인데요. 요즘 영어 배우시려고 하는 분들이 참 많은데 도움을 드릴수 있을까 해서 연락드렸습니다. 혹시 시간 괜찮으세요?"

"네, 말씀하세요."

이후 나는 영어 교재에 대해 설명을 하기 시작했다. 설명을 할 수 있는 기회가 생긴 것이다. 나는 팀장이 준 대본을 달달 외웠다. 오전 내내 그것만 보고 외웠다. 최대한 자연스러운 전화 통화를 해야 했다. 외운 효과가 있었던 걸까! 상대방과의 전화 통화는 꽤 긴 시간 동안 이루어졌다. 나는 예감이 좋았다. 이대로만 끝난다면 첫날 계약에 성공할 수 있다는 확신이 들었다. 내 통화 내용을 모두 들은 상대방이 말을 했다.

"말씀해주신 내용 잘 들었습니다. 일하신 지가 좀 되셨나 봐요?"

"네? 왜 그러시는데요."

"말씀을 너무 잘하셔서 계속 듣게 되더라고요."

"네, 감사합니다."

"혹시 실례되는 질문일 수도 있는데, 혹시 거기서 월급은 얼마나 받으세요?"

"네? 그걸 왜 물으시죠? 받을 만큼 받고 있습니다."

"그 정도 말씀을 하시니 꽤 받으실 것 같긴 한데 저랑 같이 일해보실래요?"

"네? 거기가 어디신데요?"

"OOO에 위치한 OOOOO 학원입니다."

대박 사건이 터졌다. 말도 안 되는 일이 생긴 것이다. 나도 전화 통화 시에는 당황스러운 나머지 거짓말을 했다. 말을 잘한다고 하니 처음 일하는 거라고 할 수는 없지 않은가. 나는 조심스럽게 말을 꺼냈다.

"그런데 거기는 급여가 얼마나 되는데요?"

"혹시 얼마 정도 받고 계세요?"

"저는 보통 200-250만 원 정도 받고 있는데요."

"제가 300만 원 정도는 받을 수 있게 해드릴 수 있습니다."

300만 원? 미쳤다! 나도 무슨 배짱이 있어 그렇게 말했는지는 모르겠다. 하지만 지금 일하는 곳에서 200만 원 정도를 준다고 했으니 그 이상 받아야 된다고 생각했을 뿐이었다. 그렇게 나는 상대방을 만나서 학원에 입사했다. 그리고 20년간 일하고 있다.

나는 지금 그때의 선택을 매우 후회한다. 잃은 것이 너무 많았다. 첫째로 사랑하는 여자 친구와 헤어졌다. 회사와 여자 친구 중에서 나는 회사를 선택했다. 그 선택을 나는 아직도 후회하고 있다. 그리고 지금까지 20년 동안 학원 일을 하면서 꿈도 없이 목표도 없이 살았다. 이건 나만의 문제가 아니다. 지금 같이 일하는 동료들과 직원들을 보면 가슴이 아련하다. 그동안 일에 치여 바쁘게 사느라 꿈도 없고 목표도 없다고 말한다.

하지만 이 모든 건 변명이다. 바빠서 꿈과 목표가 없었던 것이 아니라 꿈을 꾸고자 하는 생각 자체가 없는 것이다. 어디서 무엇을 하는지는 중요하지 않다. 목표를 향해 끊임없이 전진할 수 있는 꿈을 꾸는 사람만이 행복한 미래를 얻을 수 있다고 말하고 싶다.

내가 깨달은 인생의 가르침

꿈이 있다면 희망은 살아 있다

"어린 왕자의 말처럼 사막이 아름다운 것은, 사막이 어딘가에 샘을 숨기고 있기 때문입니다. 자신이 서 있는 곳에서 샘을 발견할 수 없어도 어딘가에 샘이 있다는 희망은 지친 우리를 일어서게 합니다. 만약, 어린 왕자가 이 지구에서 오래 살았다면 이런 말도 남겼을 테지요. 이 세상이 아름다운 것은, 어딘가에 꺼지지 않는 희망이 있기 때문이라고. 인생이 아름다운 것은 '희망'이 있기 때문입니다."

–『하루 10분 글쓰기의 힘』, 김도사

그렇다. 우리가 살아갈 인생이 아름다운 이유는 희망이 있기 때문이다. 희망을 가지고 살아갈 수 있는 유일한 방법은 꿈을 가져야 한다. 꿈이 있다면 언제라도 희망의 불빛이 우리를 비춰줄 것이다.

06

강남 한복판 노점상을 열다

"인생에서 실패한 사람 중 다수는 성공을 목전에 두고도 모른 채 포기한 이들이다."
– 토마스 A. 에디슨

10년 만에 회사를 그만두다

나는 당구를 좋아했다. 회사 동료들과 퇴근해서 당구 치는 것이 유일한 낙이었다. 처음 당구를 배운 건 고3 때였다. 친구가 당구를 가르쳐 준다며 나를 데리고 다녔다. 나중에 알기는 했지만 내 돈을 삥먹으려고 데리고 다닌 것이었다. 그래도 나는 당구가 너무 좋았다. 하루는 엄마한테 머리를 자르러 간다고 돈을 받았다. 나는 그 돈을 가지고 당구를 치러 갔다. 물론 보기 좋게 돈을 잃었다. 그리고 집에 가서는 머리를 자르고 왔다고 했다.

말도 안 되는 거짓말을 엄마가 믿어줄 리 없었다. 엄마는 머리를 잘랐는데 왜 똑같냐고 했다. 나는 끝까지 머리를 잘랐다고 우겼다. 결국에는 내가 이겼다. 아니 엄마가 나를 이해해주셨다. 말 못 할 사정이 있을 거라고 생각해주신 거 같았다.

그때부터 당구를 시작해서 쉼 없이 당구를 쳤으니 지금까지 24년 정도의 구력을 가지고 있는 것이다. 내가 가진 유일한 취미가 당구다.

회사에는 또래 동료들이 많았다. 위아래 많아야 2살 차이. 형 동생 하면서 우리는 자주 당구를 치고 술을 마셨다. 밤새 당구를 치고 회사에 출근한 적도 있으니 얼마나 좋았겠는가! 당구를 치면 항상 내기 당구를 쳤다. 나의 당구 수지는 250점이다. 동료들의 평균 당구 수지는 180-200점 정도였다. 비슷한 상황에서 내기 당구를 하기 때문에 항상 즐거웠다.

우리는 영업직으로 일했다. 월급을 일하는 만큼 받는 직업이었다. 젊은 혈기에 내기 당구의 액수는 날로 높아졌다. 최대 금액은 100만 원 정도까지 달한 적도 있었다. 하지만 그 돈은 가져갈 수 있는 돈은 아니었다. 그날 당구 게임이 끝나면 술을 마시는 비용이었다. 나는 1년간 단 한 번도 술값을 내본 적이 없다. 항상 술을 얻어먹었다. 어느 날은 내가 너무 미안해서 술값을 보태주기도 했다. 다른 건 몰라도 운동만큼은 승부욕이 강했던 것 같다.

매일 당구를 치며 친해진 일행이 있었다. 근처에서 노점상을 하는 친구들이었다. 그들은 매일 장사가 끝나는 11시쯤 되면 하나둘씩 당구장으로 모였다. 처음에는 인사만 하는 정도로 알고 지냈다. 수개월을 인사하고 지내다 보니 친분이 쌓이기 시작했다. 그렇게 나는 노점상을 하던 일행과 조금씩 가까워질 수 있었다.

노점상을 하던 일행 중에 나와 동갑인 친구가 있었다. 그 친구는 노점상을 총 관리하던 친구였다. 나는 노점상에 관심이 생겼다. 일을 10년 정도 하고 나니까 나만의 무언가를 하고 싶다는 욕망이 강했다. 친구에게 말을 건넸다.

"노점상을 하려면 어떻게 해야 돼?"

"일단 자리를 사야지! 깔세를 주고 할 수도 있는데 계속하려면 자리를 사야지!"

"깔세? 그게 뭐야?"

"자리를 쓰고 자리 주인한테 일정 부분 사용료를 주는 거야."

"자리 주인은 누군데?"

"장소마다 다 다르지. 진짜 할 거야?"

나는 고민을 했다. 궁금했던 건 노점을 하는데 누구한테 왜 돈을 줘야 하는지가 궁금했다. 길은 나라에서 관리하는 점유물이다. 그곳에서 장사를 하는데 자리 주인이 있다는 것이다. 나는 더 물어보고 싶었다.

"그럼 자리를 사는 건 얼만데?"

"자리마다 다른데 보통 1,500-2,000만 원 정도는 줘야 돼."

"뭐라고? 2,000만 원?"

"응. 싫으면 하지 마. 안 해도 돼."

도무지 2,000만 원이라는 금액을 왜 받아가는 건지 궁금했다. 나중에 자세히 설명을 해준 친구의 말을 듣고 난 이해할 수 있었다. 노점상은 엄연히 불법이다. 하지만 장사를 하기 위해서 초창기에 관할 구청과 싸우면서 자리를 선점하게 된 사람들이 있었던 것이다. 이후 구청과의 관계는 원만해지고 서로 이해관계가 되었다. 그러면서 자연스럽게 노점에서 사고파는 행위가 이뤄지게 된 것이다.

조급할수록 마음의 평정심을 찾고 긍정적인 생각을 해라

나는 친구의 말을 듣고 자리를 사기로 했다. 당장 줄 돈은 없었으니 대출을 받기로 했다. 대출을 받아서라도 나만의 무언가를 하고 싶었다. 회사의 일상에서 벗어나 나만의 것을 한다면 성취감은 더 클 것이라 생각했다. 장사를 할 수 있는 위치를 안내받았다. 자리가 꽤나 괜찮았다. 노점상도 룰이 있어서 중복되는 상품을 근처에서 팔 수 없었다. 나는 액세서리 품목을 팔았다.

동대문, 남대문을 다니며 물건을 사입했다. 너무 즐거웠다. 많은 인파가 몰리는 시장에서 생동감을 느낄 수 있었다. 사람 사는 게 어떤 것인지를 실감했다. 바쁘게 살아가는 사람들 틈 속에 있으니 나도 덩달아 바빠지기 시작했다. 첫 물건을 사입하고 장사를 시작했다.

첫날 판매 금액 약 30만 원. 놀랐다. 장사는 저녁 5시부터 시작했다. 그리고 마감시간은 조금씩 차이가 있어 빠르면 저녁 10시, 늦으면 11시 정도 장사를 마무리했다. 나는 저녁 5시부터 저녁 10시까지 장사를 하고 30만 원을 벌었다. 사입비는 절반이었다. 사입비를 제외하면 하루 15만 원을 번 셈이다. 5시간 동안! 나는 너무 좋았다. 회사에서는 하루종일 일하고도 얼마를 받을지 몰랐다. 마감날이나 돼야 대충 받을 수 있는 급여를 예상할 수 있었다.

하루 15만 원X20일=300만 원. 하루에 5시간만 일을 해도 한 달에 300만 원을 벌 수 있었다. 일하는 재미가 생기니까 더 열심히 일했다. 그리고 첫 주말을 맞이했다. 주말은 장사를 일찍 시작할 수 있다. 보통 12시쯤 장사를 하기 시작했다. 주말 장사가 대목이라는 말을 들었기에 나도 서둘러 장사를 준비했다. 점심시간 1시간을 보내고 본격적으로 장사를 했다. 주말이라서 그런지 사람이 너무 많았다.

내가 일하던 노점상은 강남역 한복판에 있었다. 평소에도 많은 강남역에 주말이 되니 발 디딜 틈이 없었다. 내가 걷는 것이 아니라 밀려서 걷게 되는 정도였다. 그렇게 바쁜 주말 장사를 마치고 정산을 했다. 내가 이렇게 많이 벌어도 되는 건가 싶었다. 무려 70만 원! 그 어떤 것도 대신

할 수 없다는 생각을 했다. 나는 더욱더 장사에 열심을 다했다.

나는 1년 동안 장사하는 재미로 살았다. 다른 생각 없이 오로지 장사만 생각하고 장사를 위해 시간을 투자했다. 그렇게 1년 정도 장사를 할 때 가을이 다가왔다. 날씨는 선선해지고 낙엽도 조금씩 떨어지고 길을 다니는 사람들은 가벼운 긴팔 차림으로 길을 다녔다.

그때 젊은 엄마와 딸이 노점을 방문했다. 지나가는 길에 들른 것이다. 여자아이는 5-6살 정도의 아이였다. 아이도 보고 싶다며 칭얼대고 엄마는 알았다며 아이를 달랬다. 엄마가 아이를 안고 액세서리를 보여주니 아이는 연신 감탄을 내뱉었다.

"와~, 예쁘다. 엄마 나도 저거 사줘."

나는 그 모습이 너무 예뻐 보였다. 나도 저렇게 예쁜 아이를 가진 아빠가 되었으면 좋겠다는 생각이 들었다. 노점상을 한다고 결혼을 못 하는 건 아니다. 하지만 나는 결혼을 하려면 기본적으로 안정이 되어야 한다고 생각했다. 안정적인 생활을 하려면 4대 보험 가입을 하는 곳에 들어가야 한다. 안정적으로 일할 수 있고 4대 보험을 가입할 수 있는 곳! 내가 갈 수 있는 곳은 학원이었다. 할 수 있는 일이 학원일밖에 없었던 나는 결국 1년간의 장사를 접고 부산으로 내려갔다. 또다시 나는 반복되는 일상 속으로 빠져들었다.

누군가 그때의 선택에 물어보는 사람이 있다면 후회한다고 말할 것이다. 지금의 모습을 후회하는 것이 아니다. 조금만 일찍 꿈을 꾸었더라면, 조금만 더 일찍 목표를 세웠더라면, 내가 원하는 꿈을 이루기 위해 한걸음 더 나아갈 수 있지 않았을까 하는 아쉬움 때문이다. 조급할수록 마음의 평정심을 찾고 긍정적인 생각을 해보도록 하자.

07

3년 연애 후 결혼, 그리고 돌싱

"사랑은 아름다운 여자를 만나서부터 그녀가 꼴뚜기처럼 생겼음을 발견하기까지의 즐거운 시간이다."
– 존 배리모어

부산에서 인생의 반려자를 만나다

내가 부산에 처음 내려왔을 때 유독 눈에 띄는 여직원이 한 명 있었다. 너무 예뻤다. 당시 나의 이상형에 가까웠다. 어느 날 처음으로 같이 점심을 먹는 날이 있었다. 식당에 앉아서 마주 보며 밥을 먹는데 심장이 요동치기 시작했다. 누군가와 같이 밥을 먹는데 가슴이 뛰는 건 분명 신이 주신 계시라고 생각했다. 나는 언젠가 꼭 여직원에게 고백을 해야겠다고 생각했다.

당시 우리는 한 달에 한 번씩 회식을 했다. 보통은 저녁 6시쯤 퇴근해서 회식을 한다. 하지만 학원의 특성상 우리는 저녁 10시가 넘어서야 회식을 할 수 있었다. 회식할 수 있는 시간도 길어야 3시간 정도의 시간이었다. 술자리가 무르익었다. 다음 날 출근을 위해서 일부 직원들은 집으로 가고 일부 직원들은 2차로 자리를 옮겼다.

나는 어떻게든 말을 하고 싶었다. 지금이 아니면 더 이상 말할 수 있는 기회가 없을 것 같다는 생각마저 들었다. 언제쯤이나 말을 꺼내볼까 하던 중 기회가 생겼다. 같이 있던 일행이 집으로 간다는 것이다. 나는 여직원에게 남은 술만 더 마시고 가자며 자리에 남았다. 그리고 조심스레 물었다.

"혹시 남자 친구는 있어?"

"없는데요."

나의 가슴속에서 팡파르가 울려 퍼지고 있었다. 내가 비록 소심하고 말을 잘 못한다 해도 지금의 기회를 놓칠 순 없었다. 그냥 이대로 직진만 하기로 했다.

"나랑 사귀자."

"네?"

"나 정말 네가 너무 좋아. 보고 있으면 설레고 떨려. 처음 본 순간부터 지금까지."

“제가 왜 좋은데요?”

“난 그냥 다 좋은데. 아무 이유 없어.”

나는 정말 그녀가 아무 이유 없이 좋았다. 보고 있으면 설레고 떨렸기에 나는 운명적인 만남이라고만 생각했다. 그렇게 며칠이 지나고 나서 우리는 1일이 되었다.

여자 친구는 무남독녀 외동딸이다. 모든 외동딸이 그렇지는 않겠지만 유독 외로움을 많이 탔다. 나는 항상 옆에 있어주고 싶었다. 나도 같이 있을 때 너무 좋았다. 항상 옆에 있어주고 같이 있을 수 있는 방법! 동거다. 나는 여자 친구와 같이 살고 싶었다. 내가 여자 친구를 만났을 당시 나이 33세였다. 결혼도 염두에 두고 만난 여자 친구였기 때문에 동거에 대한 부담은 없었다. 여자 친구도 나의 마음을 알았는지 동거를 권했을 때 흔쾌히 승낙했다. 이제 남은 건 부모님의 설득이다. 외동딸을 금지옥엽으로 키우신 부모님이 과연 동거를 허락해주실까? 그래도 나는 여자친구와 같이 있고 싶은 마음이 간절했기에, 부모님을 찾아뵙고 동거를 하겠다고 말씀을 드렸다. 아마 속으로는 미친놈이라고 생각하셨을 것 같다. 나는 당당하게 동거에 대한 솔직한 속내를 말씀드렸다.

나는 동거의 허락을 받기 전 여자 친구의 부모님을 몇 번 뵌 적이 있었다. 식사도 몇 번 하고 술도 가끔 한잔씩 했다. 나에 대한 생각이 나쁘지는 않다는 것을 느낌으로 알고 있었다. 동거에 대한 속내를 말씀드리고 나니 부모님도 허락을 해주셨다. 연애를 시작한 지 3개월. 우리는 연인이 아닌 부부의 모습으로 동거 생활을 시작했다.

아침에 일어나면 여자 친구가 눈앞에 보인다. 출근 준비를 하고 나면 나를 위해서 아침밥을 차려준다. 그리고 출근을 할 때마다 잘 다녀오라고 입맞춤을 해준다. 나는 이런 상상 속의 일들이 현실에서 일어나는 것을 보며 너무나 행복한 삶을 살았다. 우리는 동거를 하며 특별히 싸운 일이 없다. 가끔 술을 마시고 투정 부린 것 말고는 별 탈 없이 행복한 일만 가득했다. 그렇게 3년 동거 생활을 했을 때 여자 친구 부모님에게 호출을 받았다. 이제 동거 말고 정식으로 결혼을 하라고 하신 것이다. 매일 결혼을 생각하며 부부의 모습으로 살아왔기에 우리는 바로 결혼을 하기로 했다. 결혼까지 속전속결이었다.

보통 결혼 선배들의 말을 들어보면 연애와 결혼은 다르다고 한다. 나도 그렇게 생각을 했다. 하지만 나는 결혼을 위한 동거를 먼저 시작했다. 동거는 결혼 생활과 다르지 않다고 생각한 것이다. 이는 나의 큰 착각이었다. 동거도 결혼도 모두 다르다는 것을 깨달았다.

동거는 결코 결혼의 우선순위가 아니다

처음 한 번이 어렵다는 말이 있다. 3년 동안 싸우고 다툰 일이 기억나지 않을 정도로 우리는 행복하게 살았다. 매일매일이 즐겁고 행복했다. 하지만 한 번 시작된 싸움은 매일 이어졌다. 나는 다툼이 있고 싸울 때마다 어떻게든 말로 해결하고자 하는 편이었다. 하지만 아내는 처갓집으로 가는 날이 많았다. 대화를 하고 싶어도 부모님께 폐를 끼치는 것 같아 마음이 진정되기를 기다렸다. 그렇게 부모님께 폐를 끼치는 상황은 계속해서 반복되었다. 더 이상 우리의 관계가 지속될 수 있을까 하는 염려까지 생기기 시작했다. 결국 장모님께서 중재를 위해 집으로 오셨다.

장모님은 이런 모습을 자주 봐오신 터라 더 이상은 힘들다고 생각하신 것 같았다. 밤 11시, 장모님은 나에게 결정을 하라고 하셨다. 이제 서로 싸우고 딸이 집에 오는 모습도 보기 싫다고 하셨다. 나는 얼굴을 들 수가 없었다. 장모님은 어떻게 할지 결정해서 말해달라고 하시고는 집으로 돌아가셨다. 나는 침대에 누워 있는 아내를 보았다. 나 자신이 너무 불쌍해 보였다. 가족이 있어도 나는 혼자라는 생각이 머릿속을 떠나지 않았다. 나는 아내의 의중을 물었다.

결국 내가 하고 싶은 대로 하라는 답변뿐이었다. 나는 너무 속상하고 화가 났다. 나는 아내에게 정말 내가 하고 싶은 대로 하겠다는 말을 전하고 처갓집으로 향했다. 처갓집으로 향하는 발걸음은 너무도 무거웠다. 20분 정도의 거리를 1시간쯤 지나서야 도착을 했다. 도착을 하고도 집 안으로 들어가지 못해 밖에서 담배만 피우며 서성였다. '어떻게 해야 할까? 우리에게 최선은 무엇일까? 내가 어떤 결정을 해야 하는 걸까?'

나는 마음의 결정을 하고 집 안으로 들어갔다. 장인어른은 집에 계셨지만 거실로 나오지 않으셨다. 장인어른과 장모님은 나를 참 좋아해주셨다. 문득 장인어른은 내가 어떤 결정을 했는지 알고 계셨을 거란 생각이 들었다. 장모님과 둘만의 시간.

나는 아무 말도 하지 못했다. 한참을 망설이고 있을 때 장모님은 내 손을 꼭 잡아주셨다. 그리고는 그렇게 오래 생각할 일은 아닌 거 같다고 하셨다. 그렇게 망설일 정도면 어떤 마음인지 알 것 같다고 하셨다. 이제 그만해도 된다고 말씀하셨다.

"죄송합니다. 죄송합니다. 정말 죄송합니다. 근데 너무 힘들어서 도저히 못 살겠습니다." 장모님께서 그만해도 된다는 말씀 한마디에 나도 모르게 마음의 소리가 입 밖으로 나왔다. 내 말을 들으시고 장모님도 "그렇게 힘들면 못 산다. 이제 그만하고 너도 네 인생을 살아라."라고 말씀하셨다. 그렇게 우리의 결혼 생활은 끝을 맺게 되었다.

그렇게 나는 돌싱이 되었다. 호적상 이력이 남지 않는다고 해도 나는 돌싱이다. 한때는 흠이라고 생각하고 감춰왔다. 하지만 내가 감추면서 내 자존감은 바닥으로 떨어지고 있었다. 그것을 깨닫는 데 5년의 시간이 걸렸다.

모두에게는 자신이 감추고자 하는 비밀스러운 일이 하나쯤 있을 것이다. 감추는 게 득인지, 아니면 드러내는 게 득인지는 각자가 판단할 몫이긴 하다. 하지만 무조건 감춘다고 좋은 것만은 아니다. 세상은 그다지 나에게 관심이 없다. 나 자신이 세상의 눈치를 보는 것뿐이다. 시간이 지날수록 눈치는 자존감을 점점 더 잃게 한다. 그리고 그 상태로 굳어진다.

내가 바라보는 세상의 눈치로부터 벗어날 수 있을 때 나의 자존감이 높아질 수 있음을 기억해야 한다. 우리에게는 각자의 인생이 있다. 그리고 각자에게 주어진 삶의 소명이 있다. 자신의 가치를 찾고 존재의 이유를 찾았을 때 비로소 세상의 빛으로 살 수 있음을 기억하길 바란다.

08

내게 남은 빚도 사랑의 결실

"사랑은 모두가 기대하는 것이다.
사랑은 진정 싸우고, 용기를 내고, 모든 것을 걸 만하다."
– 에리카 종

결혼이 끝없는 빚잔치의 시작이었다

나는 돌싱이다. 힘들고 외롭던 시절 사랑하는 사람을 만나 결혼을 했지만 성격 차이를 이유로 이혼을 했다. 나는 한동안 이혼에 대해서 사람들에게 말할 수 없었다. 요즘 시대에 이혼은 흠도 아니라지만 막상 내가 경험했을 때는 실패자였다. 그리고 창피했다. 이혼한 지 5년 정도 지나고 나서야 주변 사람들에게 말을 할 수 있었다. 내 스스로 마음의 정리가 되기까지 참으로 오랜 시간이 걸린 것 같다.

우리는 가진 돈이 별로 없었다. 아니 아예 없었다. 우리가 가진 돈이라고는 내가 가지고 있는 신용카드가 전부였다. 나는 호화스러운 결혼은 하고 싶지 않았다. 결혼한 사람들은 알겠지만 비용이 만만치 않다. 예식장, 사진, 드레스, 메이크업, 신혼여행 경비 등 막대한 비용이 하루아침에 사라진다. 하지만 아내는 좋은 곳에서 결혼식을 올리고 싶어 했다. 그리고 신혼여행도 좋은 곳으로 가길 원했다.

평생 한 번 하는 결혼식! 아내가 그토록 원한다면 최선을 다해 해주고 싶었다. 그렇게 신용카드 할부로 준비를 끝마쳤다. 이때부터 아내의 바람과 나의 배려가 빚의 웅덩이를 더욱더 깊게 파고 있었다. 신혼여행은 코사무이로 결정했다. 처음 떠나는 해외여행이다. 결혼식을 마치자마자 우리는 바로 신혼여행을 떠났다.

대부분의 여행은 패키지로 떠난다. 처음 비용에 대한 결제가 이루어지고 나면 큰 비용에 대한 지출은 없을 것이라고 생각했다. 하지만 막상 여행을 하다 보니 추가 경비에 대한 지출도 만만치 않았다. 그래도 기분 좋은 여행을 하는 만큼 지출에 대한 신경은 안 쓰기로 했다. 열심히 일해서 갚아가면 된다고 생각했다. 나는 그동안 빚을 갚으며 살아왔기 때문에 얼마든지 갚을 수 있을 거라는 생각을 했던 것이 화근이었다. 이혼을 할 줄은 몰랐으니까!

신혼살림은 월세에서 시작했다. 내가 부산으로 내려오면서 회사에서 거주 비용을 지원받았다. 굳이 집을 새로 구해서 신혼살림을 차릴 필요가 없었다. 당시 월세만 해도 관리비 포함 100만 원 전후였으니 집은 꽤 괜찮았다. 대부분 오피스텔과 원룸은 옵션이 설치되어 있다. 그곳에서 살림을 할 경우에는 그냥 거주만 하면 된다. 하지만 우리는 아파트에서 살았다. 옵션이 하나도 없다. TV, 냉장고, 세탁기, 소파, 침대, 식탁 등 모든 물품을 구매해야 했다. 다행인지 불행인지 집에 필요한 가전제품은 장모님께서 결혼 선물이라고 모두 구매를 해주셨다.

텅 빈 아파트에 온갖 가전제품이 들어오고 나서야 진짜 가정집이 되었다. 그래도 모두 갖춰지고 나니 집이 주는 안정감을 가질 수 있었다. 이제 나는 그동안의 빚잔치로 벌려놓은 일들을 수습하기 위해 열심히 일만 하면 된다. 해도 해도 끝이 없는 빚잔치를 위해서.

당시 평균 250-300만 원 정도의 급여를 받았다. 아내는 전에 같이 다녔던 회사를 그만두고 일을 하지 않았다. 혼자만의 힘으로 빚을 갚아야 하는 현실이 참담했다. 그래도 신혼이기에 자신감과 책임감을 가지고 열심히 일했다. 카드 빚을 갚고 집안 살림을 했지만 돈은 계속 펑크가 나기 시작했다. 크게 쓰는 것도 없는데 매달 적자였다.

그래도 나는 아내에게 돈 문제로 말을 한 적이 없다. 어떻게든 내가 혼자서 해결해야 한다고 생각했다. 신용카드는 물론 체크카드도 제대로 사용하지 못해 물어보던 아내였다. 오로지 현금만 가지고 생활하던 습관 때문에 신용카드에 대해서는 전혀 알지를 못했다. 아내 나이 28살이었는데 세상 물정을 전혀 몰랐던 것이다.

매달 들어오는 월급으로 카드 빚을 갚았다. 그리고 약간의 현금서비스를 받아 현금을 쓸 수 있도록 했다. 아내는 꼭 현금이 있어야 했다. 일명 카드 돌려 막기 식으로 빚을 갚으며 생활비는 카드로 생활한 것이다. 빛 좋은 개살구였다. 나는 꾸준히 일을 하면 된다고 생각했다. 다만 아내도 같이 일을 했으면 하는 생각이 많았다. 아내도 일을 하고 싶다고는 하는데 무슨 일을 해야 할지 모른다고 했다.

우리 부모님은 결혼 전 결혼 비용이라며 4천만 원을 주셨다. 그 돈을 둘이서 상의해서 쓰라고 하셨다. 고민만 하는 아내를 위해 무언가를 할 수 있도록 일거리를 찾아주고 싶었다. 우리는 상의 끝에 장사를 하기로 했다. 나는 부산에 내려오기 전 1년 동안 장사를 한 적이 있었다. 장사라면 아내도 잘할 수 있을 거라 생각했다. 그렇게 장사를 시작하니 초기에 매출도 나오고 아내도 점점 재미를 붙이기 시작했다.

하지만 그것도 잠시. 1주일에 1-2번은 물건을 사입하기 위해 동대문을 가야 했다. 점점 힘에 부치는 것이다. 나도 직장 생활을 하며 아내의 장사를 도와주다 보니 시간이 지날수록 우리는 점점 지쳐갔다. 1년 정도 지나자 우리 둘은 점점 서로에게 짜증을 내는 일들이 많아졌다. 급기야 장사를 접어야 하는 상황까지 이르게 되었다. 힘도 들고 매출도 하락하는 상황에서 둘 사이의 감정이 악화되기 시작했다. 더 이상의 장사는 의미가 없었다. 그렇게 우리는 1년간의 장사를 마무리하기로 했다.

빚도 내가 선택한 사랑의 결실이다

보증금 2,000만 원. 월세 180만 원. 우리가 장사를 했던 가게 임대료다. 부모님이 주신 4,000만 원으로 가게 보증금을 보태서 장사를 한 것이다. 1년간 장사를 하고 매장을 정리할 때 우리는 1,000만 원을 받았다. 밀린 월세와 관리비를 정산하고 남은 것이다. 우리에게는 이제 3,000만 원의 현금이 남았다. 서로의 감정 싸움은 계속되었다. 내가 받는 월급은 카드값으로 모두 사용해야 했고 현금서비스는 더 이상 받을 수 없었다. 결국 아내는 가지고 있던 3,000만 원 중 일부를 사용하기 시작했다. 나로서도 돈을 벌수 있는 한계에 이르렀기 때문에 그렇게 하라고 했다. 서로의 감정 싸움도 모자라 돈 문제로까지 싸움이 번지기 시작했다. 나는 일밖에 한 죄가 없는데 너무 억울했다. 부모님께 받은 돈도 모두 아내가 가지고 있었기 때문에 나는 얼마가 남아 있는지도 몰랐다. 결국 우리는 더 이상 결혼 관계를 지속하기 어렵다는 결정하에 이혼을 하게 되었다.

이혼 결정이 나고 처갓집은 집에 있는 가전제품을 가지고 간다고 했다. 장모님이 모두 사주셨던 제품들이라서 아무 말도 못했다. 그리고 통장에 남은 2,000만 원도 가지고 간다고 했다. 나는 이해가 되지 않았다. 그건 우리 부모님이 결혼 전 주신 건데 왜 가지고 간다는 걸까! 아무리 생각해도 이해가 되지 않았다. 장모님은 결혼할 당시 나에게 물으신 적이 있다.

“차를 사줄까 아니면 2,000만 원을 줄까?” 둘 중에 하나를 선택하라는 것이었다. 나는 망설일 이유도 없이 2,000만 원을 선택했다. 그 이유로 장모님은 돈을 다시 달라고 하신 것이다. 딸아이를 위해서 이 돈이 없으면 안 된다고 하셨다. 사실 그 돈으로 신혼집에 가전제품과 가구들을 사주신 것이다. 모든 가전제품과 가구들을 다 가지고 가셨다. 그걸로도 모자라 돈도 다 가지고 가신단다. 어떻게 받아들여야 할까.

며칠을 고민하던 나는 아내에게 문자를 보냈다. 이미 이혼을 결심한 다음 날부터 떨어져 지냈다. 유일한 대화 수단은 문자였다. 문자로 상황에 대해서 종결을 짓고 싶었다.

“내가 선택한 사랑이었으니까 내가 책임질게. 가지고 갈 수 있는 거 다 가지고 가.”

허탈했다. 내가 선택한 사랑이기에 책임은 져야 했다. 하지만 나에게 남은 건 하나도 없었다. 수천만 원의 빚만 남았다. 모든 정리를 하고 지난 1년 동안 카드 내역을 확인했다. 자그마치 1억 2,000만 원이었다. 내 연봉의 3배가 넘는 지출 금액이다. 내가 선택한 사랑이 너무 비싸다고 생각했다. 그래서 더 허탈했다. 이 많은 빚을 또 언제 갚을지 막막했다.

나는 이혼 후 더 열심히 일했다. 아침에 출근해서 저녁 늦게 퇴근하며 모든 기억을 지우고 싶었다. 하지만 빚은 쉽게 해결되지 않았다. 그때 한 가지 깨달은 것이 있다. 조급하게 생각해봐야 결국 월급날이 돼야 해결할 수 있다는 것을. 매일매일 빚에 대해 고민을 해봐야 해결되는 일은 아무것도 없다. 월급날까지 기다리고 천천히 해결할 수밖에.

사랑은 결코 돈으로 살 수 없다. 무한한 사랑을 주고 싶은 내가 선택한 사랑이었다. 한순간의 실수였을지도 모른다. 그리고 잘못된 판단이었을지도 모른다. 하지만 그때의 추억을 나는 소중히 간직한다. 그러한 추억이 있었기 때문에 지금의 내가 있을 수 있는 것이니까. 결국 빚도 내가 선택한 사랑의 결실이 되었다.

내가 깨달은 인생의 가르침

독서로 내 안에 잠든 거인을 깨워라

"우리는 우리의 가치를 모르고 살아간다. 우리는 모두 엄청난 가치를 지닌 존재들이다. 돈으로 감히 따질 수도 없고 비교할 수도 없다. 아무리 많은 돈을 준다고 해도 우리 자신과 맞바꾸겠다는 사람은 아무도 없다. 우리는 무의식적으로는 우리가 가치 있다고 생각한다. 그런데 의식하기 시작하면 우리의 가치를 딱 내가 버는 연봉 수준으로 생각한다. 어쩌면 우리는 우리의 가치를 연봉으로 한정하고 살아갈지도 모른다. 그리고 내 가치는 연봉 정도라고 생각하며 생을 마감할지도 모른다."

– 『퇴근 후 1시간 독서법』, 정소장

Chapter 4

너무 심각할 필요도, 진지할 필요도 없다

01
심각할 필요도, 진지할 필요도 없다

"인생은 거울과 같으니, 비친 것을 밖에서 들여다보기보다 먼저 자신의 내면을 살펴야 한다."
– 윌리 페이머스 아모스

생각의 차이가 인생을 바꾼다

"내일은 내일의 태양이 뜬다."

〈바람과 함께 사라지다〉에서 나온 유명한 대사다. 우리는 내일이 안 오길 바라며 잠들 때가 한 번쯤은 있을 것이다. 세상의 모든 근심과 걱정으로 시간이 이대로 멈췄으면 좋겠다는 생각을 한다. 내일 아침 눈을 뜨지 않았으면 좋겠다는 생각을 가지고 잠이 들 때도 있다. 우리에게 일어나는 걱정거리의 90%는 일어나지 않는 일이라고 한다. 한마디로 쓸데없는 걱정을 한다는 말이다. 일어나지도 않는 일들을 우리는 왜 그렇게 걱정을 하며 사는 걸까?

나는 보통 사람들이 겪을 수 있는 대부분의 일을 경험하며 살고 있다고 생각한다. 학창 시절에 가출도 하고, 20대 시절 친구의 자살도 경험하고, 빚잔치도 하고 있으며 이혼도 했다. 보통 사람들은 한 번 정도 경험할 일을 나는 모두 경험했다. 그리고 지금도 겪고 있는 일들이 있다. 그때마다 얼마나 걱정과 염려가 많았을지는 말하지 않아도 알 것이다. 특히 나를 지금까지 옥죄고 있는 빚은 매일 고민이고 걱정이다.

하지만 아무리 고민하고 걱정을 하더라도 해결되는 일들은 없다. 때가 되면 해결이 되었다. 그럼에도 지금 당장 해결할 수 없는 일들을 나는 여전히 걱정하며 살고 있다.

"무엇이든지 기도하고 구하는 것은 받은 줄로 믿으라. 그리하면 너희에게 그대로 되리라."(막 11:20)라는 성경 말씀이 있다. 이 말씀 속에는 큰 의미가 담겨 있다. 바로 시기다. 언제 이루어지는가이다. 기도하고 구하는 것은 모두 이루어질 것이니 믿고 기다리라는 의미이다. 하지만 우리는 기다림에 익숙하지가 않다. 언제 이루어질지 모른다는 의심을 가지고 믿고 있기 때문에 기다리지 못하고 믿지 못하게 되는 것이다.

나는 생각의 차이가 인생을 바꾼다고 생각한다. 우리는 어느 정도 나이가 들면 10년만 젊었으면 좋겠다는 말을 한다. 나도 마흔이 넘어가는 나이가 되다 보니 가끔 10년만 젊었으면 좋겠다는 말을 하고 있다. 의식적이든 무의식적이든 젊었을 때의 모습을 상상한다. 그리고는 10년 전으로 돌아가면 지금의 모습보다 훨씬 더 잘 살고 있을 것이라고 생각한다.

하지만 장담하건대 절대 그럴 일은 없다. 10년 전으로 되돌아갈 수도 없을 뿐더러 되돌아간다 하더라도 지금 생각하는 더 좋은 모습은 기대하기 어렵다. 이유는 간단하다. 10년 전으로 되돌아가고 싶은 것은 꿈과 목표 때문이 아니라 후회이기 때문이다. 꿈과 목표가 있다면 10년 전이 아닌 10년 후를 지금부터 그림 그려야 한다.

당신의 5년 후, 10년 후의 모습은 어떤 모습이라고 생각하는가! 앞으로 10년이 지나더라도 당신은 똑같은 말을 되풀이하고 있을 것이다. 그래서 더 좋은 모습을 기대할 수 없다는 것이다. 지금부터라도 10년 전이 아닌 10년 후의 모습을 그림 그려야 한다. 10년 후의 모습을 가슴속 깊이 생생하게 그리고 지금부터 그 모습으로 사는 것이다.

KFC 창업주 '커넬 샌더스'의 일화는 너무나도 유명하다. 그의 성공 노하우는 "절대 늦었다고 생각하지 마라."는 것이다. 너무 시기에 연연해서 조급해하고 포기하는 일은 없어야 한다. 실패는 포기를 하면서부터 시작되기 때문이다. 우리의 삶이 변화될 수 있는 계기는 언제나 주변에서 일어나고 있다.

나를 지금의 작가로 만들어준 것은 〈한책협〉 김태광 대표로 그는 꿈을 꿀 수 있는 환경을 만들어주고 목표에 대한 비전을 심어주었다. 그로 인해 나 스스로 희망을 찾을 수 있도록 만들어주었다. 하지만 그전에 내가 〈한책협〉을 만나게 된 계기가 있었다.

정말 심신이 힘들고 지쳐있을 때 처음 만났다. 회사가 결정적이었다. 내가 회사를 포기하고자 했다면 퇴사를 했을 것이다. 하지만 회사의 존폐가 걸린 상황이었다. 지금껏 10년 동안 부산에 있으면서 그렇게까지 힘든 상황은 없었다. 회사가 하루아침에 존폐 여부를 결정해야 하는 상황에 이르게 된 것이다. 나는 오랜 직장 생활로 인해 지쳐갔다. 그리고 힘들었다. 변화가 필요했다. 하지만 회사의 재정 악화로 힘든 내색을 할 수도 없었다.

오랫동안 회사 사정이 좋지 않았다. 결국 대표이사는 구조 조정이라는 특단의 조치를 꺼내들었다. 내가 학원 생활을 하면서 가장 힘든 때였다. 어떻게 할 수 있는 방법이 없었다. 내가 책임질 수 있는 거라곤 퇴사하는 것밖에 없었다. 하지만 나를 믿고 지금까지 옆에 있어준 40여 명의 직원들과 강사들을 생각하면 도저히 떠날 수가 없었다. 그리고 나를 끝까지 믿어준 대표이사를 떠날 수가 없었다.

나도 사람이라 너무 일이 커져버린 탓에 두려움을 느끼고 있었다. 그렇게 힘들고 지쳐 있을 때 〈한책협〉을 만난 것이다. 동아줄이었다. 나의 숨통이 트일 수 있는 한줄기 빛이었다.

우리에게 주어진 삶은 마음가짐에 따라 결정된다

내가 지금까지 믿고 바라왔던 모든 것은 허상이었다. 그리고 내가 바라왔던 모든 것은 이루어질 수 없는 것이었다. 매일 불평불만만 늘어놓고 한탄하며 하루하루를 보냈다. 힘들고 지친 탓에 한숨만 내쉬었다. 대표이사로부터 수없는 질책과 질타를 받으며 짜증만 늘어갔다.

도저히 버틸 수가 없었다. 숨을 곳이 있다면 모든 연락을 끊고 숨고 싶은 마음이었다. 좋은 일들이 하나도 없었던 것이다. 희망이라는 기대가 들어갈 수 있는 곳이 전혀 없었다. 그렇게 닫혀버린 마음을 〈한책협〉이 열어준 것이다.

나에게는 많은 변화가 생겼다. 가장 큰 변화는 마음의 안정과 여유가 생겼다. 집이 화목해야 만사가 형통한다는 가화만사성. 마음의 안정과 여유가 생기자 나의 주변 상황이 하나둘씩 좋아지기 시작했다. 우선 회사 사정이 좋아지기 시작했다. 직장 생활에 대한 재미가 다시 생기기 시작했다. 이제는 스트레스를 받지 않는다. 불평불만도 하지 않는다. 한숨 쉬는 일이 없다. 회사 사정이 좋아지니 대표이사의 질책과 질타도 없다.

나의 주변 환경이 점점 좋아지기 시작하는 것이다. 나는 이번 일을 계기로 앞으로 주어진 나의 인생을 어떻게 살아야 하는지에 대해 알게 되었다. 나는 그곳에서 책 쓰기만이 아닌 인생을 배운 것이다.

우리에게 주어진 삶은 내가 어떤 마음을 가지고 살아가느냐에 따라 결정된다. 나는 경험을 했기 때문에 확실히 믿는다. 나만 이런 경험을 할 수 있는 것이 아니다. 누구나 마음가짐이 달라지면 경험할 수 있는 일이라고 확신한다.

지금 힘들고 어려운 상황은 일시적인 것에 불과하다. 또한 지금의 힘듦과 어려움은 더 큰 행복과 기쁨을 얻기 위한 과정이라고 생각한다. 어떤 상황에서도 심각하거나 진지할 필요가 없다. 아니 내가 처한 힘들고 어려운 상황에 대해 심각하고 진지하게 생각을 하면 안 된다. 그렇게 생각하는 순간 더 깊은 어둠 속으로 나를 내던지는 것이다. 이제 나는 새로운 인생을 살 준비가 되었다.

나는 대표이사에게 감사하다. 내가 〈한책협〉과 인연이 될 수 있는 가교 역할을 해주었기 때문이다. 그리고 책 쓰기뿐 아니라 인생에 대한 깨우침을 알게 해준 김태광 대표에게 무한한 감사의 마음을 전한다. 혼자만의 고통과 아픔을 안고 살아가야 할 순간에 한 줄기 빛이 되어 꿈과 희망을 찾을 수 있도록 이끌어주었다. 나는 이에 대해 깊은 감사의 말을 전하고 싶다. "김도사님! 진심으로 감사합니다!"

02

절망이 지나면 희망이 보인다

**"삶이 있는 한
희망은 있다."
– 키케로**

간절히 원하면 희망을 볼 수 있다

나는 2016년 브라질 리우 올림픽 때 21살 박상영 선수의 펜싱 경기를 기억한다. 13 대 9로 지고 있던 결승 경기는 끝난 것이나 다름없었다. TV를 지켜보던 많은 시청자들은 그래도 값진 은메달이라고 생각했을 것이다. 그때 TV 화면에 박상영 선수가 혼잣말로 중얼거리는 모습이 포착되었다. "할 수 있다, 할 수 있다, 할 수 있다." 이 세 번의 외침이 기적을 불렀다. 그리고 15 대 14로 역전승을 하며 대한민국에 감동의 금메달을 선사했다.

우리는 박상영 선수가 자신의 의지를 다지기 위해 '할 수 있다.'라고 외쳤다고 알고 있을 것이다. 하지만 박상영 선수의 외침은 관중석에서 나온 말이었다. 펜싱 경기를 지켜보던 관중이 큰 목소리로 "할 수 있다."라고 외친 것이다. 박상영 선수는 그 목소리를 들었다. 그리고 고개를 끄덕이며 "할 수 있다, 할 수 있다, 할 수 있다."라고 스스로 외친 것이다.

이 외침은 현장에서 관람하던 관중이나 TV를 시청하던 시청자들에게 큰 감동을 선사했다. 금메달을 얻었다는 기쁨보다 '할 수 있다'는 강한 의지와 믿음을 통해서 기적을 본 것이다. 우리도 간절히 원하면 희망을 볼 수 있다는 강한 메시지를 받게 된 것이다.

힘들고 어려운 시절은 누구에게나 있다. 빚에 허덕이며 살아온 시간, 친구의 죽음을 막지 못해 슬픔에 빠진 시간, 이혼의 아픔을 견디며 살아온 시간, 낯선 타지에 홀로 내려와 10년을 보내며 살아온 시간, 자신감이 떨어져 방황하던 시간. 이외에도 40년 인생을 살아오면서 크고 작은 힘듦과 어려움 속에서 나는 살았다. 힘들고 어려운 상황은 나를 계속 따라왔다. 벗어나고 싶고 세상 밖으로 나오고 싶어도 도저히 용기가 나지 않았다.

시간이 지날수록 세상을 바라보는 내 눈은 변하고 있었다. 직장 생활을 하면서 가지고 있던 자신감은 온데간데없었다. 내가 다른 세상에 발을 디딜 때 세상은 나를 외면할 것만 같았다. 내 주변을 경계하며 혼자만의 시간은 계속해서 늘어갔다. 절망이라 느낀 순간부터 나는 더욱더 깊은 절망에 빠지게 된 것이다.

세상에는 우리가 보지 못하고 알지 못하는 많은 일들이 수없이 일어나고 있다. 절망에 빠져 삶을 포기하는 기사들은 하루가 멀다 하고 쏟아져 나온다. 빚으로 인한 절망, 사랑하는 사람과의 이별로 인한 절망, 사기로 인한 절망 등 너무나도 많은 절망 속에서 우리는 살아가고 있다. 언제까지 절망 속에서 살아야 하는 걸까? 성공한 삶을 사는 많은 사람들은 꿈과 희망이 있어야 한다고 말한다. 그리고 목표의식을 갖고 살아야 한다고 말한다. 하지만 아무리 꿈을 꾸고 목표의식을 갖더라도 계속된 절망만이 나를 따라다닌다. 더욱더 절망에 빠지며 결국에는 꿈과 목표 의식마저 잃고 살아간다.

내가 직접 경험한 것이다. 나는 빚에 허덕이며 지금도 살고 있다. 20대 후반의 나이에 친구의 죽음을 막지 못했다. 그리고 이혼의 아픔을 혼자 견디며 5년간을 숨겨왔다. 아무도 없는 낯선 부산에 홀로 내려와 지금까지 20년 동안 직장 생활을 하고 있다. 나이 40살이 넘어서는 세상을 사는 것에 대해 심각한 고민을 하게 되었다. 무언가를 혼자 하는 데 자신감이 없던 나는 나이가 들면서 점점 더 무기력한 삶을 살아가고 있었다.

그렇게 망망대해에 놓여 나침반도 없이 어디로 가야 할지 모르고 있을 때 나는 〈한책협〉을 만났다. 지금까지 간간이 〈한책협〉에 대한 이야기를 전했다. 이제 나는 절망에 빠진 나를 이끌어주고 희망을 찾을 수 있도록 도와준 그곳에 대해서 말해보고자 한다.

나는 우연한 기회에 〈한책협〉을 알게 되었다. 안명숙 작가의 『나는 독서 재테크로 월급 말고 매년 3천만 원 번다』라는 책을 통해서였다. 그동안 재테크에 관심이 많았다. 재테크든 투잡이든 지금 버는 월급보다 많은 돈을 벌 수 있는 방법을 찾고 있을 때였다. 그나마 책을 보는 재미를 느끼던 나는 서점에 놓여 있던 안명숙 작가의 책을 보게 된 것이다. 독서로 재테크를 한다는 것은 신선한 충격이었다. 독서를 통해서 수익을 창출할 수 있겠다는 막연한 기대감을 가지고 책을 구매했다. 집에서 단 몇 시간 만에 책을 모두 완독했다.

나는 책을 통해 '한국책쓰기1인창업코칭협회'가 있다는 것을 알게 되었다. 일반적인 홈페이지를 사용하는 것이 아닌 네이버 카페로 운영되는 곳이었다. 나는 카페 메인에 적힌 '23년간 책 200권 쓰고 초, 중, 고 16권 교과서에 글이 수록되고 8년간 900명의 작가를 배출한 출판 기획자 김도사가 제일 잘 가르칩니다!'라는 글을 보고 눈이 휘둥그레졌다. 계산을 해봤다. 1년에 책을 평균 10권, 월평균 0.8권을 썼다는 것이다. 8년 동안 900명의 작가 배출이면 1년에 약 100명, 월평균 8명 정도가 작가로 탄생

하는 것이다. 이게 말이 된다고 생각하는가! 나는 도저히 상상이 되지 않았다.

책이며 작가며 무작위로 찍어내지 않고서야 어떻게 이런 말도 안 되는 일이 있을 수 있는지 의문이 들었다. 그래서 나는 그곳에서 진행하는 '1일 특강' 과정을 신청했다. 나는 그때 신세계를 경험했다. 나도 영업부터 일을 시작해서 지금은 학원 원장으로 일을 하고 있다. 한때 100명 정도의 직원과 강사를 관리했다. 경영자 정도까지는 아니더라도 많은 것들을 보고 배우며 경험했다. 하지만 그곳에서 운영되는 시스템은 상상을 초월했다.

한 번도 본 적이 없는 굉장한 시스템을 만들었다는 것에 대해서 너무 놀라웠다. 많은 작가들이 책 쓰기에 대한 열망을 가지고 특강에 모였다. 그리고 대표가 나왔다. 실제로 23년 동안 200권의 책을 쓰고 8년 동안 900명의 작가를 탄생시킨 김태광 대표다. 나는 '김태광'이라는 이름을 처음 들었다. 그동안 많은 책은 아니더라도 자기계발서를 위주로 책을 읽었다. 그 어디서도 나는 '김태광'이라는 이름을 본 기억이 없다.

책 쓰기는 내 인생에 유일한 동아줄이었다

내가 얼마나 우물 안에서 살았는지를 실감했다. 시간이 지나서 느끼게 된 것은 내가 김태광이라는 이름을 본 적이 있을 수도 있겠다는 것이었다. 다만 관심이 없었던 것이다. 책 쓰기에 대한 관심이 아예 없었을 뿐더러 이름을 알게 되었다 하더라도 부산에서 분당까지 오가며 그를 보려 하지 않았을 것이다. 하지만 끝 모를 절망은 나를 〈한책협〉으로 이끌었다. 그리고 김태광 대표를 만나게 되었다. 절망에만 빠져 살던 내가 꿈을 꾸고 희망을 찾게 되는 시작이었다.

나의 인생이 얼마짜리일지 생각해봤다. 직장을 다니며 받는 월급을 우리는 몸값이라고 생각한다. 몸값을 높이기 위해 이직을 선택하고 경력과 스펙을 쌓고 있다. 삶이 힘들고 어려워 방황하던 시절, 나는 어떻게든 잊고자 했던 지난날의 기억에 누군가가 자그마치 1억 원을 준다고 하면 어떤 기분일까? 아니 그 이상이 될 수도 있다.

김태광 대표는 "우리는 메신저의 삶을 살아야 한다. 1인 창업만이 답이다. 1인 창업을 통해 자신이 살아왔던 경험과 지식, 지혜를 사람들에게 전해라. 그리고 대가를 받아라. 그게 진정한 메신저의 삶이다."라고 말한다. 보통 사람들은 상상도 하지 못한다. 아니 이해조차 못 한다. 주변에서는 나의 말을 들으려고 하지 않는다. 힘들고 어렵다는 말을 꺼내면 같이 앓는 소리를 한다.

한데 김태광 대표는 내가 겪은 힘든 경험, 그리고 실패의 경험을 세상 사람들에게 전하면 돈을 받을 수 있다고 했다. 너무 놀라웠다. 그 말이 진실인지 아닌지 가늠조차 되지 않았다. 나는 그때 한 가지 결심을 했다. "이런 말을 해줄 수 있는 곳이라면 무언가 하나는 배울 수 있는 게 있을 것이다, 사기를 당해도 무언가 하나는 얻어 가는 게 있을 것이다. 여기서라면 사기를 당해도 좋다!"라는 생각을 가지고 나는 '책 쓰기 7주 특강' 과정을 신청했다.

결과는 어떻게 되었을까? 지금 보는 바와 같이 작가가 되었다. 지금으로부터 불과 2개월 전 이야기다. 나는 2019년 10월 6일 일요일에 처음 '1일 특강' 과정에 참석했다. 그리고 첫 수업이 2019년 10월 12일에 시작되었다. 불과 2개월 전까지만 하더라도 나는 절망 속에 빠져 앞으로의 인생을 어떻게 살아야 할지에 대해 고민했다. 방법을 찾을 수가 없었다. 그리고 동아줄이라도 잡아보자는 심정으로 책 쓰기를 시작한 것이다.

선택을 하는 순간까지도 고민이 많았다. 자신도 없었고 용기가 나지 않았다. 하지만 김태광 대표의 한마디가 나를 결심하게 했다. "책을 쓰고 싶은 마음이 있다면 믿고 하세요. 그럼 됩니다." 이 짧은 한마디가 나를 부산에서 분당으로 움직이게 만들었다.

"믿는 대로 이루어진다."는 말을 꼭 기억하자.

내가 깨달은 인생의 가르침

실패 없는 인생에는 성공도 없다

모두가 원하는 성공의 척도는 다 다릅니다. 하지만 자신의 분야에서 최고가 되고 싶은 마음은 한결같습니다. 성공을 이룬 사람들에게는 사람들의 찬사가 쏟아집니다.

그러나 실패한 사람에게는 차가운 냉대와 절망만이 남습니다. 우리가 알고 있는 성공한 사람들은 보통 사람들과 다른 점이 있습니다. 많은 사람들이 시련 앞에서 좌절하거나 다른 길을 택했을 때 그들은 결코 절망하지 않았다는 것입니다. 비록 힘겨운 실패를 했지만, 결코 뜻을 굽히지 않았다는 것입니다. 오히려 그 실패 속에서 새로운 가능성을 발견했습니다. 실패 없는 인생에는 당연히 성공도 없습니다.

여러분, 자신이 처해 있는 현실이 어두울 때 이렇게 외쳐보십시오.

"나는 지금의 시련을 딛고 일어나 반드시 정상에 오를 것이다!"

–『하루 10분 글쓰기의 힘』, 김도사

03

추억은 지나간 기억일 뿐이다

"만유인력은 사랑에 빠진 사람을 책임지지 않는다."
– 앨버트 아인슈타인

무작정 기다린 첫사랑과의 만남

군대를 전역하고 첫 직장을 다닐 때 동갑내기 여자 친구를 만났다. 내가 다니던 회사는 영어 교재를 파는 회사였다. 아웃바운드를 위주로 하는 텔레마케팅 회사였다. 그런데 한 지붕 두 가족처럼 건물에는 우리 회사와 동일한 업종의 회사가 하나 더 있었다. 여자 친구는 위층에서 일을 하던 여성이었다. 여자 친구는 모든 남자의 로망이었다.

내가 그녀를 처음 본 것은 출장 업무를 나갈 때였다. 당시 내가 하던 업무는 전화로 상담부터 등록까지 처리하는 시스템이었다. 고객 한 명이 전화로는 도저히 등록을 못 하겠다고 하며 집으로 오라고 했다. 매출을 해야겠다는 마음가짐 하나로 출장을 떠나기로 했다. 엘리베이터를 기다리던 중 아래층으로 걸어 내려가는 여성을 보게 되었다. 너무나도 이쁜 외모와 목소리, 천생 여자라는 느낌이 들 정도로 나에게는 완벽한 여자였다. 한눈에 반한다는 말이 어떤 의미인지 알게 되는 순간이었다.

나는 출퇴근을 지하철로 했다. 그녀에 대해 자세히 알고 싶었던 나는 퇴근 후 무작정 뒤를 따라가보기로 했다. 그녀도 지하철을 타러 갔다. 나는 지하철 2호선을 탔는데 서울의 2호선 지하철은 순환선이라 지하철을 한 번 타면 한 바퀴를 돌 수 있었다. 지하철을 타고 한 바퀴 돈다는 생각으로 뒤를 졸졸 따라갔는데 도착지가 나와 같았다. 나는 인연이라는 생각이 들었다. 그것도 내가 살고 있던 맞은편 아파트 단지에 살고 있는 것이다.

너무 기쁘고 떨린 나머지 목적지만 알아두고 나는 집으로 돌아갔다. 사실 말이라도 한 번 해볼까 했지만 너무 떨렸다. 누군가 뒤를 따라간다는 것도 너무 떨리고 그녀를 보는 것도 너무 떨렸다. 집으로 돌아가면서 한 가지 생각을 했다. 매일 보고 싶은 마음에 출퇴근 시간을 맞추는 것이었다. 처음 출근시간을 맞추기로 한 날 10분 정도 기다렸다.

그녀는 모르는 채 출근을 했지만 나는 아침 출근이 너무 행복했다. 그러다 우연치 않은 기회에 회사에서 그녀와 마주치는 일이 생겼다. 보자마자 심장이 터질 것만 같았다. 사실 우연히 마주친 것은 아니었다. 어떻게든 눈에 띄어보고자 분주히 움직였다. 나는 지금까지 그때의 떨림을 느껴본 적이 없다. 그 정도로 나의 심장은 요동쳤다.

어느 날 연합 야유회 일정이 잡혔다. 동일 업종의 일을 하다 보니 연합 야유회가 가능했다. 나는 너무 기뻤다. 1박 2일의 야유회였는데 오후 시간까지는 소속 회사 직원들끼리 노는 시간이었다. 저녁은 연합으로 바비큐 파티를 했다. 동일 업종이라도 서로를 알아야 할 시간이 필요하다. 돌아가면서 인사를 했다. 모두가 인사를 마치고 이제 그녀의 순서가 되었다.

나는 기분이 너무 좋았던 탓에 마음에 있는 소리가 터져 나왔다. 그녀의 인사 한마디에 내가 박수와 함성을 지른 것이다. 순간 민망했다. 모두의 시선이 나를 향했다. 옆에서 또 경쟁자가 생겼다는 말을 해주지 않았다면 어색한 상황이 될 뻔했다. 고기를 먹고 술을 마시고 어느 정도 흥이 올랐을 때 누군가 나이트클럽을 가자고 했다. 대략 20여 명 정도 되는 사람들은 근처에 있는 나이트클럽으로 향했다. 분위기가 너무 좋았다.

술을 마시고 춤을 추고 흥이 오를 때로 올랐다. 그러다 분위기가 바뀌면서 블루스 타임으로 전환되었다. 나는 자리에 앉아 그녀의 춤추는 모습을 감상했다. 춤추는 모습마저 너무 이뻤다. 그리고 분위기가 전환되었을 때 나는 단숨에 그녀에게로 달려갔다. 그리고 자리로 돌아가는 그녀의 팔을 잡았다. 나하고 이 음악이 끝날 때까지만 같이 있어 달라고 했다.

멀리서 볼 때는 몰랐는데 약간 취기가 오른 듯했다. 처음에 그녀는 술이 약간 취해서 춤추는 것이 힘들 것 같다고 했다. 나는 지금이 아니면 안 될 것 같아 잠시만 있어 달라고 했다. 그녀는 허락했다. 나이트클럽에서의 블루스 타임은 대략 5-10분 정도다. 손을 맞잡고 블루스 음악에 맞춰 춤을 추는데 심장이 너무 떨렸다. 그녀는 나에게 심장이 너무 뛴다고 말을 했다. 나는 솔직한 심정으로 너무 좋다고 했다. 기가 찼는지 그녀는 그냥 웃기만 했다.

거의 시간이 끝나갈 무렵 그녀의 직속 팀장이 내려왔다. 직원이 취한 것 같아서 데리고 간다고 했다. 그 팀장도 남자였다. 그녀의 직속 팀장이 그녀를 많이 챙겨준다는 말을 들었던 적이 있었다. 나는 아쉬움을 뒤로 하고 자리로 돌아갔다. 그렇게 우리는 즐겁게 먹고 놀고 마시며 하루를 마무리했다.

다음 날 집으로 돌아가는 길. 나는 그녀를 너무 만나고 싶었다. 지금이 아니면 영영 기회를 잃어버릴 수도 있다는 생각까지 들었다. 나는 멀찍이 조용한 곳에서 쪽지를 꺼내들었다. 그리고 메모를 적었다.

"OO시까지 OOOO에서 기다릴게요. 나는 OO 씨가 너무 좋아요. OO시까지 장소에 나와주면 우리는 1일입니다. 부담이 되신다면 나오지 않으셔도 됩니다. 다만 꼭 나와주셨으면 좋겠습니다."라고 적었다. 그녀에게 이 쪽지를 전해야 했다. 많은 직원들이 같이 있었기 때문에 쉽게 쪽지를 전할 수 있는 방법이 없었다. 그러다가 서류 한 장을 전해줄 일이 있었다. 나는 그때 서류 한 장과 쪽지를 같이 그녀에게 전했다.

나는 약속 장소에 도착했다. 그때의 기다림은 말로 표현할 수가 없다. 너무 떨리고 긴장되는 순간이었다. 약속시간이 다 되어갔다. 심장의 떨림은 극에 달했다. 10분이 지나고 30분이 지나도 그녀의 모습은 보이지 않았다. 나는 이대로 돌아가고 싶지가 않았다. 무작정 기다려보기로 했다. 혹시 쪽지를 못 봤을 수 있다는 생각도 했다. 그냥 기다려보기로 했다. 시간이 얼마가 되더라도 내가 기다릴 수 있는 만큼 기다려보자고 생각했다.

2시간 정도 시간이 지났을 무렵 맞은편 신호등 쪽으로 다가오는 그녀의 모습을 보았다. 날아갈 것 같았다. 기분이 너무 좋았다. 나는 자리에서 벌떡 일어나 횡단보도 앞에 섰다. 그녀가 맞은편 횡단보도에 서 있었다. 파란불이 켜지고 나는 그녀에게로 다가갔다. 그렇게 우리의 1일은 시작되었다.

지난 추억은 지난 추억일 뿐이다

우리는 2년 정도의 연애를 했다. 더없이 행복했다. 세상 그 어떤 것도 우리의 행복을 깰 수 없을 것이라고 생각했다. 그러다 우리의 행복을 깨는 절체절명의 순간이 생기게 되었다. 내가 친구로부터 보증을 서게 되면서 쫓기는 신세가 된 것이다. 어딘가로 숨고 도망가야 하는 처지는 아니었지만 상황이 너무 무서웠다.

매일 같이 걸려오는 굵고 짧은 한마디에 마음 졸이며 살았다. 나는 사랑하는 사람에게 이런 모습을 보이고 싶지 않았다. 그리고 나 때문에 피해를 주는 것은 더더욱 있을 수 없는 일이었다. 세상이 두 쪽이 나더라도 여자 친구는 지켜주고 싶었다. 나는 결별을 선언했다. 방법이 그것밖에 없었다. 매일 걸려오는 전화에 마음 졸이며 사는 모습을 보이고 싶지 않았다. 그녀는 눈물을 흘렸다. 그리고 나를 잡았다.

내가 빚 때문에 그렇다고 하자 여자 친구는 같이 갚자고 했다. 차마 사채라는 말은 못 했다. 그렇게 나는 그녀와의 결별을 일방적으로 선언하고 2년여의 연애를 정리했다. 그리고 얼마가 지났을까. 사채업자의 넓은 아량으로 나는 친구의 보증 빚을 모두 해결할 수 있었다. 나는 여자 친구와의 결별이 너무 억울했다. 세상에 그렇게 사랑하는 사람을 지켜주려는 마음으로 결별을 선언했는데 너무 허무하게 해결이 된 것이다.

나는 그녀에게 다시 연락을 했다. 우리는 다시 만났다. 하지만 그때만큼 사랑의 감정이 생기지 않았다. 아니 사랑의 감정보다 이별의 아픔에 대한 후유증이 더 강했던 것이다. 우리는 시간이 지나면 조금씩 해결이 될 수 있을 거라 생각했다. 그리고 가끔씩 만나 밥을 먹고 차를 마셨다. 나는 여자 친구에게 너무 일방적인 이별을 통보했다. 마음 한구석에 계속 미안함이 자리 잡고 있었다. 미안하다고 말을 할 때마다 그녀는 괜찮다고 했다.

시간도 지나고 오해도 풀렸다고 했다. 하지만 예전의 감정이 쉽게 돌아오지는 않았다. 우리는 헤어지고 나서도 2년 정도 그렇게 만나왔다. 그리고 한 가지 약속을 했다. 다시 처음부터 시작할 시기를 정하기로 했다. 우리는 동갑내기였다. 서른이 되는 날 다시 시작하자고 했다. 나는 영화 같은 이런 만남을 손꼽아 기다렸다.

서른을 3개월 앞둔 어느 날! 그녀에게 문자가 왔다. 한 달 후 결혼한다는 연락이었다. 우리는 그동안 간간이 서로의 안부를 주고받으며 연락을 하고 지내왔다. 그리고 서른이 되는 날을 기약하며 지내왔다. 그런데 한 달 후에 결혼을 한다는 것이다. 청천벽력과도 같았다. 3개월 전 지인의 소개로 만나게 된 남자의 청혼으로 결혼을 하기로 했다는 것이었다. 그리고는 나에게 청첩장을 받을지 의견을 물어왔다. 나는 갈 수 없었다.

그 친구는 지금 아내로서 엄마로서 행복한 삶을 살고 있을 것이다. 20여 년 전의 일이지만 아직도 그녀와의 지난 추억이 기억 속에 남아 있다.

너무 행복했던 추억이기 때문이다. 나는 오늘 항상 기억 속에만 남아 있던 추억을 꺼내들었다. 아마도 이 추억이 기억 속에 남아 있어서 내가 다른 사람을 사랑하는 데 걸림돌이 되지 않았을까 생각해본다.

이제 지난날의 추억은 묻고 새로운 추억을 만들어갈 것이다. 나에게 주어진 행복한 미래의 삶을 위해서. 지난 추억이여 안녕!

04

사람을 잃은 슬픔은 사랑으로 치유된다

"사람들이 원하는 모든 것은
자신의 얘기를 들어줄 사람이다."
– 휴 엘리어트

세상 소중한 좋은 친구를 만나다

군대 입대를 앞두고 직장 선배가 나를 불렀다. 선배는 나와 9살 차이였다.

"종윤아, 나이트 한번 갈래? 이제 군대도 가는데 실컷 놀고 가."

나는 나이트클럽의 세계를 알게 해준 선배와 참으로 가깝게 지냈다. 나이트클럽 때문이 아니라 직장에서도 나를 살뜰히 챙겨주던 형이었다. 군대 가기 전에 실컷 놀다가라는 선배의 말에 이끌려 나이트클럽을 다니기 시작했다. 나는 입대를 앞두고 6개월 동안 미친 듯이 다녔다. 나이트클럽을 처음 가본 나는 신기했다. 처음 느낌은 '이 많은 사람들은 도대체 어디서 왔을까?'였다. 당시 종로 3가에 있던 나이트클럽을 갔는데 그렇게 많은 사람을 본 적이 없다. 세상 모든 사람이 그곳에 있는 듯했다. 나는 그렇게 음악에 취하고 술에 취해 나이트클럽에 빠져들기 시작했다.

"종윤아, 오늘 나이트 가자! 오늘은 형 친구도 같이 가기로 했으니까 그렇게 알아!"

나는 선배와 함께 가는 나이트클럽이 너무 좋았다. 형이 너무 잘 생겼다. 키도 훤칠하고 얼굴까지 잘생겨서 부킹에 실패한 적이 없다. 선배의 친구는 댄서 출신이었다. 그렇게 우리 셋은 나이트클럽으로 향했다. 혹시 댄서 춤을 눈앞에서 본 적이 있는가? 지금 세대는 클럽 문화에 살고 있다. 나이트클럽도 많은 사람들이 즐기긴 하지만 예전만 못한 것 같다. 90년대 후반 나이트클럽은 그야말로 전성기 시대였다.

얼마 전 친한 동생 내외를 만난 적이 있다. 우연히 90년대 나이트클럽에 대한 이야기가 오갔다. 근데 당시 나이트클럽에 대해 이야기를 듣고는 놀라는 것이었다. 그때 나이트클럽의 꽃은 블루스 타임이었다. 빠른 음악에 맞춰 신나게 춤을 추고 나면 잠시 휴식을 취한다. 일명 부킹 타임. 그때 마음이 맞는 커플들은 무대에 나가 조용한 음악에 맞춰 블루스를 춤춘다. 그 이야기에 동생 부부 내외는 당황해했다. 블루스? 그런 게 있었다고! 나와 3살 차이 나는 동생 부부 내외를 보니 나는 다른 세계에 살고 있는 듯했다.

댄서 출신 형은 빠른 음악이 나올 때면 어김없이 무대를 향해 나아갔다. 춤을 너무 잘 춘다. 얼마나 춤을 잘 추면 무대에 춤을 추고 있는 사람들이 길을 터준다. 그리고 춤을 따라 춘다. 형도 즐거웠는지 스테이지 위로 올라갔다. 보통 그곳은 DJ들이 음악을 틀어놓고 흥을 높이기 위해 춤을 추는 곳이다. 그런 곳에 댄서 형이 올라간 것이다.

모든 손님들이 함성을 지른다. 그리고 열광한다. 많은 여자 손님들에게 눈도장을 확실히 찍는 순간이었다. 잘생긴 형, 춤 잘 추는 형! 나이트클럽에서 부킹 1순위였다.

광란의 댄스 타임이 끝나고 휴식을 취할 시간. 땀을 닦고 열기를 식히고 있을 때 부킹이 들어왔다. 처음 본 그녀의 모습은 전혀 나이트클럽을 다닐 것 같지 않은 순수한 모습이었다. 나는 소심한 성격이었던 터라 말을 제대로 건네지 못했다. 그때 형이 말을 시켰다.

"몇 명이서 왔어요?"

"3명이요!"

"우리도 3명인데 같이 놀래요?"

"그래요. 그렇게 해요."

이외에도 많은 말들이 오갔다. 우리의 인연은 이렇게 시작이 되었다. 내가 21살 때였다. 그녀의 나이는 23살이었다. 나는 23살이라고 거짓말을 했다. 누나로 그녀를 만나고 싶은 게 아니라 좋은 친구가 되고 싶었다. 그래서 나는 나이를 속이고 친구로 그녀를 만나게 되었다. 10년 동안 우리는 우정을 지속해왔다. 같은 동네에 살고 있었기 때문에 자주 볼 수도 있었다. 그렇게 10년이 지났을 때 나이가 탄로 났다.

당시 싸이월드가 유행이었다. 싸이월드는 어찌 보면 지금 SNS의 전신이라고 볼 수도 있다. 싸이월드에는 생년월일을 기록하게 되어 있다. 숨김 처리가 가능했지만 한순간의 실수로 오픈하게 된 것이다. 2살 어리다는 걸 알게 된 그 친구는 쿨하게 받아들였다. 친구로 지낸 지가 10년인데 지금 바꾼다고 한들 친구 사이는 바뀌지 않는다고 했다. 그렇게 우리는 계속해서 친구 관계를 이어갔다. 그러던 어느 날!

사랑의 아픔은 사랑으로 치유해야 한다

"OOO 전화 아닌가요?

"누구시죠?"

"저 친구 종윤이라고 하는데요."

"종윤이? 처음 듣는 친군데 어떻게 아는 친구예요?"

"오래 알고 지낸 친구입니다. OOO은 자리에 없는 건가요?"

"오늘 죽었습니다."

"…"

소름이 끼쳤다. 친언니가 전화를 받은 것이다. 죽었다는 말을 들었을 때 말문이 막힐 정도로 충격을 받았다. 마음을 가다듬고 상황을 물었다.

"혹시 무슨 일 때문에?"

"집에서 새벽에 목을 매고 죽었어요."

나에게 그 말을 전하는 언니의 목소리는 참담함 그 자체였다. 나는 더 이상 말을 건넬 수가 없었다. 그리고 통화는 종료되었다.

친구는 사망하기 하루 전 내게 전화를 했다. 바다가 보고 싶다며 같이 가자고 했다. 나는 회사에서 일하고 있는 시간이라 주말에 같이 가자고 했다. 친구는 결혼을 앞둔 남자 친구와의 결별로 마음의 상처가 큰 상태였다. 나는 친구의 그런 마음을 알았기에 곁에서 힘이 되어주고 싶었다.

"주말에, 주말에 가자! 바다도 보고 맛있는 것도 먹으면서 기분 전환하자!"

그 통화가 친구와의 마지막 통화였다. 친구의 대답이 계속 마음에 걸렸다. 힘없이 짤막한 대답을 했던 목소리가 마음 한구석에 남아 있던 것이었다. 그래서 다음 날 다시 전화를 했다. 그때 친구의 사망 소식을 들었다. 정말 좋은 친구를 잃었다는 슬픔. 그리고 내가 같이 바다를 같이 갔었더라면 하는 아쉬움. 모든 것이 내 감정을 뒤흔들고 있었다.

우리는 살면서 누구나 마음의 병을 가지고 산다고 한다. 스스로 병을 치유하지 못해 친구를 찾는다. 격려와 위로를 받고 싶은 것이다. 친하다는 이유로, 자주 만날 수 있다는 이유로 친구의 아픔을 외면하고 있지 않은지 되돌아보자! 나는 그 친구의 아픔을 외면했다. 10년이 지난 지금도 친구의 모습이 떠오르는 이유가 있다. 마음 한구석에 아직도 아픔이 남아 있는 이유! 친구의 아픔을 나는 미룬 것이다. 내가 미루지 않았더라면 하는 아쉬움과 슬픔이 남는 이유다.

가족, 형제, 친구, 지인. 모두의 아픔을 되돌아볼 수는 없다. 정작 나의 아픔을 되돌아보는 시간이 필요하다. 내가 가진 마음의 병을 치유하지 못해 아픔을 가지고 산다면 얼마나 불행한 일인가! 아픔을 말할 수 있을 때, 내 마음의 병을 치유받을 수 있을 때! 그때가 진심으로 누군가를 위로해주고 격려해줄 수 있을 때이다. 사랑의 아픔은 사랑으로 치유하라고 했다. 사랑의 아픔을 묻어두지 말고 사랑으로 치유받는 삶을 살길 바란다.

"수연아, 마지막 인사도 못 하고 보낸 것 같아 마음이 항상 무거웠어. 미안해. 그리고 고마워. 하늘나라에서는 잘 살고 있지? 아프지 말고 상처받지 말고! 이제는 사랑만 하면서 행복하게 살길 바란다! 사랑한다 친구야."

내가 깨달은 인생의 가르침

자신의 행복은 스스로 선택하라

"먼저 아침에 눈을 뜨면 자신에게 이렇게 조용히 말합니다.

"나는 오늘 행복을 선택합니다. 나는 오늘 성공을 선택합니다. 나는 오늘 모든 사람에 대해 사랑과 선의를 선택합니다. 나는 오늘 평화를 선택합니다." 이때는 반드시 생명과 사랑을 불어넣어 말하세요. 그러면 당신은 행복을 선택한 것이 되고, 당신의 외부 상황도 당신이 행복을 선택한 것을 증명하듯 전개됩니다. 당신은 행복을 선택할 자유가 있고, 또 행복을 당신의 습관으로 만들 수도 있습니다."

– 『커피 한잔의 명상으로 10억을 번 사람들』, 오시마 준이치

05

평범하게 사는 게 가장 어렵다

"우리를 조금 크게 만드는 데 걸리는 시간은 단 하루면 충분하다."
– 파울 클레

오늘 하루의 시간만이 나에게 주어진 시간이다

평범하게 산다는 건 어떤 모습으로 사는 걸까? 우리가 주변에서 많이 듣는 말이 있다.

"나는 더 이상의 욕심은 없다. 그냥 평범하게 살고 싶다." 평범하게 사는 모습은 어떤 모습이기에 평범한 삶을 꿈꾸는 것일까? 그리고 왜 평범하게 사는 것이 어려운 세상이 되었을까? 사람의 욕심은 끝이 없다. 욕심이 많다는 것은 나쁜 것이 아니다. 누구에게나 잠재적으로 가지고 있는 욕망이 있다. 다만 표현을 하느냐, 못 하느냐의 문제인 것이다.

나는 지금까지 단 한 번도 평범한 삶을 살지 못했다. 거친 파도를 헤쳐

나가듯 험난한 인생을 산 것도 아니다. 다만 보통 사람들이 한 번쯤 겪을 수 있는 일들을 나는 모두 겪으며 살았을 뿐이었다. 경험이고 추억이라 생각했다.

우리는 어려서부터 과유불급에 대한 사자성어를 배운다. 욕심이 지나치면 일을 그르칠 수 있다는 말이다. 우리는 욕심이 많은 사람들에게 욕심 부리지 말라고 한다. 욕망에 찌든 사람들을 보고는 욕망에 눈이 멀었다고 말한다. 누구에게나 욕심이 있고 욕망이 있는데 왜 하지 말라고 하는 걸까?

나는 지금까지 겸손하게 살아야 한다고 배웠다. 그리고 착하고 성실하게 살아야 한다고 배웠다. 아끼며 살아야 하고 돈을 좇지 말라고 배웠다. 욕심 부려서 좋을 게 없다는 말도 들었다. 분수에 맞게 살라고. 하지만 왜 그렇게 살아야 하는지에 대해서는 아무도 말을 해주지 않았다. 이제는 그들에게 묻고 싶다. 당신은 지금 얼마나 행복한 삶을 살고 있는지?

대부분 직장인으로서 살아갈 때 이런 말을 자주 듣는다. 직장인이 비참할 수밖에 없는 이유다. 나도 직장 생활을 하고 있지만 시간이 지나면 지날수록 마음이 초조해진다. 언제까지 회사를 다닐 수 있을까 하는 두려움은 40살이 넘어서면서부터 조금씩 가슴속으로 들어왔다. 지금 취업을 준비하는 사람들의 희망 연봉은 3,000만 원이다. 지금은 조금 올랐을

지 모르지만 내가 면접을 진행할 때 주로 듣는 희망 연봉이다. 3,000만 원을 버는 사람은 5,000만 원을 벌고 싶어 한다. 그리고는 7,000만 원, 다음은 1억을 벌고 싶어 한다.

그래서 그들은 더 많은 경력을 쌓고 스펙을 쌓아서 더 많은 월급을 받기 위해 노력한다. 직장인이라면 누구나 가지고 있는 생각들이다. 우리가 직장인의 삶을 벗어나지 못하고 계속해서 현대판 노예로 살아가는 이유인 것이다. 나는 한 가지 궁금증이 생겼다.

내가 받고 싶어 하는 연봉의 기준은 무엇인가? 그리고 내가 죽을힘을 다해 회사에서 일을 하면 그만큼 나의 가치를 인정받을 수 있는 것인가?에 대한 것이다.

같은 조직에서 나와 비슷한 상황에 처한 사람들과의 만남 속에서 내가 발전하고 기대할 수 있는 것은 아무것도 없다. 오히려 자신의 소중한 인생을 갉아먹는 일이다. 직장 생활을 통해 무언가를 배우고 경험할 수 있는 것은 분명히 존재한다. 하지만 직장인으로서의 마인드로 살아갈 것인가, 직장을 통해 자신의 인생을 펼칠 준비를 하며 살아갈 것인지는 완전히 다른 의미임을 알아야 한다.

회사에 종속된 삶은 언제나 내가 아닌 타인이 주인이 될 수밖에 없다. 상사가 될 수도 있고 고위 간부가 될 수도 있다. 또는 회사의 대표가 될 수도 있다. 누군가의 눈치를 보며 자신을 숨기며 살아가는 삶이 지속될

수록 우리는 더욱더 피폐해진 삶을 살아가게 된다.

이를 부정하는 사람이 있다면 단적으로 생각해보자. 회사의 직원 연봉에 대한 문서는 대외비 문서 중 하나다. 회사는 왜 직원들의 연봉을 비밀로 할까? 우리는 회사의 규정이 그러하다는 이유로 회사가 원하는 삶을 살고 있다. 물론 친한 동료들끼리 공유가 될 수 있는 부분은 있지만 그마저도 조심스러울 수밖에 없다.

또한 대기업을 비롯해 중견기업들의 경우 '직원이 직장 생활을 하면서는 개인의 이익을 창출하는 사업은 일절 금한다.'라는 조항이 있다. 개인의 모든 노력과 열정을 회사에만 쏟으라는 의미다. 그렇게 우리는 회사를 위해서 짧게는 몇 년, 길게는 수십 년 동안 충성스러운 일꾼으로 살아가게 된다.

이제 다시 나의 인생을 되돌아보자. 앞으로 나에게 주어진 시간은 얼마나 남아 있을까? 며칠? 몇 년? 몇십 년? 모두 틀렸다. 단 오늘 하루뿐이다. 그렇게 생각해야 한다. 오늘 하루의 시간만이 나에게 주어진 시간이다. 오늘 하루의 삶이 미래의 내 모습에 크나큰 영향을 미칠 수 있기 때문이다.

성공은 누구나 꿈꾸고 소망하는 것이다

부자들이 알려주지 않는 것 중에 하나는 시간 관리다. 자기계발서 및 시간 관리에 대한 책을 많이 읽어본 사람이라면 어디선가 한 번쯤은 읽어봤을 것이다. 하지만 보통 사람들은 알기가 쉽지 않은 부자들의 습관이 있다. 그건 바로 모두에게 주어진 24시간을 그들은 48시간, 72시간처럼 사용한다는 것이다. 돈보다 시간의 중요성을 알고 있는 것이다.

우리가 주변에서 듣는 말은 24시간을 그 이상으로 쓰기 위해서는 잠을 줄여야 한다고 한다. 그리고 더 바쁘게 살아야 한다고 한다. 그들 말처럼 24시간 중에서 4시간을 수면하고 20시간을 바쁜 일상으로 움직인다고 생각해보자. 그 사람의 하루는 오늘이 정말 마지막 날이 될 수도 있다. 부자들은 4시간 수면을 하고 20시간을 미친 듯이 바쁘게 살지 않는다.

10시간을 20시간처럼 사용할 수 있는 능력이 있는 것이다. 우리가 부자처럼 살면 안 되는 이유가 여기에 있다. 눈에 보이는 모습만을 보며 따라 하는 삶은 절대로 지금의 나를 개선할 수 없다. 중요한 건 '부자처럼'이 아닌 '부자로' 살아야 한다는 것이다. 아무것도 아닌 듯 느껴질 수 있는 이 말의 차이가 우리의 인생을 어떻게 송두리째 변화시키는지를 나는 알고 있다.

주변에 부자라고 생각하는 사람이 한 명쯤은 있을 것이다. 그들 중에는 진짜 부자가 있고 가짜 부자도 있다. 진짜든 가짜든 부자가 되는 데는 그만한 이유가 있다. 악착같이 아끼고 모아서 부자가 된 사람들도 있고 하루아침에 로또에 당첨이 되어 부자가 된 사람도 있을 것이다. 그리고 꾸준히 사업을 일궈내며 부자의 반열에 오른 사람들도 있다. 그들 모두에게는 공통점인 습관이 있다. 그들은 모두 부자라는 생각을 가지고 살았다.

부자처럼 살고 싶다는 소망만을 가지고 산 것이 아니다. 자신이 부자가 되었다는 생각을 가지고 살았던 것이다. 하지만 그들은 우리에게 말해주지 않는다. 성공한 사람들조차도 자신이 그런 생각을 가지고 있었다는 생각을 하지 못한다. 바쁘게 살았고 많은 시련을 극복하며 살다 보니 성공을 이룬 데는 끝없는 노력과 그에 대한 보상이 따른 것이라고 생각하는 것이다. 전적으로 맞는 말이다. 그만한 노력을 했기 때문에 성공이라는 보상을 받게 된 것은 분명하다.

하지만 내가 말하는 것은 과정이 아닌 처음부터 정해져 있던 마음가짐이라는 말이다. 성공한 삶을 살고자 소망하는 사람들 중에 실제로 성공한 사람들은 많지가 않다. 그들은 안타깝게도 죽을 때까지 꿈만 꾸고 소원만을 빌다가 세상을 떠난다. 그리고는 말한다. 꿈이 있어 행복했다고. 너무 안타까운 일이다. 우리가 평범하게 살 수밖에 없는 이유가 여기에 있다.

우리가 보고 듣고 배우는 모든 것이 이런 삶인 것이다.

성공하기 싫은 사람이 있을까? 돈이 없어도 행복하다고 하는 사람이 있을까? 나는 없다고 생각한다. 아니 없어야 한다. 성공은 누구나가 꿈꾸고 소망하는 것이다. 우리가 일하는 이유는 단 하나다. 바로 돈이다. 돈을 벌기 위함이고 돈을 버는 것은 성공을 위한 발판을 만들 수 있기 때문이다. 그 이상 그 이하도 아닌 것이다.

한데 성공을 하기 위해서 성공한 사람들의 마인드로 살고자 노력하는 사람은 없다. 우리 주변에 있는 대다수의 사람이 모두 평범한 삶을 살고 있기 때문이다. 그리고 내가 그러한 욕망을 품고 산다면 주변에서는 눈치를 줄 것이 분명하다. 눈치 보는 삶에서 벗어나야 한다. 이제 나를 위한 인생을 살아야 한다. 생각의 차이가 인생을 바꾼다.

주변에 있는 사람과 똑같이 살려고 하지 마라. 주변에 있는 사람과 같은 인생을 산다면 절대 지금의 처지에서 벗어날 수 없다. 부자가 되고 싶은 마음만으로 부자가 될 수 있다면 세상 모든 사람들은 부자로 살아야 한다. 하지만 누군가는 부자로 살고 있지만 또 다른 누군가는 가난한 삶에서 벗어나지 못한 채 살아가고 있다. 생각의 차이다. 생각의 변화가 당신을 가난으로부터 벗어날 수 있도록 도와줄 것이다.

부자처럼 살려는 마음을 버려야 한다. 그냥 부자로 살아야 한다.

06

나는 정말로 진실하지 못한 사람일까?

**"행복은 생각, 말, 행동이
조화를 이룰 때 찾아온다."
– 마하트마 간디**

우리는 스스로를 잘 안다고 착각하며 산다

나는 얼마 전 알고 지내던 동생과 통화할 일이 있었다. 내년 연봉 협상에 대한 대화였다.

"형, 거기는 내년에 연봉 협상해?"

"내년 연봉 협상하겠지?"

"우리는 내년에 연봉 협상이 안 될 수도 있을 것 같아."

"왜 무슨 일 있어? 매출도 잘 나오고 수익도 괜찮다고 했잖아."

"그렇긴 한데 요즘 분위기가 동결될 거 같아. 동결되면 안 되는데."

"아직 벌어지지도 않은 일이잖아. 왜 벌써부터 고민하는 건데?"

"나는 상관없는데, 직원들 때문에 그렇지. 내년에 연봉 동결되면 직원들은 어떡해?"

"네가 직원들 인생 대신 살아줄 거 아니며 괜한 신경 쓰지 마. 그건 회사가 할 일이야."

대략 10분 정도 그 동생과 통화를 하게 되었다. 그 동생은 내가 지금 어떤 마음가짐으로 살고 있는지 모른다. 예전에 알고 있던 형의 모습을 기억하고 나와 대화를 했을 것이다. 아마 내가 동생이 알던 모습의 형이었다면 그의 말에 맞장구를 쳤을 것이다. 그러나 지금의 나는 더 이상 동생이 알고 있던 내가 아니었다. 그래서 나는 동생이 하는 말을 들으면서 마지막에 한마디를 전했다.

"너도 지금 상황에서 벗어나기는 힘들 것 같다!"

대화 도중 내가 동생의 말에 발끈하게 된 순간이 있다. 그건 바로 직원들에 대한 고민을 했을 때였다. 사실 동생이 말한 직원들에 대한 고민은 변명이었다. 자신에 대한 걱정과 고민을 말하지 못하고 직원들을 빌미로 변명을 하는 것이었다. 나는 속으로 "네가 마음속에 그런 생각을 가지고 있으면 절대 너의 고민은 해결될 수 없어. 자신에게 좀 솔직해져봐."라고 말했다. 내가 동생에게 아무리 이런 말을 해줘도 동생은 받아들이지 못할 것이다. 이유는 간단하다. 받아들이고자 하는 마음의 준비가 안 되어 있기 때문이다.

우리는 주변에서 이런 일을 많이 겪으며 살고 있다. 주변 사람들에게 듣는 변명은 물론 자기 자신에 대한 변명도 거리낌 없이 말하고 있다. 마치 정말 누군가를 위하고, 생각하는 것처럼 자신을 속이고 있는 것이다. 왜 우리는 자신을 속이며 살아가야 하는 걸까? 무엇이 우리를 당당함으로부터 벗어나게 만든 것일까? 동생이 마지막으로 한 말은 단연 압권이었다.

"나는 내가 잘 아는데 걱정을 내려놓을 수 없어. 그게 안 된다는 건 내가 잘 알아."라는 말이었다. 걱정을 조금만 내려놓으라고 한 말에 동생은 자신은 그렇게 할 수 없다고 했다. "나는 내가 잘 알아!"

정말 그럴까? 정말 우리는 자기 자신을 잘 알고 있을까? 나는 직장인으로 살아가는 사람들 중에 자신에 대해 정확히 알고 있는 사람은 극소수라고 생각한다. 직장인뿐만 아니라 대부분의 사람도 마찬가지이다. 자신에 대해 정확히 알고 있는 사람은 극소수에 불과하다. 우리는 자신을 알고 있는 것이 아니라 자신을 알고 있다고 착각하는 것이다. 우리의 삶이 발전하지 못하는 이유는 여러 가지가 있다. 그중 하나가 자신을 알고 있다는 착각 때문이다. 자신을 알고 있다는 착각 때문에 무언가를 받아들이고 변화하려는 마음이 없다. 오히려 자신이 알고 있는 모습으로 살아가려고 한다.

우리는 스스로를 가두리 안으로 몰아넣고는 변화를 위해 노력하고 있다고 말한다. 어처구니가 없다. 다른 세상은 보지도 못한 채 보고 싶은 것만 보고 사는 인생이 어떻게 변화될 수 있다는 것인지 의문스럽다. 스스로 변화하고자 한다면 '내가 나를 안다'는 착각에서 벗어나야 한다. 그리고 자신을 개조해야 한다는 마음가짐이 필요하다. 자신에 대한 개조는 외모를 말하는 게 아니다. 외모는 물론 생각과 마음가짐을 바꿔야 한다는 말이다.

어딘가에 갇혀 살아가는 삶은 그 공간만 보며 산다. 눈에 보이는 것만 믿으며 살아가는 것이다. 우리는 숨을 쉬며 살아간다. 인간은 산소가 없으면 살 수가 없다. 우리가 마시는 산소는 눈에 보이지 않는다. 산소가 없다고 말할 것인가?

우리는 습관적으로 세상을 이론적으로 살려는 경향이 있다. 어릴 적부터 보고 들으며 배운 것이 모두 이론이기 때문이다. 그래서 자연스럽게 이론적인 삶을 사는 것이 당연시되었다. 그리고는 세상을 향한 불만을 토해낸다. 나라 정책에 대한 불만은 기본이고 회사의 잘못과 주변에 있는 많은 사람들의 잘못을 탓한다. 나는 자신의 잘못을 탓하라고 말하고 싶다. 자신의 잘못을 탓해야 한다. 가두리 안으로 몰아넣은 것은 세상이 아니다. 나 자신이 가두리 안으로 나를 스스로 몰아넣은 것이다. 그러면서 누구를 탓한다는 말인가!

지금 내가 살고 있는 삶이 얼마나 이론적인지를 알 수 있는 방법은 한 가지밖에 없다. 바로 지금의 상황에서 벗어나보는 것이다. 그리고 이론이 아닌 실전으로 살고 있는 사람들이 모인 곳으로 가보자. 그러면 내가 지금까지 살아온 삶이 얼마나 허무한지를 느낄 수 있을 것이다.

자신에게 솔직할 때 비로소 행복해지는 삶을 살 수 있다

자신의 삶을 주관적으로 산다는 것은 좋은 것이다. 내가 사는 인생이기 때문에 어떻게든 내가 주인이 되어서 살아야 한다. 하지만 내가 알고 있는 것만 가지고 사는 삶은 죄를 짓는 것과 마찬가지다. '무지는 죄'라고 했다. 우리는 끊임없이 배워야 한다. 그리고 우리의 삶을 개선하고 변화시키는 데 꾸준한 노력을 해야 한다.

우리는 모두 거짓된 삶을 살고 있다. 거짓된 삶은 그 누구에게도 진실된 자신의 모습을 보여줄 수 없다는 것을 알아야 한다. 변화되길 원하고 행복한 인생을 살고자 하는 욕망은 누구나 가지고 산다. 그럼에도 세상에 나를 드러내지 못하고 살고 있는 것이다. 나에게 쏟아질 것만 같은 비난과 눈치 때문이다. 직장인의 삶은 거기서 거기다. 누구나 다 똑같은 생각을 가지고 인생을 살고 있다. 그곳에서 어떤 변화를 기대한다는 것 자체가 모순이다.

내 인생은 내가 사는 것이다. 나에게 주어진 인생을 남에게 맡기듯 눈치 보며 살아간다면 결코 행복해질 수 없다. 이제 다시 한 번 자신에게 솔직한 질문을 던져보자. '내가 원하는 것은 무엇인가? 나는 무엇을 위해 지금처럼 일하고 있을까?' 언제까지 불평불만만 하고 세상을 살 수는 없는 노릇이다.

이제 나를 인정해라. 그리고 자신을 용서하고 받아들여라.

이제부터 우리에게는 솔직함을 밖으로 내보낼 수 있는 용기와 의지가 필요하다. 우리가 알고 있는 성공한 삶을 살고 있는 많은 사람들은 성공에 대한 강한 욕망을 가지고 살았다. 욕망이 성공한 인생을 살 수 있도록 도와준 것이다. 욕망의 정도와 크기는 차이가 있을 수 있다. 하지만 자신을 감추고 자신에게 솔직하지 못한 삶을 산다면 욕망은 실현되지 않는다.

김태광 작가의『100억 부자의 생각의 비밀』에 보면 "'가난한 자는 복이 있나니'라는 말이 있다. 가난은 매일 더 큰 꿈을 이루기 위해 욕망을 드러내는 사람들이다."라는 말이 나온다. 나는 이 말에 전적으로 공감한다. 그리고 믿는다. 우리에게 주어진 삶을 어떻게 생각하고 사느냐에 따라 인생이 결정된다. 이제 자신에게 솔직해지자.

나도 지금까지 나 자신을 감추며 눈치 보는 삶을 살았다. 자신에 대해

진실하지 못했기 때문에 당당할 수 없었다. 하지만 이제 나는 모든 것을 드러내고 세상에서 당당히 살아갈 것이다. 나를 위한 진실한 삶을 살아갈 때에 행복을 누릴 수 있는 특권이 주어지는 것이다.

나는 이제 진실한 삶을 살고 있다. 그리고 자신을 감추며 숨기는 행동과 말은 일절 하지 않는다. 내가 꿈꾸는 행복은 사랑하는 사람들과 좋아하는 일을 하면서 돈을 버는 것이다. 더 이상 돈이 마를 날은 나에게 찾아오지 않을 것이다. 내 인생은 자신에게 솔직해져야 한다는 마음가짐 하나로 변화되었다. 누구나 할 수 있다. 나는 자신에게 솔직할 때 비로소 행복해지는 삶을 살 수 있다는 것을 누구보다 잘 알고 있다.

내가 깨달은 인생의 가르침

한 권의 책은 한 개의 습관을 만들어준다

"저는 누구에게나 독서를 권합니다. 독서의 중요성은 아무리 강조해도 부족하다 보니 주위 사람들이 잔소리처럼 받아들일 때도 있는 것 같습니다. 그래도 저는 멈추지 않을 생각입니다. 왜냐하면 책이야말로 사람을 성공으로 이끌고 삶을 완전히 뒤바꿔줄 가장 좋은 도구임을 알기 때문입니다. 바로 제가 산증인이니까요."

– 『마흔의 돈 공부』, 단희쌤(이의상)

07

저기, 제 얘기 좀 들어주실래요?

"책은 가장 조용하고 변함없는 벗이다. 책은 가장 쉽게 다가갈 수 있고 가장 현명한 상담자이자, 가장 인내심 있는 교사이다."
– 찰스 W. 엘리엇

낯선 사람들과의 만남은 여전히 힘든 일이다

내가 힘들고 어려울 때 내 말을 들어줄 수 있는 사람이 옆에 한 사람만 있다면 우리는 외로움을 덜 느낄 수 있다. 나는 부산에서 10년이라는 시간을 보냈다. 하지만 주변에 아는 사람이 없다. 이 모든 건 나의 책임이라는 것도 알고 있다. 그럼에도 낯선 사람들과의 만남은 항상 나를 힘들게 했다. 그래서 아예 사람을 만나지 않는 선택을 했다.

내가 힘들고 어려울 때 내 말을 들어주는 사람은 서울에 있었다. 단 두 명이었다. 친한 누나와 나처럼 동병상련을 겪고 있는 원장이었다. 우리는 힘들고 어려운 일이 있을 때면 서로에게 전화를 했다. 고민을 토로하고 힘든 일을 공유했다. 그러면서 서로를 위로했다. 하지만 모두에게 힘든 상황이 닥칠 때면 누가 먼저라고 할 것도 없이 서로 연락을 안 했다. 서로가 어떤 어려움에 처한지 알았기 때문에 위로를 할 수 없는 것이었다.

대화의 상대가 없으니 나는 더욱더 외로움에 빠져들었다. 나는 직원들의 고충을 듣는다. 어려움이 있으면 해결해주고 힘든 일이 있으면 부담을 덜어주었다. 하지만 나의 고충과 힘듦은 말할 곳이 없었다.

외로움을 극복할 수 있는 방법 중에 반려동물을 키우면 어느 정도 해소가 된다는 말을 들었다. 결혼 생활을 할 때 반려동물을 키운 적이 있었기 때문에 나는 어느 정도 해소가 될 것이라 믿었다. 영리하고 말을 잘 듣는 견종 중에 푸들이 있다. 나는 바로 푸들을 입양하기로 했다. 어느 지역이든 그렇듯이 부산에도 반려동물을 입양할 수 있는 곳들이 많다.

나는 푸들을 입양해서 키웠다. 처음 한두 달은 즐거웠다. 당시 나는 남자들의 로망인 옥탑에서 살았다. 옥탑은 꼭 한 번 살아보고 싶다는 마음에 수개월을 알아보고 찾은 곳이었다. 그곳에서 반려견을 키우는 건 즐거운 일이었다. 입양한 지 6개월이 지나고 1년이 되었을 때 점점 반려견을 돌보는 시간이 줄어들었다. 여전히 나의 힘듦은 사라지지 않는 것이다.

반려동물을 키우면 동물들과 대화를 한다고 한다. 나는 그것이 정말 가능한 일이라고 생각했다. 하지만 안타깝게도 나는 그런 경험은 해보지 못했다. 내가 그만큼 반려견에 대한 사랑이 부족하다는 생각이 들었다. 그러면서 강아지에게 미안함이 들었다. 사람의 욕심으로 입양해서 왔는데 주인의 관심 부족으로 강아지도 외로움을 느낄 것이라는 생각이 들게 된 것이다. 주변 사람들에게 조언을 구해 다시 입양을 보내기로 했다.

하지만 그냥 무작정 보낼 수는 없었다. 나는 카페에 글을 올렸다. 30분이나 지났을까 커플에게 연락이 왔다. 포항에 살고 있는 커플이었다. 마침 주말에 바람도 쐴 겸 부산에 놀러 왔다는 것이다. 근데 얼마 전 여자 친구가 키우던 푸들이 세상을 떠났다고 했다. 여자 친구가 너무 상심이 커서 주말에 바람도 쐴 겸 부산으로 여행을 왔다는 것이다. 그런데 내가 키우던 강아지와 너무나도 닮았다고 했다. 그리고 사진을 보여주는데 정말 닮았다.

그래서 여자 친구는 카페에 올라온 글을 보자마자 연락을 한 것이라고 했다. 나는 커플들에게 믿음이 생겼다. 그리고 잘 키워줄 수 있을 것이라고 생각했다. 그래서 나는 깨끗이 목욕을 시키고 입양을 보내기로 결정했다. 마음이 너무 아팠다. 사람의 욕심으로 이런 일을 겪어야 하는 강아지에게 너무나도 미안했다. 그리고 기도했다. 부디 좋은 곳에 가서 행복하게 살라고.

잘 키우지는 못했지만 같이 있던 반려견마저 집을 떠나고 나니 허전함이 더해갔다. 나는 술을 마시기 시작했다. 부산에 내려온 후로는 술을 잘 마시지 않았다. 가끔 직원들과의 회식이나 지인들이 내려오면 마시는 정도였다. 무엇 하나 끝까지 못한다는 생각은 나를 더욱더 괴롭혔다. 술 밖에 생각이 안 났다. 하지만 술을 혼자 마실 수 있는 곳이 없었다. 가끔 포장마차에 가기는 했지만 포장마차도 가는 곳만 갔다. 가는 곳이 문을 열지 않으면 아예 가지를 않았다. 그래서 나는 한번 가면 대부분 단골이 된다.

책을 보는 건 혼자만의 시간을 달래기 위함이었다

혼자 술 마실 곳을 찾을 수가 없을 때 지인이 부산으로 내려왔다. 만나기로 한 시간에 잠시 공백이 생기면서 지인은 집 근처에서 나를 기다리고 있었다. 연락을 했을 때 지인은 바에서 기다리고 있었다. 나는 바에서 술을 마신다는 상상을 해본 적이 없다. 내가 알고 있던 바(Bar)는 고급 술집이었다. 그래도 일단 기다리고 있다는 장소에 들어가기로 했다. 그때 나는 처음 알았다. 바에서 맥주를 마셔도 된다는 것을.

나는 그런 곳이 있다는 걸 처음 경험했다. 그리고는 지인에게 고맙다고 했다. 혼자만의 술 마실 공간을 찾고 있을 때 알게 된 곳이니 지인이 너무 고마웠다. 그리고 다시 혼자 남게 되었을 때 나는 바에 거의 살다시피 했다. 마음이 너무 편했다. 혼자 있어도 좋았다. 같이 대화해주는 매니저들도 안면이 있었기 때문에 불편함이 없었다. 항상 가는 곳만 가기 때문에 사장은 당연히 좋아할 수밖에 없었다.

그렇게 바에서 술을 마시는 낙으로 혼자만의 시간을 보냈다. 그곳에서 친해진 매니저가 있어 쉬는 날에는 가끔씩 밥도 먹고 차도 마셨다. 술을 마셔본 사람들은 알 것이다. 술은 절대 외로움을 달래는 수단이 될 수 없다는 것을. 술을 마셔서 외로움이 잊히는 건 그 순간뿐이었다. 술을 마시지 않는 날에는 어김없이 외로움이 찾아왔다.

등산을 가고 혼자 드라이브를 떠나도 모두 그 순간뿐이었다. 집에서는 혼자 쭈글이 인생을 살고 있으면서 밖에 나가서는 하하, 호호 웃고 있는 내 모습을 볼 때면 가증스럽기까지 했다.

그럴 때쯤 경쟁 회사에 알고 있는 동생이 부산으로 발령받아 내려오게 되었다. 나는 너무 좋았다. 드디어 부산에 회사 직원 말고도 아는 사람이 생긴 것이다. 동생은 결혼을 했다. 부산에 내려와서 같이 어울리는 시간이 많았던 터라 부부와는 금방 가까워질 수 있었다. 나의 부산 생활 10년 중 그나마 외로움을 덜어내고 살았던 시간이 동생 부부와 함께한 1년의 시간이었다.

혼자 있는 걸 알았기에 나를 잘 챙겨주었다. 서로 간에 고마운 일들을 주고받으며 그렇게 시간을 보냈다. 매일매일이 즐거웠다. 혼자가 아니라는 생각이 가장 큰 힘이 되었던 것 같다. 나는 심지어 제수씨의 집에도 방문을 한 적이 있었다. 그리고 동생의 친여동생과도 만나서 밥을 먹었다. 모든 순간이 나에게는 즐거움의 연속이었던 것이다.

동생 부부는 부산에서의 1년을 끝으로 다시 서울로 발령받아 올라갔다. 짧지만 나에게는 너무나도 소중한 추억을 선물해준 동생 부부다. 우리는 지금도 자주 연락을 한다. 서울에 올라갈 때는 자주 보려고 한다. 가족 이외에 가장 먼저 생각나는 동생 부부다.

동생 부부가 서울로 올라가고 나서 느끼게 된 것이 있었다. 술만 마시며 인생을 허비하기에는 너무나도 아깝다는 생각이 들었다. 내가 좋아하는 것을 찾아야 했다. 그게 책이었다. 책을 보는 시간만큼은 마음이 평온했음을 알고 있었다. 처음에 책을 보는 건 혼자만의 시간을 달래기 위함이었다. 그러면서 재미가 생기고 좋아하게 된 것이다. 너무 먼 곳에서 혼자만의 시간을 풀고자 했었다. 나는 다시 책을 보면서 마음을 정화시키자는 마음으로 책을 들었다. 사람은 생각의 차이로 많은 것을 변화시킬 수 있는 존재라는 것을 느낀다.

처음에는 책을 읽어도 눈에 잘 들어오지 않았다. 그래도 이제 믿을 수 있는 건 책뿐이라는 생각에 집요하게 책을 읽기 시작했다. 눈에 들어오는 책들을 위주로 먼저 보기 시작했다. 그렇게 시간이 지나면서 점점 책을 보는 즐거움이 생기기 시작했다. 책은 마음의 양식을 심어준다는 말을 느끼게 되었다.

책을 읽으며 마음의 양식이 쌓여가면서 나는 조금씩 안정을 찾아가고 있었다. 혼자 있는 시간을 어쩔 수 없는 시간으로 받아들인 것이다. 생각을 좀 더 여유 있게 갖고자 했다. 지금 허전함과 무료함을 달래기 위해 무엇이든 공부하자는 생각을 하게 되었다. 책을 통해 점차적으로 마음의 문이 열리기 시작했다. 책이 내 마음을 알아주는 것 같은 기분은 나만 느끼는 감정은 아닐 것이라 생각한다.

08

타지 생활 10년, 주변엔 아무도 없었다

**"사귀는 친구만큼 읽는 책에도 주의하라.
습관과 성격은 전자만큼이나 후자에게도 영향을 받을 것이기 때문이다."
— 팩스튼 후드**

사람을 만나고 싶으면 사람이 많은 곳으로 가라

부산에서의 10년은 나에게 많은 걸 느끼게 해준 시간이었다. 나는 부산에서 결혼을 하고 이혼을 했다. 그리고 평생 읽은 책보다 부산에 내려와서 읽은 책이 몇 배는 더 많다. 지금 살고 있는 집도 구입했다. 나는 작은방을 서재로 사용하고 있다. 많은 책을 보관하고 싶어서 책장도 들여놓았다. 나는 부산에 내려온 후로 책을 좋아하게 되었다.

다만 여전히 혼자 있는 시간은 많다. 10년이라는 시간 동안 알고 있는 사람이 없었다. 아는 사람들이라고는 직원들이 전부다. 동호회 활동도 해보려고 했지만 낯선 사람들과의 만남을 꺼렸다. 누군가와 함께하고 싶다는 생각은 수도 없이 했지만 성격 탓에 혼자만의 시간을 선택하게 되었다. 혼자만의 시간이 길어지면 길어질수록 외로움은 더해갔다. 외로움을 벗어나고 싶다는 생각은 많이 했지만 바람대로 되지는 않았다. 최근에서야 알게 된 것은 나는 외로움을 벗어날 수 없었던 상황에 놓여 있었다. 그건 나 자신조차 나를 아끼고 사랑하지 못했기 때문이다.

웨인 다이어 박사는 『우리는 모두 죽는다는 것을 기억하라』에서 "외로움을 느낀다는 건, 자신을 받아들이기 힘들다는 신호다. 그 허전함을 채우기 위해 끊임없이 다른 대상이나 사람을 찾아다녀도, 외로움은 해결되지 않는다."라고 말한다. 내가 딱 이 느낌이었다. 나조차도 받아들이지 못한 삶을 살고 있으면서 허전함을 채운다는 것이 말이 되지 않았다. 이런 깊은 진리를 모르던 나는 혼자만의 시간을 오랫동안 보낼 수밖에 없었다.

혼자 있을 때 가장 서러운 것이 있다. 이때만큼이라도 주변에 누군가 있었으면 좋겠다는 마음이 드는 순간 말이다. 바로 아플 때다. 혼자 있을 때 몸이 아픈 상황이 생기면 정말 서럽다. 특히 너무 아파서 움직이는 것조차 힘들 때는 눈물이 날 것만 같았다. 그래도 혼자라는 생각에 정신을 차리고 나면 힘든 몸을 이끌고 병원을 간다. 서러움이 절정에 이른다.

어느 날 새벽에 있었던 일이다. 잠을 자려고 침대에 누웠다. 잠이 오질 않았다. 머리가 계속 어지러웠다. 가만히 앉아 있을 때는 괜찮다가도 눕기만 하면 머리가 핑핑 돌았다. 처음 느끼는 감정이었다. 나는 불안해지기 시작했다. 누군가 옆에 있었다면 그냥 잠들어도 괜찮지만 혼자라는 불안감에 잠을 잘 수 없었다. 나는 차를 가지고 병원으로 갔다. 병원 응급실에 도착해서 진찰을 받았다. 의사에게 증상을 말하자 뇌경색을 위한 기초 검사를 시작했다. 다행히 특별한 증상은 없다고 했다. 그리고는 스트레스일 수 있으니 잠시 안정을 취하고 퇴원하라고 했다. 나는 그날 밤을 꼬박 새우고 출근을 했다.

10년이면 강산도 변한다고 하는 세월인데 나는 왜 혼자만의 시간을 보내고 있었을까? 10년이라는 세월은 결코 짧은 시간이 아니다. 풋살도 가입해서 해보고 테니스도 가입해서 했는데 끝까지 이룬 것이 없다. 이유는 우선순위에 있었다. 나는 운동을 너무 좋아한다. 다른 건 몰라도 운동만큼은 없던 승부욕도 생기게 한다.

그렇게 운동을 좋아하는데도 풋살을 하고 테니스를 배울 때 그만둔 데는 이유가 있었던 것이다. 외로움에서 벗어나고자 시작했기 때문이었다. 외로움을 벗어나기 위해 운동을 선택한 것이다. 당연히 재미를 느낄 수가 없었다. 나의 자존감은 바닥이었다. 자신감은 있을 리가 만무했다. 나에 대한 존재 가치를 전혀 느끼지 못하고 있었던 것이다. 운동에 대한 즐거움을 찾을 수가 없었기 때문에 금방 포기하고 말았다.

나 자신에게 있는 문제는 생각하지도 못했다. 나에게 문제가 있다는 것을 알 수 있는 건 오로지 나뿐이다. 하지만 내가 그러한 인식을 하지 못한 채 살고 있으니 자괴감은 이루 말할 수가 없었다. 주변 사람들과 어울리지 못하고 내가 좋아하는 운동마저 못 한다는 자괴감에 자존감마저 떨어진 것이다. 이 모든 것은 내가 스스로 만든 것이다.

하지만 아무리 생각을 하고 고민을 해봐도 방법을 찾을 수가 없었다. 마음만 졸이며 하루하루를 보내고 있었다. 그러다 유튜브 동영상을 보게 되었다. 20대 자수성가 청년으로 불리는 '자청'이라는 닉네임으로 활동하던 유튜버였다. 나는 동영상 보는 것을 별로 좋아하지 않는다. 하지만 '자청'이라는 유튜버의 영상은 왠지 끌림이 있었다.

한 달에 3개의 법인 사업자를 설립하고 돈을 벌 수 있는 과정을 실시간으로 방송하면서 큰 인기를 누렸다. 그는 책을 읽게 되면서 인생이 변했다고 했다. 그리고 자신을 변화시킨 책들을 방송에서 공개했다. 그중에 품절된 책도 있었다. 하지만 방송의 힘 때문일까. 품절된 책이 베스트셀러에 오르는 기염을 토하기도 했다. 그만큼 '자청'은 짧지만 강한 메시지를 전달한 유튜버였던 것이다.

하지만 나의 외로움을 달래기에는 영상도 역부족이었다. 잠시 영상을 보는 재미는 있었지만 그 또한 보고 나면 그만이었다. 그리고 인터넷을 찾고 책을 보았다. 모두가 똑같은 말만 반복하고 있었다. 사람을 만나고 싶으면 사람이 많은 곳으로 가라는 말이다.

당연히 맞는 말이다. 하지만 근본적인 문제는 나에게 있었다. 나 자신이 그럴 용기가 생기지 않았기 때문에 줄곧 혼자 있었던 것이다. 나는 사람들을 만나는 것에 대한 두려움이 있었다. 자존감이 바닥이었기 때문에 누군가를 만난다는 건 나에게 고문과도 같았다. 내가 이런 생각을 반복할수록 주변 사람들은 멀어져갔다.

당신은 1조 원의 가치를 지닌 사람이다

나는 〈한책협〉에서 진행하는 '책 쓰기 7주 특강' 과정을 수강하면서도 자존감이 올라가는 데 시간이 걸렸다. 바닥까지 떨어진 자존감은 쉽사리 올라오지 못했다. 그러다 김태광 대표가 추천해준 몇 권의 책들을 읽으며 그때부터 변화되기 시작했다.

'나 자신을 개조해야 한다, 머리부터 발끝까지 모든 것을 개조해야 한다, 나 자신을 먼저 사랑하고 아껴야 한다.'라는 말들로 가득한 책이었다. 바로 생각의 전환이 필요했던 것이다. 생각의 전환과 함께 마음가짐을 바꿔야 한다. 하지만 생각만 바꾸고 마음만 다르게 바꾼다고 해서 해결될 일은 아니다. 모든 것을 긍정적으로 바라보는 안목을 키워야 한다.

또한 부정적인 말과 행동을 하지 않아야 한다. 그러기 위해서는 내면의 의식을 변화시켜야 한다. 방법을 알면 그리 어려운 일은 아니었다. 하지만 이러한 방법들을 알려주는 곳이 없었다. 그런 곳을 찾기란 너무 어렵다.

나는 처음 〈한책협〉을 찾았을 때 책 쓰는 과정만 배우는 곳이라고 생각했다. 하지만 지금 그곳은 책 쓰는 것은 기본이고 인생을 가르쳐주는 곳이라고 당당히 말할 수 있다. 제자들의 무한한 성공을 응원하고 바라는 김태광 대표의 모습을 볼 때면, 왜 최고의 코치라고 말할 수 있는지를 실감할 수 있다.

명품을 좋아하는 사람들이 왜 명품을 좋아하는지 아는가? 가치를 알기 때문이다. 이 당연한 진실을 보통 사람들은 알지 못한다. 그래서 사치라며 부정을 하는 것이다.

내가 책을 쓰면서 알게 된 사실이 있다. 세상에 출간된 많은 책들은 자비출판과 기획출판으로 나누어져 있다는 것이다. 자비출판은 출판사에 비용을 주고 책을 출판하는 것이다. 그리고 기획출판은 출판사와 정식 계약을 통해서 계약금을 받고 책을 출판하는 것을 말한다. 하지만 독자들은 자비출판과 기획출판을 구분할 수 있는 안목이 없다. 책이 좀 이상하다 싶으면 그냥 책을 잘못 썼다고 생각한다.

그리고 책을 쓰는 것에 대해서 코칭을 해주는 사람들이 많다는 사실도 알았다. 작가가 되고자 하는 사람들이 많다 보니 가르쳐주는 코치들도 자연스럽게 많이 생겨난 듯하다. 이는 엄연히 수요와 공급에 대한 부분이니 어쩔 수 없다고 생각한다. 하지만 한 가지 꼭 말해주고 싶은 것이 있다. 책 쓰기는 절대 아무 코치한테나 배워서 쓸 수 있는 것이 아니다.

책을 쓴다는 것은 나의 영혼을 담아서 써야 한다. 또한 누군가에게 희망이 될 수 있는 책을 써야 한다. 세상 전부는 아니더라도 세상에 단 한 사람에게라도 희망을 전할 수 있는 진심 어린 책을 써야 한다는 말이다. 하지만 책 1-2권 쓴 저자들이 책 쓰기를 가르친다고 한다. 당사자들도 제대로 쓰지 못하는 책을 누구한테 가르쳐줄 수 있다는 말인지 생각해볼 일이다.

나는 부산에 있는 10년 동안 많은 것들을 느끼고 배우게 되었다. 이혼을 경험하고 부산에 거주할 목적으로 집도 샀다. 물론 모두 빚이지만 안정적인 삶의 터전이 생긴 것이다. 그리고 〈한책협〉을 통해 작가가 되었다. 인생의 전환점이 생긴 것이다. 암울하기만 했던 나에게 '당신은 1조 원의 가치를 지닌 사람'이라고 응원해주던 김태광 대표에게 감사의 말을 전하고 싶다. 이제 더 이상 나는 혼자가 아니다.

마지막으로 웨인 다이어 박사의 『우리는 모두 죽는다는 것을 기억하라』에서 말하는 "우리는 혼자 있는 경우가 없다. 언제나 적어도 자기 자신과는 같이 있기 때문이다, 자신과 함께 사는 법을 배우고 자신을 행복하게 만들 줄 아는 사람만이 타인과 좋은 삶을 공유할 수 있다는 것을 잊지 말라."는 말을 가슴 깊이 새겨보자.

꿈이 있는 사람은 방황하지 않는다

"고난과 시련을 극복하지 못한다면 성공의 문은 열리지 않는다. 성공한 사람들은 수많은 시련과 고통을 겪으면서 그 자리에 올랐다. 명확한 꿈이 있다며 그 끈을 꽉 잡고 놓지 말아야 한다. 그러면 어떤 꿈이라도 반드시 이루어진다. 꿈을 이루는 데 적합한 나이와 때는 없다. 또한 명확한 목표와 꿈이 있는 사람은 방황하지 않는다. 설령 방황할지라도 꿈을 이루는 과정에 있다면 아름다운 방황이다. 자신의 꿈을 절대 방치하지 말자. 모두가 꿈을 꾸고 꿈을 향해 비상하는 사람이 되기를 바란다."

– 『내 생애 단 한 번 희망을 가지다』, 이채명

Chapter 5

한 번쯤은 내 마음대로 나를 채워라

01

나를 감추는 삶은 공허함을 키운다

"인간의 감정은 누군가를 만날 때와 헤어질 때 가장 순수하며 가장 빛난다."
– 장 폴 리히터

나를 감추는 삶은 결국 나의 빈자리를 키워갈 뿐이다

나는 24살 때부터 빚을 지고 인생을 시작했다. 나는 항상 주눅이 들어 있었다. 친구들과의 만남은 전혀 문제가 없었다. 하지만 돈에 대한 문제만 발생이 되면 주눅이 드는 것이다. 당시 나는 돈이 전부가 아니라고 생각했다. 돈 때문에 자신감을 잃어가는데도 돈을 외면하기 시작했다. 말과 생각이 다름을 스스로 인지하지 못한 것이다. 세월이 흐르고 직장 생활에 적응을 하면서 나는 결국 자존감마저 잃게 되었다. 돈 때문에 시작된 일이었다. 오직 돈으로만 빈자리를 메울 수 있는 것이었다. 내가 결혼을 하고도 풀리지 않던 의문인데 수년이 지난 후 그 이유를 알게 되었다.

나는 30대 중반에 결혼을 했다. 누구나 결혼을 하면 행복한 삶을 꿈꾼다. 나 역시도 결혼을 준비할 때부터 결혼을 하고 나서도 행복한 삶을 살고 있다고 생각했다. 하지만 1년이 지나고 나서 이혼을 하게 되었다. 사랑해서 결혼을 결심했다. 영원히 함께하겠다고 많은 사람들 앞에서 맹세를 했다. 그런데 왜 이혼을 선택한 것일까? 서로 이해하고 참으며 살 수는 없는 것이었을까?

'선 동거, 후 결혼'이라는 말은 이제 옛날 말이 아니다. 지금 수많은 젊은 남녀가 결혼 전 동거에 대해서는 매년 긍정의 평가가 높아지고 있다. 서로 알아가는 시간을 갖고자 함이다. 나도 결혼 전 동거 생활을 먼저 시작했다. 동거 기간만 2년 가까이 된다. 2년 동안 우리는 다툰 적이 거의 없었다. 이혼을 할 정도의 사유가 동거 기간에 있었다면 아마 결혼을 하지 않았을 것이다. 2년은 결혼을 해도 되겠다는 결심을 하게 해준 시간이다.

나는 부산에 내려오기 전 1년 동안 장사를 했다. 하루에도 엄청난 유동인구가 지나다니는 강남역 한복판에서 노점을 시작한 것이다. 많은 사람이 지나다니는데도 유독 눈에 띄던 젊은 엄마와 딸이 있었다. 두 모녀의 모습을 보고 나는 결혼을 꿈꾸기 시작했다. 그 기억은 머릿속에 오랫동안 남아 있었다. 몇 달이 지나도록 머리에 남아 있었다. 나는 결혼을 해야겠다고 생각했다. 결혼을 하기 위해 안정된 직장을 먼저 구해야 했다. 그리고 그해 10월 나는 부산으로 내려왔다.

장사하면서 만난 모녀는 나를 부산으로 내려오게 해준 원동력이었다. 그리고 나의 바람은 이루어졌다. 아내와 나는 8살 차이였다. 사람들의 부러움을 한몸에 받았다. 2년 정도의 동거 생활을 통해서 결혼에 대한 확신이 생겼다. 그리고 마침내 결혼을 하게 되었다. 모든 사람이 똑같은 생각을 가지고 사는 것은 아닐 것이다.

나는 동거를 먼저 하고 결혼을 해본 사람의 입장에서 동거로 결혼 여부를 판단하는 건 잘못된 생각이라고 말하고 싶다. 결혼을 위한 동거는 절대 판단 기준이 될 수 없다. 오랜 기간 동거를 하더라도 서로의 모습을 감추게 되면 알 수 있는 방법이 없다. 결혼 전이라는 인식을 가지고 있는 이상 진짜 자신의 모습은 철저히 감춰지는 것이다.

서로가 서로에게 자신의 참된 모습을 보여주지 못한다면 결국 마음의 빈자리는 채워질 수 없다. 우리는 보통 "대화로 풀어봐, 대화가 부족해." 라는 말을 한다. 그 이유는 대화를 통해서 감춰진 자신을 보여주라는 것이다. 주변에서 "우리는 대화하기 틀렸어."라고 말하는 사람이 있다면 유심히 살펴보자. 분명 자신에 대해 감추고 있는 것이 있을 것이다.

사회심리학자이자 철학자인 에리히 프롬의 『사랑의 기술』에는 "성숙하지 못한 사랑은 '그대가 필요하기 때문에 내가 그대를 사랑하는' 것이지만, 성숙한 사랑은 '그대를 사랑하기 때문에 나에게는 그대가 필요하다는' 것이다."라는 말이 나온다.

내가 허전함을 느끼는 이유는 배우자 때문만은 아니다. 나의 잘못된 생각이 나를 허전하게 만드는 것이다. 배우자가 아무리 달래주고 애교를 부려도 마음속에 감춰진 허전함은 해결되지 않는다. 나를 감추는 삶은 결국 나의 빈자리를 키워갈 뿐이다.

자극을 통해 동기부여를 얻을 수 있다

나는 결혼을 준비할 때 사실 두려움이 조금 있었다. '내가 결혼을 하면 잘 살 수 있을까, 아내를 행복하게 해줄 수 있을까, 아이는 잘 키울 수 있을까' 하는 염려와 걱정이 많았다. 결혼은 하고 싶었지만 결혼 뒤에 있을 책임감에 대해서는 생각하지 않았던 것이다. 생각해보면 나는 언제나 그랬듯 자신감이 없었다. 돈에 대한 걱정이 많았던 탓이다.

살림을 하기 위해 필요한 돈이 있을 것이다. 아이를 낳으면 양육비가 들어갈 것이다. 행복을 위해서 결혼을 하는 것인데 어쩌면 결혼 생활이 힘들 수도 있을 거라는 생각을 가지고 있었다. 나는 행복을 위해서 결혼을 택한 것이 아니었다. 그리고 아내를 사랑해서 결혼한 것이 아니었다. 결혼을 위해서 아내를 선택한 것이었다. 결혼을 하면서 행복해질 것이라고 생각한 것이다.

내가 결혼을 생각하게 된 것도 어쩌면 모녀의 모습 때문만이 아니었을 수도 있겠다는 생각이 들었다. 나이가 30대 중반에 들어서면서 나 자신에 대한 조급함이 있었다. 시간이 더 지나면 결혼을 못 할 수도 있겠다는 생각이 들었다. 주변에는 아직도 결혼을 하지 않은 지인들이 많다.

여동생 둘 모두 결혼을 하고 아이를 낳고 키우는 모습에 이제 내가 마지막이라는 생각을 했던 것이다. 부모님도 결혼을 하라고 재촉하셨다. 나는 결혼을 꼭 해야 하는 것으로만 생각했다. 내가 결혼을 준비하면서도 머릿속에서는 돈에 대한 걱정이 끊이질 않았다. 결혼식부터 신혼여행까지 모든 경비를 나 혼자 부담해야 했다. 사랑으로 모든 건 해결될 수 있다고 생각했다. 돈은 벌면 된다고 생각했다.

아내는 일을 하지 않았다. '남편은 돈 벌어다 주는 기계'라는 말이 어떤 것인지 실감했다. 내가 돈을 벌지 않으면 가정생활이 유지될 수 없었다. 나는 점점 가정생활에 스트레스를 받고 있었다. 아내는 술을 마시는 횟수가 점점 더 많아졌다. 나는 아내에게 한 번도 돈에 대한 스트레스를 말한 적이 없다. 나 혼자 감당하기로 했기 때문이다. 내가 선택한 사랑인 만큼 아픔은 주지 말아야겠다고 생각했다. 상처도 주지 말아야겠다고 생각했다.

우리는 일반적으로 상대방에게 상처 주는 말은 하지 않는다. 일부 어떤 사람들은 상대방에게 상처를 주는 것보다 자신이 상처를 받는 것이

낫다고 말하는 사람들도 있다. 하지만 이것은 절대로 좋은 방법이 아니다. 상처와 자극은 다른 말이다. 상처를 주는 것은 물론 피해야겠지만 자극은 줄 수 있어야 한다. 자극을 주면서 마음속에 깨달음을 얻을 수 있기 때문이다. 부부 사이에서도 반드시 필요한 것이라고 생각한다.

우리가 동기부여를 받으며 성장하고 발전할 수 있는 이유는 자극을 받기 때문이다. 하지만 우리는 누군가에게 자극 주는 것을 싫어한다. 상처가 될 수 있다는 생각 때문이다. 주위를 둘러보면 자신감이 넘치고 당당한 사람들은 자극적인 말을 잘한다는 걸 알 수 있다. 에둘러 설명하면서 시간을 낭비하고 싶지 않은 것이다. 구구절절 많은 말들을 하면서 설명을 하는 것이 아니라 핵심적인 한마디에 모든 내용을 함축해서 전한다.

듣는 사람의 입장에서 자극이 될 수도 있고 상처가 될 수도 있다. 하지만 전달하는 사람의 입장에서는 상대가 어떻게 받아들이든 크게 개의치 않는다. 전달하는 사람은 자극을 주기 위해서였기 때문이다.

'내가 아내를 위해 한 번만 자극을 줄 수 있었다면 지금의 삶은 어떻게 변했을까?' 하는 생각을 해본 적이 있다. 나는 이혼에 대해서는 후회하지 않는다. 사람이라 이혼을 했다는 것에 대한 아픔은 있지만 후회는 하지 않는다. 하지만 서로에게 아픔이 될 수 있고 상처를 줄 수 있다는 생각에 아무 말도 하지 않는다면 더 외로운 삶을 살아야 할 것이다. 자극은 분명히 필요하다. 일부 사람들이 말하는 충격요법의 일환으로 상처를 주는 경우가 많은데 상처와 자극은 분명히 다르다는 것을 먼저 인지해야 한다. 그렇게 서로에게 필요한 자극을 준다면 분명한 동기부여를 얻을 수 있을 것이라고 생각한다.

지금 사랑하는 사람과 함께 있다면 말해보자. 더욱더 서로 사랑하고 아끼며 살아갈 수 있도록 동기부여를 전해보자. 상처가 아닌 자극으로!

02

돌아보면 모두 나로 인한 것이었다

"나는 사랑으로 내가 이해하는 모든 것을 이해한다."
-레프 톨스토이

눈앞에서 아내의 자살시도를 목격하다

나는 아내와 별다른 걸림돌 없이 결혼을 했다. 결혼 전 동거를 먼저 시작했기 때문에 처갓집에서 결혼을 하라고 했다. 처갓집의 결혼 승낙과 함께 우리는 서울 집으로 향했다. 온 가족이 모두 모였다. 외갓집 식구들과 가깝게 지내던 부모님 집에는 외가 친척 대부분이 모였다. TV에서만 보던 대가족이 나의 배우자를 보기 위해 집에 모인 것이다. 아내는 예쁨을 많이 받았다. 집안에서는 나만 결혼하면 걱정이 없었다.

외할머니께서 특히 좋아하셨다. 외손주 며느리 손을 꼭 잡고 잘 살라고 하셨다. 자리에 있던 많은 친척들이 축하를 해주고 격려를 해주었다.

모두가 그렇듯 나는 가족들의 축하와 격려를 받으며 결혼을 준비했다. 결혼식은 부산에서 하기로 했다. 일반적으로는 신랑이 있는 지역에서 한다고들 했다. 하지만 나도 직장이 부산인 데다 서울에서 결혼 준비를 하는 것은 쉬운 일이 아니었다. 엄마는 결혼 준비를 같이 해주지 못한 것에 대해서 미안해하셨다.

나는 결혼 준비에 대한 모든 것을 아내에게 맡겼다. 아내를 위한 결혼식을 해주고 싶었다. 결혼식도 아내를 위해서, 신혼여행도 아내가 원하는 곳으로 결정했다. 주변에서 결혼식을 준비할 때 많이 싸운다고 한다. 상견례를 마치고 결혼을 준비하면서 의견차로 파혼을 하는 경우도 빈번하게 발생한다고 했다. 하지만 나는 결혼식을 준비하면서 한 번도 다툰 적이 없다. 아내를 위한 결혼식을 해주고 싶다는 생각에 아내가 원하는 대로 해주었다. 그렇게 우리는 순탄하게 결혼식을 준비했다.

주변에서는 결혼식장에 들어갈 때까지 마음을 놓으면 안 된다고 했다. 언제 어떻게 될지 모르는 게 결혼이라고 했다. 결혼 전날 나는 잠도 잘 잤다. 마음이 편했다. 실제로 친척 중에서 결혼식을 하고 신혼여행을 갔다가 신혼여행지에서 파혼을 한 사람이 있었다. 하지만 나는 결혼을 준비하면서 많은 것을 아내에게 맞춰주고자 했기 때문에 다툴 일이 없었다.

우리는 행복한 결혼식을 마쳤다. 그리고 결혼 당일 바로 신혼여행을 떠났다. 나도 아내도 결혼을 하면서 첫 해외여행을 떠나는 것이었다. 우리의 신혼여행지는 태국 코사무이였다. 풀빌라에서 신혼여행을 보내기로 했다. 신혼여행지에서 아내는 아이를 조금 늦게 가졌으면 좋겠다고 했다. 많은 것들을 아내에게 맞춰주고 싶었던 나는 아내의 의견에 동의했다.

하지만 결혼을 하고 얼마 지나지 않아 충격적인 일이 발생했다. 아내는 술을 좋아하고 즐겼다. 그동안 어떻게 참고 살았나 싶을 정도로 술을 좋아했다. 문제는 술만 마시면 이상행동을 보였다. 집을 나가기 일쑤였고 혼자 모텔을 간 적도 있었다. 퇴근하고 집에 돌아와 아내를 찾으러 나가는 일이 잦았다. 그나마 처갓집으로 가는 경우에는 안심이 되었다.

이런 일이 잦을수록 스트레스는 쌓여만 갔다. 그러다 다툼이 생겼다. 나도 술을 좋아했지만 아내의 그런 모습에 술을 마실 수 없었다. 그리고 아내에게도 술을 마시고 싶으면 나랑 마시자고 했다.

어느 날 퇴근하고 밖에서 술 한잔했다. 집 앞에서 간단하게 먹고 집에 들어가기로 했다. 그런데 또다시 다툼이 생겼다. '부부 싸움은 칼로 물 베기'라는 말이 있다. 사소한 다툼이었지만 사소한 다툼은 조금씩 커지고 있었다. 나도 그동안의 스트레스로 인해서 감정이 폭발했다. 술도 다툼도 시간이 지날수록 횟수가 잦았다. 그렇게 다투고 풀린 듯 풀리지 않은 마음을 가지고 집으로 들어갔다.

나는 환복을 하고 욕실로 들어갔다. 씻고 있을 때 갑자기 '쿵' 하는 소리가 들렸다. 나는 너무 놀라서 밖으로 나왔다. 충격적인 장면을 보고 말았다. 아내가 목을 맨 것이다. 나는 너무 놀라서 아내를 끌어내렸다. 그리고는 지금 무슨 짓을 하느냐며 고함을 질렀다. 아내는 눈물을 흘렸다. 한없이 울었다. 무슨 잘못을 했다고 화내고 짜증 내냐는 것이었다.

나는 미안하다고 했다. 내가 다 잘못했다고 했다. 앞으로 이런 행동만은 절대 하지 말라고 했다. 그렇게 달래고 자살 소동은 일단락되었다. 혹시 주변에서 누군가 자살하는 장면을 목격한 적이 있는가? 누군가의 죽음을 본 사람은 충격에서 벗어나기 쉽지 않다고 한다. 딱 내가 그랬다. 나는 그때의 장면이 아직까지 기억에 생생하다. 절대 잊을 수 없는 장면이다. 하루하루 사는 게 솔직히 지옥이었다. 아내를 보고 있는 것도 너무 두렵고 무서웠다.

모든 일은 나로부터 시작되었다

매일 회사에 출근하면 아내 걱정뿐이었다. 혹시나 또 무슨 일이 있지 않을까 하는 걱정과 불안감은 계속 쌓여갔다. 집 근처에 아내의 사촌동생이 있어 같이 있어 달라고 부탁했다. 속사정은 말할 수가 없었다. 나 혼자 짊어지고 가야 할 짐이라고 생각했다. 그리고는 집을 이사했다. 도저히 그곳에서 살 수 없었다.

1년의 결혼 생활 동안 우리는 2번의 이사를 했다. 하지만 이사를 해도 그 충격과 걱정은 사그라들지 않았다. 어떻게 해야 좋을지 도저히 생각이 나질 않았다. 결국 나는 장인어른께 연락을 드렸다. 아내의 자살 행동과 아내와의 결혼 생활에 대해 말씀을 드렸다.

그런데 장인어른의 반응이 의외였다. 너무 무덤덤한 것이다. 그런 일이 있었냐고 말씀하시는데 너무 무덤덤하게 받아들이는 것이었다. 아무리 경상도 남자들이 무뚝뚝하다고는 하지만 외동딸이 자살 소동을 벌였는데 이토록 무덤덤할 수 있다는 게 놀라웠다. 그리고는 큰일이 생기지 않아서 다행이라고 하셨다. 그래도 무서웠을 텐데 잘 참아줘서 고맙다는 말씀도 하셨다. 나는 더 이상 어떻게 해야 할지 몰랐다. 도저히 그 충격에서 벗어날 수 없을 것 같았다. 나는 아내와 계속 살 수 있을지 고민스러웠다. 장인어른은 내가 하는 말들을 이해를 하신 건지 계속 인정만 하셨다.

나는 이혼을 결정했다. 도저히 살아갈 용기가 나지 않았다. 아내를 보고 있으면 자살을 시도하던 그때의 모습이 자꾸 떠올랐다. 직장에 출근을 해도 온통 아내 생각뿐이다. 더 이상 버틸 자신이 없던 나는 이혼을 선택하게 되었다. 이런 사실을 부모님께 전해드릴 수가 없었다. 나는 어떻게든 변명을 해야 했다. 성격 차이로 인해 이혼을 결정했다고 했다. 변변치 않은 나의 삶이 어떤 이유에서든지 다시 한 번 실패하게 된 순간이다. 적응을 하기까지 시간이 꽤 걸렸다. 부모님도 받아들이고 인정하기까지 2-3년의 시간이 걸린 듯하다. 나는 집에서 가장 늦게 결혼을 했다. 집에서 효도 한 번 제대로 못한 내가 유일하게 부모님께 할 수 있는 효도는 결혼을 하는 것이었다. 결혼해서 부모님께 손주를 안겨드릴 수 있다면 그게 효도라고 생각했던 것이다. 아이는 없었지만 항상 걱정만 끼쳐드리던 내가 결혼해서 효도를 했다고 생각했다.

하지만 결혼 생활 불과 1년이 지나고 이혼을 결정했을 때 차마 부모님께 말씀드릴 수 없었다. 결혼마저 실패했다고 생각했다. 실패한 모습을 다시 보여드리고 싶지가 않았다. 창피했다. 그리고 나 자신이 비참했다. 무엇 하나 제대로 하지 못한다는 생각에 더욱더 주눅이 들었다.

아내의 자살 시도로 인해 이혼한다는 말은 차마 할 수가 없었다. 나는 부모님께 이혼에 대한 소식을 이혼하고 나서 말씀을 드릴 수 있었다. 아내에 대한 말은 철저히 감추고 싶었다. 내가 선택한 아내였기 때문에 최소한 내가 감춰야 하는 것이라고 생각했다. 성격 차이로 이혼을 했다고 했을 때 부모님은 나를 설득하셨다. 나이가 들어도 성격이 안 맞는다고 하셨다. 당연한 일을 왜 받아들이지 못하냐고 하셨다. 나는 부모님의 말씀을 받아들일 수 없었다. 결정적인 이혼 사유는 아내의 자살 시도로 인한 충격이었기 때문이다. 엄마는 아직 이 사실을 모르고 계신다. 이제 곧 알게 되실 텐데 시간이 지난 만큼 엄마의 충격도 크지는 않을 것이라고 생각한다.

시간이 지난 뒤에 나는 모든 일은 나로 인해 생긴 것이라고 생각했다.

내가 선택한 결혼이고 내가 선택한 아내였다. 나는 온통 회사와 돈에 대한 걱정만 하면서 살았다. 집에 혼자 있는 아내에 대한 걱정과 불만만 쌓여갔다. 내가 돈에 대한 걱정이 없었더라면, 회사에 대한 애착만 없었다면, 그리고 아내를 진심을 다해 사랑했더라면 아마 이혼의 아픔은 겪지 않았을 것이다. 특히 아내의 아픈 마음을 진심으로 달래줄 수 있었을 것이다. 하지만 나뿐만이 아니라 아내도 아픔과 상처를 계속 키워가고 있었다. 서로의 아픔을 달래주지 못하고 치유해주지 못한 것이 결정적인 이혼 사유라고 생각했다.

혼자 살아갈 수만 있다면 더없이 행복할 것이다. 하지만 우리는 혼자 살 수 없는 존재이다. 상대방을 배려하고 존중하는 마음을 우선으로 생각한다면 나는 누구보다 행복한 사람이 될 수 있다고 생각한다. 내가 가진 생각을 조금만 변화시키면 된다.

03

어느 순간 책이 내게 말을 걸었다

"가장 발전한 문명사회에서도 책은 최고의 기쁨을 준다.
독서의 기쁨을 아는 자는 재난에 맞설 방편을 얻은 것이다."
– 랄프 왈도 에머슨

책을 즐겁게 읽을 수 있는 방법을 알게 되다

반려동물을 키우는 사람들이 공통적으로 하는 말이 있다. 어떤 종류의 반려동물을 키우는지는 중요하지 않다. 자신이 키우고 있는 반려동물과 대화를 한다고 한다. 반려동물이 주인에게 말을 한다고 한다. 주인만 그 말을 알아들을 수 있다. 오죽하면 TV에도 출연하면서 의사소통이 가능하다고 할까!

믿기지도 않고 믿을 수 없는 이 말을 나는 조금은 이해를 한다. 내가 책을 읽게 되면서 책과 의사소통을 하고 있다고 생각하는 것과 같은 느낌일 것이다.

책을 그토록 싫어하던 나는 30대 중반이 되어서야 책을 본격적으로 읽기 시작했다. 이혼의 아픔을 달랠 수 있는 유일한 방법, 그리고 성공에 대한 집착이 강했던 내가 정보를 얻을 수 있는 방법은 책뿐이었다. 첫 번째 책은 주식 관련 서적이었다. 20대부터 틈틈이 주식에 대해 공부를 했지만 마땅히 투자는 하지 못했다. 돈이 없었으니 투자를 할 만한 여력이 없었던 것이다. 공부라도 하자고 생각했던 것이 30대에 들어서야 관심을 갖게 되었다.

재테크에 관심이 있던 나는 주식 책을 보는 것이 즐거웠다. 여러 권의 주식 책을 사면 앉은 자리에서 다 읽곤 했다. 그렇게 책 보는 즐거움을 알게 된 나는 자기계발서를 읽기 시작했다. 조금씩 관심 분야를 옮기다 보니 예전에는 관심 없던 책들이 눈에 들어오기 시작했다.

내가 부산에 내려오고 얼마 안 되었을 때이다. 대표이사는 전 직원들을 대상으로 책을 한 권씩 읽어보라며 선물로 주셨다. 그 책은 불황기에도 성장을 일궈낸 일본 기업의 성공신화를 담은 김성호 작가의 『일본전산 이야기』였다. 책에 대한 관심이 없었던 나는 몇 장 보지도 않은 채 책을 덮었다. 그리고 30대 후반 그 책을 읽었다. 정말이지, 책은 관심이 있고 흥미가 있어야 읽게 되는 것 같다.

자기계발서를 읽으면서 성공한 사람들이 살아온 방식에 대해 관심이 생기기 시작했다. 성공한 사람들의 이야기를 가장 가까운 거리에서 접할 수 있는 방법은 책을 보는 것이다. 언젠가 나는 이 말을 듣고 나서 큰 깨달음을 얻었다. 내가 책을 사는 데 돈을 아끼지 않았던 시작이었다. 그렇게 나는 책을 사서 읽으며 책을 보는 재미를 얻어가고 있었다. 모든 책이 눈에 들어오고 재미있는 것은 아니다. 그래도 책을 통해 무언가를 배울 수 있다면 그것만으로 좋다고 생각했다.

책을 즐겁게 읽을 수 있는 방법이 있다. 원하는 장르의 책을 읽는 것이다. 주변에서 아무리 좋은 책이라고 소개를 해주더라도 내가 관심이 없으면 읽히지 않는다. 대표이사가 추천해주었던 책을 내가 몇 장 보지도 않고 덮은 이유는 관심 밖의 책이었기 때문이다. 시간이 지나서 경영에 대한 관심이 생겼을 때 찾아보게 되었다.

보통 책을 선택하는 기준은 제목을 보고 책을 살 것이다. 내가 서점에 가서 책을 사는 이유 중 하나는 그날의 기분에 따라 눈에 들어오는 책이 다르기 때문이다. 원하는 책을 결정해서 책을 사는 경우에는 온라인 서점을 이용해도 괜찮다. 하지만 책을 둘러보고 원하는 책을 찾고 싶을 때는 서점에 가는 것을 추천한다. 서점을 가면 그날의 기분에 따라 눈에 들어오는 책이 다르다. 마음이 심란하고 울적할 때는 마음을 위로해주는 책의 제목이 눈에 들어온다. 그리고 평소에 자기계발에 관심을 가지고 있던 사람이라면 자기계발에 관련된 책들이 눈에 들어올 것이다. 지금 바로 서점에 가서 확인해봐도 좋다. 결정 장애가 있는 사람이라도 상관없다. 단지 그날의 기분에 따라 책이 눈에 들어올 테니까.

배움으로 인생의 의미를 깨닫다

내가 30대 시절에는 재테크에 관심이 있었다. 눈에 보이는 대부분의 책이 재테크에 관한 책이었다. 주식 책이 놓여 있고 부동산 책이 놓여 있는 곳뿐 아니라 곳곳에 관심 책들이 놓여 있다. 그리고 자기계발 분야에 관심이 생기기 시작하자 자기계발에 관한 책들이 눈에 들어왔다. 지금은 주식과 부동산 책은 거들떠도 안 본다. 내가 책을 보는 재미에 빠지기 시작할 때 내 눈에 들어왔던 책이 있었다.

바로 안명숙 작가의 『나는 독서 재테크로 월급 말고 매년 3천만 원 번다』라는 책이었다. 나는 책을 볼 때마다 시간이 너무 오래 걸린다는 생각을 가지고 있었다. 많이 읽고 싶은 욕심에 책을 빠르게 읽고 싶었다. 관련 책들을 찾아보고 인터넷을 검색하며 빨리 읽는 방법들을 배웠다. 나중에 알게 된 것이지만 책을 빨리 읽는 건 절대 좋은 것이 아니다. 책을 읽는 이유는 책을 통해 배움을 얻고자 함이다. 빨리 읽는 방식은 아무리 책을 많이 읽는다 하더라도 내용이 기억에 남을 수 없다. 한 권의 책을 정독으로 읽더라도 기억에 남을까 말까 할 텐데 빨리 읽는 책이 얼마나 기억에 남을 수 있을지 생각해보라.

하지만 우리 사회는 많이 하는 것을 권하는 세상이다. 책을 많이 읽었다고 하면 부러움의 대상이 된다. 책을 빨리 읽는다고 하면 그 또한 부러움의 대상이 된다. 앞으로는 책을 많이 읽고 빨리 읽는 사람들을 부러워하지 않아도 된다. 책은 빨리 읽고 많이 읽는 것이 중요한 것이 아니라 책 한 권을 통해서 얼마나 많은 깨달음을 얻을 수 있는지가 중요한 것이다.

제목을 보고 책을 선택했다면 저자의 프로필과 프롤로그를 읽어보자. 잘 쓰인 책의 대부분은 프롤로그에 모든 내용이 담겨 있다. 프롤로그만 읽어보더라도 어떤 내용으로 책이 쓰였는지를 알 수 있다. 프롤로그를 읽었을 때 배울 수 있을 만한 내용이 없다면 그냥 덮어도 된다. 프롤로그까지 읽고 나면 목차를 둘러보자. 반드시 목차를 꼼꼼히 둘러봐야 하는 이유가 있다. 우리는 책 한 권을 통해 모든 것을 공감하고 배울 수는 없다.

저자가 전달하고자 하는 메시지가 모두 나에게 공감을 이루기는 쉽지 않다. 굳이 공감도 안 되고 배울 것이 없음에도 책을 보는 우를 범하지 말자. 목차를 보는 이유가 여기에 있다. 내가 보고 배울 수 있는 것이 있는지를 찾아보는 것이다. 목차 하나라도 내가 배울 수 있는 부분이 있다면 그 책을 구매하는 것은 전혀 아까운 일이 아니다. 내가 도움을 얻을 수 있는 것을 누군가가 제공해 준다면 마땅히 비용을 지불하는 것이 맞다. 그 비용이 소장을 할 수 있는 책이라면 그보다 값진 것이 어디 있겠는가.

책을 읽었던 기억이 머릿속에서 사라지면 다시 볼 수도 있다. 내가 책과 대화를 하고 있다는 기분이 드는 순간이 이때부터다. 나는 올바른 독서 방법을 알지 못했다. 나도 배움을 통해서 책 읽는 방법을 알게 된 것이다. 유튜브 방송에 많은 독서법이 나온다. 그중 단연 으뜸인 방송은 '김도사 TV'이다. '김도사 TV'는 김태광 대표가 직접 운영하는 유튜브 채널이다. 책 읽기, 책 쓰기에 대한 방법뿐만 아니라 의식에 대한 변화와 다양한 성공법에 대해서도 영상을 통해 보여주고 있다.

"백 번 듣는 것보다 한 번 쓰는 게 낫다."라는 말이 있다. 나는 책을 통해 자기계발에 필요한 다양한 것을 배울 수 있었다. 하지만 나를 자기계발의 정점을 찍을 수 있도록 해준 것은 책 쓰기였다. 책 쓰기를 통해서 나는 인생을 살아가야 하는 이유를 깨닫게 되었다. 그리고 어떻게 사는 것이 행복한 인생인지에 대해서도 알게 되었다. 이 모든 것은 배움을 통해서였다. 내가 처음 안명숙 작가의 책을 읽었을 때 나는 성공에 대한 갈망이 상당히 큰 상태였다.

내가 좋아하는 책으로 재테크를 할 수 있다면 이보다 좋은 것은 없을 것이라고 생각했다. 그렇게 읽기 시작한 책은 나를 〈한책협〉으로 이끌어 주었다. 나는 지금 더없이 행복한 나날들을 보내고 있다. 책을 통해 인생을 배울 수 있다는 것은 어떤 마음가짐으로 책을 읽느냐에 따라서 결정된다. 마음의 양식을 얻을 수 있는 것은 분명하다. 신용호 교보문고 창업자의 "사람은 책을 만들고 책은 사람을 만든다."라는 말의 의미를 곰곰이 되짚어볼 때이다.

내가 깨달은 인생의 가르침

안정은 행복이 아닐 수도 있다

"사실 처음엔 그런 꿈으로 일본에 왔어. 하지만 지금 하고 있는 일만으로도 인도에 있을 때보다 훨씬 보수를 많이 받거든. 그러다 보니 자꾸나 스스로 계획을 미루게 되더란 말이지. 미나코, 아마리 너희들을 만나고 나서야 아차 싶었어. 고향에 있을 때 나한테 요리를 가르쳐주신 선생님이 이런 말을 한 적이 있어. '적의 행군을 막으려면 술과 고기를 베풀어라.' 그게 무슨 말인지 이제야 알 것 같아. 평생의 꿈을 가로막는 건 시련이 아니라 안정인 것 같아. 현재의 안정적인 생활을 추구하다 보면 결국 그저 그런 삶으로 끝나겠지.

– 『스물아홉 생일, 1년 후 죽기로 결심했다』, 하야마 아마리

결국 안정은 행복이 아니라 불행의 시작일 수 있다. 어쩌면 지금을 위해 안정된 삶을 추구할수록 미래에는 평범하기조차 힘든 삶을 살아갈지도 모른다. 이제 현실을 위한 안정이 아닌 미래를 위한 도전이 필요할 때이다. 더 크게 꿈꾸고 더 크게 성공하자.

04

난 서점에 갈 때가 가장 행복하다

"독서가 정신에 미치는 효과는
운동이 신체에 미치는 효과와 같다."
– 리처드 스틸

책은 성공자의 경험을 최소의 비용으로 전해들을 수 있는 최고의 가치다

나는 가슴에 와닿는 책을 보면 직원들에게 가끔 선물한다. 나와 같은 깨달음을 얻을 수 있는 것은 아니지만 그들만의 깨달음을 얻었으면 하는 바람 때문이다. 선물을 주면서도 꼭 한 번 읽어보라고 말한다. 몇 번의 선물을 전해주고 알게 된 사실이 있다. 누군가는 정성 들여 책을 읽는 사람들이 있는 반면 누군가는 냄비 받침대로 쓰고 있는 것이다. 그들은 왜 저마다 무언가를 배울 수 있는 기회를 스스로 저버리는 것일까?

지난 시간들을 되돌아보면 나 또한 그런 경험을 가지고 있었다. 회사 대표이사는 내가 부산에 내려온 지 얼마 안 되었을 때 전 직원들을 대상으로 책을 선물했다. 불황기에도 성장을 일궈낸 일본 기업의 성공신화를 담은 김성호 작가의 『일본전산 이야기』였다. 대표이사도 책을 읽고 무언가 깨달음을 얻었기 때문에 직원들에게 선물을 했을 것이다.

하지만 나는 책을 몇 장 읽어본 뒤 그냥 덮었다. 나와 관심사가 맞지 않았던 것이다. 당시만 해도 나는 경영·경제, 자기계발 분야에 대한 관심이 없었다. 오직 관심 있는 것은 회사와 돈뿐이었다. 회사에서 열심히 일해서 성과급을 받고 돈을 많이 버는 것이 최대의 관심사였다. 직장 생활이 전부라고 생각한 것이다. 전혀 관심 없는 분야의 책을 선물 받았으니 책이 눈에 들어올 리가 없었다.

나에게 책을 선물 받은 직원들도 같은 마음이었을 것이다. 각자의 관심 분야가 다르기 때문에 누군가는 책을 읽고 누군가는 책을 냄비 받침대로 썼을 것이다. 돌이켜보면 나도 직원들과 같은 경험을 한 적이 있었는데 어떻게 내가 직원들에게 책을 선물하는 입장이 되었는지 생각해봤다. 나는 책꽂이를 둘러보다가 이유를 찾을 수 있었다.

당시 책꽂이에 꽂혀 있던 대부분의 책이 주식과 부동산에 관한 책이었다. 내가 관심을 가지고 책을 보게 된 것은 주식과 부동산에 대한 관심 때문이었다. 그렇게 많은 책을 가지고 있는지조차 모를 정도로 많은 책들이 놓여 있었다. 그리고 그 옆으로 자기계발서가 몇 권 있었다. 나는 그때 알게 되었다. 책은 관심 분야의 책들을 먼저 읽고 조금씩 영역을 넓혀가야 한다는 것을.

나는 주식과 부동산에 관심을 가지게 되면서부터 서점을 자주 다녔다. 온라인 서점이 워낙 많지만 지금도 서점에 가서 직접 책을 구매하는 것을 즐긴다. 직접 서점을 가면 눈에 보이는 많은 책들로 인해 동기부여를 얻을 수 있기 때문이다.

내 주변에는 책 읽는 사람들이 거의 없다. 주변 사람들을 만났을 때 책에 대한 이야기를 하는 사람들은 단 한 명도 없다. 그만큼 주변 사람들로부터 동기부여를 얻을 수 있는 기회는 많지 않다. 하지만 서점에 가면 책 읽는 사람들이 얼마나 많은지 경험할 수 있다. 온라인 서점에서 책을 사면 편리하기는 하지만 동기부여를 받기가 쉽지 않다.

굳이 집을 놔두고 카페에서 책을 보는 것과 같은 것이다. 실제로 집에서 책을 읽는 것보다 카페에서 책을 읽는 것이 훨씬 더 눈에 잘 읽힌다. 기억에도 더 오래 남는다. 이는 과학적으로 증명된 부분이니 궁금하면 찾아보길 바란다. 이처럼 스스로 변화의 시작을 경험하고자 한다면 가장 먼저 동기부여를 받아야 한다. 가만히 앉아서는 동기부여를 받을 수 없다. 내가 직접 돌아다니며 찾아 나서야 한다.

나는 언젠가 '책은 성공자의 경험을 최소한의 비용으로 전해들을 수 있는 최고의 가치다.'라는 글을 본 적이 있다. 나는 이 말에 전적으로 공감한다. 우리는 성공자의 성공사례를 듣기 위해 세미나에 참여한다. 성공 세미나에 참여하기 위해서는 최소 수십만 원 이상의 비용을 지불해야 한다. 하지만 책은 고작해야 2만 원이 채 안 된다.

생각의 변화가 생겼다면 다음은 마음가짐이다

나는 얼마 전 매년 진행되는 워런 버핏과의 점심 식사 경매에 대한 기사를 보게 되었다. 낙찰 금액은 자그마치 54억 원이었다. 말이 54억 원이지 일반 사람들은 평생 모아도 만질 수 없는 돈이다. 평생을 모아도 만질 수 없는 돈을 워런 버핏과의 점심 식사 한 끼 비용으로 지불하는 것이다. 경매에서 발생한 수익금 전액이 자선단체에 기부되어 어려운 사람들을 돕는 데 사용된다고는 하지만 점심 식사 한 끼 비용으로 54억 원이라는 금액은 너무 큰 금액이 아닐까!

이 때문에 비난의 글들이 많이 쏟아졌다. 사회 심리를 위축시킨다는 것이 주된 내용이었다. 나는 54억 원의 비용을 점심 식사 한 끼 비용으로 지불한 낙찰자도 이해하고 비난의 글을 쏟아낸 사람들도 이해한다. 어떻게 나는 두 부류의 사람을 모두 이해하게 되었을까? 먼저 비난의 글을 쏟아낸 사람들의 입장이다. 그들은 우선 막대한 비용을 지불할 능력이 없다. 비용을 지불할 능력이 있더라도 그만한 비용을 지불할 이유를 찾지 못한다.

사회 심리를 위축시킨다는 것은 그들만의 변명이었다. 오직 부러움의 대상이었던 것이다. 만약 그들에게 수천 억의 재산이 있었다면 그들은 더 많은 금액을 지불할 수도 있지 않았을까 생각한다. 누구나 한 번쯤은 세계적으로 부자의 반열에 오른 워런 버핏과의 점심 식사를 원하고 있을 테니까!

그럼 54억 원의 비용을 지불한 사람은 어떤 마음이었을까. 그는 세상으로부터 자기를 과시하고 사회 심리를 위축시키기 위해 비용을 지불한 것이 아니다. 부자들이 돈을 지불하면서 가장 우선시하는 것이 가치다. 돈의 액수가 중요한 것이 아니라 가치에 따라 지출을 결정한다는 말이다. 부자들이 명품을 좋아하는 이유도 가치 때문이다.

54억 원을 지불하고서라도 워런 버핏과의 점심 식사를 통해 얻을 수 있는 것이 있다면 그만한 가치를 느끼고 있다는 것이다. 그가 느낀 가치를 누가 비난할 수 있을까.

인생의 변화를 느끼고자 하는 마음은 누구나가 가지고 산다. 가난한 사람은 가난을 벗어나고 싶어 한다. 부자들은 더 큰 부를 이루기 위해 노력한다. 모두 각자에게 주어진 현재의 인생을 벗어나 새로운 행복한 인생을 꿈꾼다. 하지만 어떤 노력을 하고 있는지 묻고 싶다. 노력 없는 꿈은 인생에 아무런 도움이 되지 못한다.

"부자가 되고 싶으면 부자가 사는 동네로 이사하라."라는 말이 있다.

부자들이 사는 방식을 보고 배우라는 것이다. 하지만 부자들의 사는 방식과 모습을 본다고 인생은 바뀌지 않는다. 가장 먼저 변해야 하는 것은 내가 가진 생각과 마음가짐이다. 우리의 가슴 한구석에는 부정과 변명이 가득하다. 부자들을 보며 그들만의 리그라고 생각한다.

주변에서 누군가가 잘되는 모습을 보인다면 축하를 해주기보다 의심의 눈초리로 바라본다. 보통 사람들이 사는 방식은 똑같다. 그렇기 때문에 우리가 보통 사람으로 살 수밖에 없는 것이다. 부자가 되기 위해서 변해야 하는 가장 첫 번째는 생각이다. '부자처럼' 살고 싶다는 생각이 아니라 '부자로' 살겠다는 생각을 가져야 한다.

지금 현재를 부자로 산다면 어떤 모습일지 상상해보자. 생각의 차이가 앞으로의 인생에 엄청난 변화를 불러일으킬 것이다. 생각의 변화가 생겼다면 다음은 마음가짐이다. 머릿속으로 생각만 하는 것이 아니라 가슴속 깊이 새겨야 한다. 내면의 세계에 부자로 살고 있는 형상을 의식적으로 받아들여야 한다. 우리에게 의식의 변화가 필요한 이유다. 내가 부자로 살고 있는 모습을 생생하게 생각해보자. 부자로 살고 있는 모습은 어떤 것이라도 상관없다. 고급 펜트하우스에 사는 모습, 고급 슈퍼카를 타고 있는 모습, 세계 일주를 여행하는 모습, 다량의 고급 명품들을 현금으로 구매하는 모습, 그 어떤 것이라도 상관없다. 생생하게 떠올린 생각을 조용히 눈을 감고 가슴에 새겨보자.

의식적으로 받아들일 때까지 상상하자. 의식적으로 생각을 받아들이는 순간이 온다면 분명 몸이 반응을 할 것이다. 떨림이 온다든지, 닭살이 오른다든지, 마음의 평온함이 느껴지든지 어떤 것으로든 반응이 올 것이다. 그 이후로는 의심과 부정을 하지 말고 기다리면 된다. 반드시 우리가 꿈꾸는 부자의 형상을 눈으로 보게 될 것이다.

나는 오늘도 끊임없이 변화된 인생을 살고 싶은 욕망으로 책을 읽는다. 그리고 부를 향한 욕망을 품고 의식을 확장하기 위해 책을 읽는다. 내가 김태광 대표를 알게 된 것은 책 한 권으로 시작되었다. 책 한 권이 나를 〈한책협〉으로 이끈 것이다. 내가 알게 된 경험과 지식을 통해 우리 모두 꿈꾸는 행복한 인생의 정점을 찍을 수 있기를 바란다.

05

내가 나에게 준 최고의 선물, 집

"위대한 성취를 하려면 행동하는 것뿐만 아니라,
꿈꾸는 것이 반드시 필요하다."
– 아나톨 프랑스

변화를 위해서는 동기부여가 필요하다

우리는 왜 그토록 집을 사는 데 열을 올리는 걸까? 지금은 '7포 세대'라고 해서 많은 것을 포기하면서 살아간다고 한다. 그럼에도 많은 사람들의 가장 큰 바람은 단연코 '내 집 마련'일 것이다. 언제가 될지 모르는 '내 집 마련'에 대한 꿈만 꾸고 산다.

아직도 주변에는 집을 사고 싶어 하는 사람들이 많다. 돈이 가장 큰 걸림돌이고 집값에 대한 우려도 있다. 부동산에 관한 뉴스거리가 쏟아지고 있으니 귀가 쫑긋 서는 것이다. 그리고 한동안 기억에서 집에 대한 생각을 지운다. 정말 집을 사고 싶은 마음이 간절한 걸까? 내가 지금 이런 말을 할 수 있는 건 나도 비슷한 경험을 했기 때문이다. 우리는 주변에서 간절함에 대한 말을 많이 듣는다. 간절함이 없기 때문에 무언가 이루지 못한다고 말이다. 정말 간절하게 집을 갖고 싶다면 나는 분명 '내 집 마련'의 꿈을 이룰 수 있다고 생각한다. 다만 동기부여가 반드시 뒤따라야 한다.

"집을 그렇게 사고 싶으면 사면 되잖아."
"집 살 돈이 어딨어? 먹고살기도 힘든데."
"그럼 집을 사겠다는 생각을 하지 마. 그럼 맘이라도 편하잖아."
"돈 없으면 집 살 꿈도 못 꾸는 거야?"

너무나도 집을 사고 싶어 하던 지인과 내가 나누던 대화다. 지인은 하루가 멀다 하고 집을 사고 싶어 했다. 그러나 돈이 문제였다. 돈이 없어서 고민이라면 아예 집을 사겠다는 생각을 버리면 된다. 그런데도 꿈이라도 꾸고 싶은 마음에 집 사고 싶다는 생각을 계속한다. 과연 지인은 집을 살 수 있을까? 안타깝게도 아직 집을 사지 못하고 여전히 꿈만 꾸고 있다.

당시에는 나도 월세를 살고 있을 때였다. 나는 돈도 돈이었지만 집을 사야 할 필요성을 느끼지 못했다. 결혼을 했을 때도 '내 집'이 아닌 월세를 살았다. 하지만 지금은 '내 집 마련'을 했다. 나는 지금도 많은 빚을 갚으며 살고 있다. 많은 사람들이 하고 있는 돈에 대한 고민을 나는 더 많이 고민하며 살고 있다. 그럼에도 나는 어떻게 집을 살 수 있었던 걸까?

내가 일하고 있는 경쟁 업체에 아는 동생이 발령받아 내려왔다. 동생 부부가 같이 부산으로 이사한 것이다. 동생 부부는 인천에 있는 아파트를 분양받았다고 했다. 내가 월세로 살고 있는 모습을 본 동생은 나에게 집을 사라고 권유했다. 무조건 집을 사야 한다고 했다. 나 역시 돈이 없다고 말했다. 나는 돈이 없어서 아예 집을 사고 싶다는 생각을 안 한다고 했다. 그러자 동생은 본인도 돈이 없었다고 한다. 청약 신청을 했는데 덜컥 당첨이 되었다는 것이다. 돈이 없더라도 당첨이 된 만큼 집을 사야겠다고 결심했다고 했다. 그 집은 현재 수억 원이 오른 상태다.

막냇동생 이야기를 해볼까 한다. 여동생은 번동에서 엄마와 근처에 살고 있다. 결혼 초부터 지금까지 7년째 전세로 살고 있다. 얼마 전 청량리 부근에 대규모 아파트 분양이 있었다. 이전에 몇 번의 청약을 신청하고 떨어지기를 반복했다. 그리고 청량리 대규모 아파트에 청약 신청을 했는데 덜컥 당첨이 된 것이다. 그리고 동생은 나에게 전화를 했다. 아파트 당첨 소식을 전해주었다. 나는 축하한다고 했다. 그리고 부럽다고도 했다. 그리고 물었다. 아파트 분양가가 얼마인지! 나는 동생의 분양가에 대한 말을 듣고 충격을 받았다. 10억 원이었다.

요즘 웬만한 서울의 대규모 브랜드 아파트의 집값은 10억 원이 넘는 건 기본이 되었다. 나는 10억 원짜리 아파트에 당첨되었다는 것보다 돈을 어떻게 마련할지에 대한 염려 때문에 충격을 받은 것이다. 계약금으로 1억 원을 내야 했다. 그리고 입주할 때 3억 원 정도를 내야 한다. 나는 우리 가족의 가정 형편을 알고 있다. 그리고 동생 사정도 알고 있다. 동생도 계약금을 마련하기 어렵다는 생각에 나한테 전화를 한 것이었다. 얄팍한 지식이긴 해도 도움이 될 만한 말을 해주었다. 막냇동생은 무모한 행동을 하지 않는 성향이다. 위험을 감수해야 하는 일에 대해서는 시도조차 하지 않는다. 그런 동생이 무슨 배짱으로 10억 원짜리 아파트를 당첨받은 것일까?

어떤 문제든 의지만 있다면 해결할 수 있다

동생은 당첨에 대한 기대를 하지 않았다. 그동안 수차례 청약에 실패했기 때문이다. 당첨에 대한 기대감도 없이 떨어지면 또 다른 곳에 넣는다는 생각으로 청약 신청을 했는데 당첨이 된 것이다. 동생은 집을 계약해야 할지 말아야 할지에 대해서 고민했다. 나는 마음을 차분히 가라앉히고 냉정하게 동생에게 돈을 마련할 수 있는지 물었다. 마련할 수 있는 방법을 말해주었는데 터무니가 없었다. 나는 그냥 포기하라고 했다.

그러나 동생은 청약에 당첨된 아파트라서 그런지 미련을 가지고 있었다. 그리고 얼마 지나지 않아 엄마한테 전화가 왔다. 동생의 당첨 소식이었다. 엄마도 같은 걱정을 하고 계셨다. 돈도 없는데 어떻게 하려고 하는지 모르겠다고 하셨다. 나는 동생이 정말 원해서 하고 싶다고 하면 집 담보로 1억 원을 해주라고 했다. 엄마 집을 내가 마음대로 할 수 있는 것은 아니다. 하지만 당첨된 집에 대해 알아보니 너무 괜찮았다.

나는 엄마한테 동생이 원하면 그렇게라도 해주는 게 좋을 것 같다고 했다. 그리고 동생은 계약일에 아파트를 계약했다. 동생의 계약 결정에는 다른 이유가 있었다. 고가의 분양에도 불구하고 아파트는 경쟁이 치열했다. 동생에게 분양권 매매 제안이 들어왔다. 5천만 원의 웃돈을 준다는 것이다. 동생은 고민을 했다고 했다. 짧은 시간에 만든 수익이다. 하지만 계약일이 다가오자 3천만 원의 웃돈을 줄 수 있다고 한 것이다.

고가의 아파트이기 때문에 일반 사람들은 계약이 쉽지 않을 것이라고 생각한 것이다. 동생은 전매를 할 생각이 없었다. 돈을 어떻게 마련할지에 대한 고민만 했었다. 하지만 돈 있는 사람들이 서민들을 대상으로 장난친다는 생각에 동생은 화가 났다. 그래서 그냥 계약을 하기로 결심을 하게 된 것이다. 지금 집은 억 단위로 오른 상태다.

막냇동생에게 분양권 매매라는 제안이 없었다면 동생은 쉽게 계약하지 못했을 것이다. 계약 당일에는 어떤 결정을 했을지 모르지만 무작정 계약을 하겠다고는 생각하지 않았을 것이다. 동생은 그런 막무가내 성향이 아니다. 하지만 분명한 동기부여가 있었다. 동기부여를 받아서 집을 사겠다는 결심을 했다. 그리고 억 단위로 집값이 오른 상태다. 집은 2023년도에 입주를 한다. 나는 쉽지 않은 결정을 한 동생에게 박수를 보낸다.

내가 돈에 대한 염려와 걱정을 하면서도 집을 사게 된 건 부산에 내려온 동생 부부 때문이었다. 집이 있으면 마음의 안정감이 든다고 했다. 집이 있으면 이사를 다닐 필요가 없다고 했다. 그리고 집이 있으면 시간이 지났을 때 시세 차익도 얻을 수 있다고 했다. 나는 생각해봤다. 나는 그동안 집을 사지도 않은 상태에서 별의별 생각을 다 했다. 집값이 떨어지면 어떡하나, 새 집을 좋아하는 내가 1년이 지나서 집을 팔고 싶으면 어떡하나, 나중에 집이 안 팔리면 어떡하나 등 별생각을 다했다. 집도 없으면서 고민만 한 것이었다.

나는 동생 부부의 말을 듣고 집을 사기로 결심했다. 그리고 엄마한테 도움을 요청했다. 10년 동안 부산에 살고 있는 모습에 엄마는 내가 부산에 완전히 정착할 것이라고 생각하신 것 같다. 돈을 빌려주시기로 한 것이다. 엄마는 집을 담보로 돈을 빌려서 내가 집 사는 것을 도와주셨다. 작년 말 나는 내 생일에 맞춰 집을 계약했다. 그동안 별 볼일 없이 살아온 나에게 새로운 세상을 만들어주고 싶었다.

나는 나에게 선물을 해준 적이 없다. 돈이 없다는 핑계와 나에게 주는 선물이 무슨 의미가 있겠냐는 생각이었다. 하지만 집은 나에게 안정감을 심어주는 안식처가 되었다. 새로운 인생을 시작하기에 충분한 공간이었다. 집을 사고 싶은 간절함이 있다면 집을 사는 것은 어렵지 않다. 꼭 돈이 많아야 집을 살 수 있는 것이 아니다. 고급 아파트나 넓은 평수의 아파트를 사야 하는 것은 아니지 않는가. 집은 안식처와 같은 곳이다.

내가 생활하는 데 있어 안락함을 줄 수 있어야 한다. 안정감을 갖고 살아갈 수 있는 공간이 있다는 것은 행복한 것이다. 나는 집을 매입한 것에 대해 너무나도 만족한다. 그리고 집이 있다는 행복함이 있다. 대출금을 갚는 것은 그다음 문제다. 문제에 대한 걱정만 한다고 해서 해결되는 것은 없다. 신은 우리에게 견딜 수 있는 고통만을 준다고 했다. 어떤 문제든 의지만 있다면 해결할 수 있다는 것이다. 나에게 준 최고의 선물인 만큼 나를 위한 새로운 세상을 만들어가는 데 노력할 것이다.

내가 깨달은 인생의 가르침

기적은 행동하는 자에게 찾아온다

“꿈과 관련해서 내가 항상 강조하는 게 있다. 꿈을 생각만 하고 있으면, 그건 머릿속에만 존재하게 된다. 하지만 꿈을 종이에 쓰고 거기에 이루고 싶은 날짜까지 적으면, 그 순간 현실이 된다. 그리고 그것을 매일 볼 수 있도록 가까운 곳에 붙여놓아야 한다.

당신이 어디에 있든, 어떤 학교를 나왔든, 나이가 몇 살이든 어떤 일을 하든 누구나 꿈을 꿀 권리가 있고, 기적과 만날 자격이 있다. 기적은 결코 멀리 있지 않다. 이제는 당신만의 미라클 여정을 만들어가길 기원한다. 행운을 빈다.”

–『파리에서 도시락을 파는 여자』, 캘리 최

06

선택하는 삶이 변화를 만들어낸다

"성공이 그렇게 달콤한 것은 결코 성공하지 못한 사람들이 있기 때문이다."
– 에밀리 디킨스

직장 생활은 절대 성공으로 가는 길이 아니다

나는 선택한 삶을 사는 걸까? 아니면 선택받은 삶을 사는 걸까?

나는 내가 선택한 삶을 살고 싶다. 하지만 지금까지 방법을 몰랐다. 내가 살고 있는 삶이 내가 선택한 삶이라고 생각했다. 내가 선택한 삶이기에 불평불만을 할 수 없었다. 하지만 내가 살아온 삶은 내가 선택한 게 아니었다는 것을 알게 되었다. 내가 선택한 '나의 삶'이 아니라 내가 선택한 '타인을 위한 삶'을 살아온 것이다.

그곳에서 나는 눈치를 보며 살아왔다. 살면서 가장 많은 눈치를 보며 살아온 공간이 직장이었다. 누구나 그렇듯 직장 생활을 하면서 눈치를 보는 건 당연한 일이다. 직장 상사들은 눈칫밥 먹고 싶지 않으면 일을 잘 하거나 사직서를 쓰라고 한다. 월급 받는 직원은 회사에서 시키면 시키는 대로 해야 한다고 생각한다. 나 또한 지금까지 그렇게 보고 배웠다.

그리고 많은 후배들에게 그대로 말했다. 회사에서 시키면 시키는 대로 하는 게 오래 살아남을 수 있는 방법이라고 알려주었다. 지금 나는 이 말을 너무나 후회하고 직원들에게 미안하다. 나는 직원들의 인생을 대신 살아줄 수 없다. 하지만 최소한 직원들의 인생에 재는 뿌리지 말아야 했다. 내가 좀 더 빨리 자신의 인생을 살 수 있는 방법을 알았다면 나는 직원들에게 회사가 시키면 시키는 대로 하라는 말은 하지 않았을 것이다.

만약 그런 선택을 해야 하는 상황이 또다시 나에게 일어난다면 나는 직원들에게 사직서를 내라고 말할 것이다. 우리는 직장 생활을 거듭할수록 선배 상사처럼 적응된다. 사람은 적응의 동물이라고 했다. 너무나도 쉽고 빠르게 적응하고 있다. 심지어 수많은 신입 직원은 하루라도 빨리 회사에 적응하기 위해 노력한다. 밤낮으로 일하고 퇴근해서도 일을 한다. 직장 생활을 하기 위해서는 당연한 것처럼 여기며 살고 있는 것이다.

아직도 이런 일들이 당연하다고 생각하는가! 나는 명백히 잘못된 인생을 살고 있다고 말해주고 싶다. 특히 직장인으로서의 이런 삶은 살지 말라고 말해주고 싶다. 직장인으로서의 신분을 말하는 것이 아니다. 나도 지금 직장 생활을 하고 있다. 그것도 20년 동안 직장 생활을 하고 있는 직장인이다. 신분을 말하는 것이 아니라 생각을 말하는 것이다.

왜 우리가 직장 생활을 하면서 눈칫밥을 먹어야 하냐는 것이다. 회사에서 월급을 받기 때문에 눈치를 봐야 한다고 생각한다면 정신 차려라! 우리는 회사에 우리의 재능을 팔고 있는 것이다. 세상에 공짜는 없다. 주는 것이 있으면 받는 것이 있어야 한다. 그게 진리다. 회사는 우리에게 절대로 공짜로 돈을 주는 것이 아니다. 회사는 우리의 가치를 월급으로 책정한 것이다. 결국 우리의 가치는 내가 받는 월급인 셈이다. 이제 다시 생각해보자. 당신의 가치는 얼마짜리인가!

얼마 전 나는 놀랄만한 결정을 하게 된 작가 한 분에 대한 소식을 듣게 되었다. 서울대학교를 졸업하고 삼성전자 인사팀에서 5년간 근무를 했다. 연봉과 성과급을 합쳐 1억 원 정도의 연수입을 벌고 있었다. 역시 '삼성전자는 다르구나.'라고 생각할 것이다. 명문대를 졸업하고 최고의 회사에 입사했으니 당연한 결과라고 생각하는 사람들도 있을 것이다. 하지만 그는 삼성전자 인사팀에서 5년간의 일을 끝으로 '1인 창업'을 시작했다.

30대 초반의 젊은 나이에 작가가 되었다. 그리고 모두가 밟아가고 싶어 하는 엘리트 코스를 마다했다. 자신의 꿈과 목표를 이루기 위해 그는 '1인 창업'을 시작한 것이다. 지금 말한 작가는 '정소장'이라는 필명을 쓰고 있는 『퇴근 후 1시간 독서법』을 집필한 정인교 작가다. 나는 '정소장'

이 너무 대단하다고 생각했다. 모든 것은 생각의 차이에 있는 것이다. 자신의 인생이 1억 원의 가치가 아니라는 것을 알게 된 것이다. 더 큰 꿈과 목표가 있었기 때문에 꿈을 위한 '1인 창업'을 하게 된 것이다. 그 뒤에는 〈한책협〉 김태광 대표가 있었다. 김태광 대표가 〈한책협〉을 운영하는 궁극적인 목표는 '1인 창업'이다.

많은 사람들에게 '1인 창업'을 해야 하는 이유를 알려준다. '1인 창업'을 통해 성공적인 인생을 살 수 있도록 돕는 것이 그의 최종 목표인 것이다. 지금도 그에게 지도를 받아 각자의 분야에서 성공한 인생을 살고 있는 사람들이 너무나도 많다. 이름만 말해도 알 만한 사람들이 수두룩하다. 그들은 직장 생활은 절대 성공할 수 있는 방법이 아니라는 것을 깨달았을 것이다.

실패하지 않는 것이 가장 큰 실패다

직장 생활을 통해서 제1의 인생을 살았다면 이제는 제2의 인생을 시작해야 한다. 우리가 누구를 위해서 일하는 것인지 생각해봐야 한다. 회사를 위해서, 대표이사를 위해서 일한다는 사람이 있다면 죽을 때까지 배신하지 말고 충성해라. 그런 마음가짐만 가지고 살아도 회사로부터, 대표이사로부터 인정은 받을 수 있을 것이다. 세상에는 정말 많은 사람들이 있다. 부를 이루고 싶은 사람, 명예를 얻고 싶은 사람, 인정을 받고 싶은 사람, 나를 드러내고 싶은 사람 등 너무나도 다양한 사람들이 있다.

각자의 인생은 각자가 선택하는 것이다.

다만 지금까지 자신의 인생을 찾아 떠나라고 말해주는 사람은 없었다. 어떻게 해서든지 지금 다니고 있는 회사에 오래 다니라고 말한다. 그렇게 해서 결국 남는 것은 무엇일까? 결국 퇴직하고 난 이후에는 퇴직금과 그동안 모아놓은 재산으로 창업을 한다. 결국 우리는 창업이라는 선택을 하게 될 수밖에 없는 사회적 구조를 가지고 있다.

수억 원을 들여서 창업한다고 생각해보자. 망하기라도 하면 집안은 풍비박산이 된다. 주변에서 너무나도 많이 봐온 모습이다. 그나마 장사가 잘되면 다행이지만 그렇지 않은 경우들이 대부분이다. 세상의 이치를 알고 진리를 알게 되면 생각을 바꿀 수 있다. 우리는 생각의 차이가 어떤 변화를 일으키는지에 대해서 너무나도 잘 알고 있다.

하지만 방법을 모를 뿐이다. 어떤 생각을 어떻게 해야 하는지에 대해서 모르기 때문에 지금의 현실에서 벗어날 수 없는 것이다. 재미있는 것 중에 하나는 방법을 알려줘도 안 하는 사람이 대부분이다. 핑계를 대는 사람들이 태반이고, 보여줘도 믿지 못하는 사람들이 태반이다. 이런 상황이 생기는 이유는 간단하다. 내가 그동안 보고, 배우고, 느끼며 살아온 환경과 다르기 때문이다. 성공한 삶은 그 '다름' 때문에 만들어졌다. 당연히 다른 환경에 익숙해지고 적응을 해야 하지 않을까.

부자가 되기 위해서는 부자의 생각을 가지고 부자로 살아야 한다. 내가 사는 환경과 부자가 사는 환경은 분명히 다르다. 이 말에 반박할 수 있는 사람은 단 한 명도 없을 것이다. 그럼에도 나의 주변 환경을 바꾸지 않는 이유는 무엇일까? 왜 알면서도 우리는 실행을 하지 못하는 걸까? 나는 자신감 때문이라고 생각한다. 모든 의지는 자신감으로부터 나온다. 매사에 걱정과 근심만 가지고 사는 우리가 실천할 수 없는 이유다.

당장이라도 수입이 끊기면 세상이 무너질 거라고 생각한다. 환경이 바뀌면 새로운 적응을 해야 하는 부담을 가지고 있다. 나이가 들면서는 이러한 부담감이 더욱더 커져간다. "용기 있는 자가 미인을 얻는다."라는 말이 있다. 나는 "용기 있는 자가 부를 이룰 수 있다."라고 말하고 싶다. 우리는 처음에 대한 두려움을 가지고 있다. 인간이라는 존재가 나약한 이유다. 인생의 존폐 여부가 달린 순간이다. 무게감을 딛고 일어설 때 진정한 부를 이룰 수 있다고 생각한다.

실패할까 걱정스러운가! '실패하지 않는 것이 가장 큰 실패'라고 했다. 실패를 실패라고 받아들이는 순간부터 자신감은 점점 떨어질 수밖에 없다. 실패는 성공으로 가는 길에서 반드시 거쳐가야 하는 정차역일 뿐이다. 이제 더 이상 남을 위한 인생은 살지 말자. 남을 위한 인생을 사는 것도 결국은 내가 선택한 것이다. 지금처럼 남을 위한 인생만 살아간다면 우리는 현실에서 벗어날 수 없다. 이는 명백한 사실이다.

나는 자신 있게 말할 수 있다. 아무런 존재 가치도 못 느끼던 내가 삶의 이유를 찾은 것처럼 세상 누구든지 자신의 인생을 찾을 수 있다. 그리고 살아야 하는 이유와 존재의 이유를 알 수 있다. 행복해지고 싶은가? 010-4146-5463으로 연락해라. 지금의 환경에서 벗어날 수 있도록 아낌없는 조언과 도움을 줄 것이다. 행복을 꿈꾸는 많은 사람들이 지금의 환경에서 벗어나 남이 아닌 나를 위한 인생을 살 수 있기를 희망한다.

07

난 나를 위한 삶을 살기로 했다

"이 인생에서는 마지막에 웃는 자가 가장 오래 웃는 자다."
– 존 메이스필드

부자로 살 수 있는 방법은 내가 알고 있던 사람들을 멀리하는 것이다

불과 2개월 전 나는 꿈도 없고 목표도 없이 남들과 똑같은 삶을 살고 있는 한 사람이었다.

2개월 동안 내가 경험하고 느낀 시간은 지금까지 살아온 43년의 시간보다 더욱더 가치 있고 의미 있는 시간이었다. 세상을 어떻게 살아야 하는지를 알게 되었고 내가 누구인지를 알게 되었다. 진짜 '나'를 찾을 수 있는 시간이었다.

우리는 태어나면서부터 내가 아닌 다른 사람을 위한 인생을 살기 시작한다. 부모로부터 보호를 받으며 성인이 될 때까지 부모의 말을 들으며 산다. 부모에게 상처를 주지 않기 위해 노력하고 성인이 되어서는 부모님께 효도하고자 한다. 대학교에 진학하면 선배와 교수의 눈치를 봐야 하고 군대에 가면 고참과 간부의 눈치를 봐야 한다.

직장 생활을 시작하고 나면 직장 상사의 눈치를 봐야 한다. 생각해보면 학창 시절과 군대 생활까지는 기간이 정해져 있다. 초등학교 때부터 대학교를 졸업할 때까지 16년의 시간과 군대 생활 2년 여의 시간은 모두 기간이 제한되어 있다. 익숙해지고 적응하게 되더라도 벗어나는 상황이 만들어진다. 이것은 나의 의지와는 상관없다. 반드시 때가 되면 벗어나야 한다.

하지만 직장 생활은 얘기가 다르다. 나의 의지로 내가 벗어나고 싶을 때 벗어날 수 있다. 적응을 하게 되면 수십 년 동안 직장 생활을 하게 되는 이유다. 사람은 적응의 동물이라고 했다. 적응하는 순간부터 안주하고 싶은 생각을 하게 된다. 직장 생활의 기간이 길어질수록 정착된 삶을 살고자 한다. 어느 정도 나이가 되면 결혼을 하고 아이를 낳는다.

아이를 키우는 데 정신이 없어 시간 가는 줄 모르며 살아간다. 그러면 어느새 머리가 희끗희끗할 나이에 접어든다. 부모로서의 사명감을 가지고 아이가 독립할 수 있는 나이가 될 때까지 아이를 키운다. 막상 자신의 삶을 살고자 생각했을 때는 이미 은퇴를 앞두고 있는 시기에 접어드는 것이다. 우리 부모님이 지금까지 살아온 모습이다. 그리고 앞으로 내가 살아가야 할 모습이기도 하다.

언제까지 우리가 부모님과 같은 모습을 반복하면서 살아가야 하는지 걱정이 앞선다. 이제 벗어날 때도 되었다. 지금 우리가 가난한 것은 부모 때문이 아니다. 전적으로 나의 책임이다.

자신감은 자존감을 잃게 한다. 자존감을 잃는 상황이 계속되면 그것도 익숙해지고 적응하기 마련이다. 사람이 적응의 동물이라는 걸 실감하게 된다. 힘든 일이 계속되면 나중에는 더 이상 힘든 일이 되지 않는다. 힘든 상황을 당연하게 받아들이게 된다. 고이케 히로시의 『2억 빚을 진 내게 우주님이 가르쳐준 운이 풀리는 말버릇』에 나오는 '우주의 법칙'이 바로 이것을 의미하는 것이다.

당연히 힘들다는 인식을 가지고 있기 때문에 우주로 전해지는 메시지는 계속 힘든 상황을 만들어주는 것이다. 의식을 변화시켜야 한다. 내면의 의식을 바꾸고 새로운 마음가짐으로 나를 변화시켜야 한다.

지금 내 주변에는 나의 꿈을 응원해주는 드림 워커와 나의 꿈을 방해하는 드림 킬러가 있다. 내가 꿈을 이루기 위해서는 절대적으로 드림 킬러를 멀리해야 한다. 인맥을 정리할 수 있는 좋은 방법이 있다. 인맥이라고 생각하는 사람에게 당신의 꿈을 말해보는 것이다. 어떤 꿈이든 상관없다. 꿈을 진심으로 지지하는 사람이 있다면 그는 오랜 기간 인맥을 유지할 수 있는 꿈맥이다. 하지만 꿈을 비웃거나 진정성 없이 받아들이는 사람이 있다면 더 이상 유지해야 할 인맥이 아니다. 그들과의 관계는 오래 지속될수록 방해가 될 뿐이다.

우리가 부자로 살 수 있는 방법은 내가 알고 있던 사람들을 멀리하는 것이다. 당연하지 않을까. 지금까지 우리는 그들과 함께했기 때문에 부자가 되지 못했다. 같은 생각과 같은 모습을 하며 매일을 살고 있다. 현실에서 벗어나 새로운 인생을 살고 싶다면 지금의 환경에서 벗어나는 방법뿐이다. 이것이 내가 알고 있던 인맥을 정리할 수밖에 없는 이유다.

누구든지 지금의 삶에서 벗어날 수 있다

처음 〈한책협〉을 알게 되었을 때 나는 정말 나약한 존재였다. 자기소개서에 기재된 나의 장점과 단점조차 쓰지 못하는 상황이었다. 내가 누구인지 몰랐고 나는 어떤 사람인지에 대해서 생각조차 해본 적이 없었다. 하루하루 직장만을 생각하며 살아왔다. 그런데 직장 때문에 그곳을 알게 된 것이다. 회사가 어려워지면서 나 또한 너무나도 힘들고 어려운 삶이 시작되었다. 하지만 나를 더욱더 괴롭게 했던 것은 나 자신을 모른다는 것이다.

사실 충격이었다. 나는 그동안 무엇을 위해서 그렇게 아등바등 살아온 것인지 너무 허탈했다. 정작 내가 누군인지 돌아봤을 때는 내가 누구인지 알 수 없었다. 아무것도 생각나지 않았다. 아무것도 보이지가 않았다.

말 그대로 암흑이었다. 그 속에서 나는 지금까지 살아온 것이었다.

내가 가진 문제는 나 혼자만의 문제가 아니었다. 많은 사람들의 문제였다. 정도와 크기는 차이가 있을 수 있다. 하지만 대다수의 사람이 비슷한 생각을 가지고 사는 것이다. 김태광 대표는 많은 사람들이 고민하고 걱정하는 것이 무엇인지 정확하게 알고 있었다. 그가 말을 할 때마다 가슴에 꽂혔다. 자극을 받은 것이다. 시간이 지날수록 내가 누구인지를 알게 되었다. 그리고 세상을 어떻게 살아야 하는지도 알게 되었다. 내가 지금까지 왜 가난에서 벗어나지 못했는지 알게 되었다.

성공으로 가는 길은 그리 멀리 있지 않다. "등잔 밑이 어둡다."라는 속담이 있다. 바로 내 안에 성공으로 가는 길이 있다. 그런데 나는 성공을 너무 먼 곳에서 찾고 있었다. 보이지 않는 곳에 성공이 있을 것이라고 생각했다. 성공의 길을 찾아서 나는 너무 먼 길을 헤매고 있었던 것이다. 김태광 대표는 생각을 바꾸고 의식을 변화시키면 성공의 꽃길이 열린다고 했다. 나는 내 안에서 꽃길을 찾기 위해 많은 책을 읽었다.

그동안 알지 못했던 사실들을 하나씩 알게 되었다. 내가 그동안 얼마나 무지의 삶을 살았는지 절실히 깨달았다. 나는 사막에서 오아시스를 찾고 있었던 것이다. 사막을 벗어날 생각을 한 번도 해본 적이 없다. 사막을 벗어나는 건 오직 죽음뿐이라고 생각한 것이다. 이제 나는 오아시스를 찾기 위해서 사막을 헤매지 않을 것이다.

사막을 벗어나면 오아시스뿐만이 아니라 더 많은 것을 누리며 살 수 있다는 것을 배웠다. 나에게는 2명의 은인이 있다. 한 사람은 내가 지금까지 회사에서 별 탈 없이 20여 년간 일할 수 있도록 믿고 응원해준 대표이사다. 대표이사의 믿음과 신뢰가 있었기 때문에 지금까지 일할 수 있었다. 그리고 또 한 사람은 제2의 인생을 살 수 있도록 길을 찾아준 김태광 대표다. 내가 그들을 은인이라고 말하는 이유가 있다.

은인은 '은혜를 갚아야 하는 사람'을 말한다. 받는 사람의 의지와는 상관이 없다. 은혜를 갚아야 하는 사람이라면 마땅히 받는 사람의 의지와는 상관없이 갚아야 하는 것이다. 나는 이제 나를 위한 제2의 인생을 시작하려고 한다.

이제 나는 어떤 인생을 살아야 하는지를 알게 되었다. 말버릇이 얼마나 중요한지도 깨달았다. 그동안 입에 달고 살았던 부정적인 말들과 부정적인 생각들이 나를 지금의 삶을 살게 한 것이다. 내가 뿌린 씨앗인 것이다. 내가 땅에 뿌린 씨앗은 새로운 인생을 위한 씨앗이 아니었다. 지금 내 모습의 씨앗을 땅에 뿌린 것이다. "뿌린 대로 거둔다."라는 말이 있다. 누구나 지금의 삶에서 벗어날 수 있다. 지금 눈에 보이는 현실에서 벗어나 새로운 인생을 살 수 있다. "늦었다고 생각할 때가 가장 빠르다."라는 말처럼 지금부터 시작하면 된다.

나이는 숫자에 불과하다. 나이가 많고 적음은 크게 중요하지 않다. 우리는 누구나 행복한 삶을 살아야 할 의무가 있다. 그게 우리에게 주어진 삶의 이유다. 하나님은 우리 모두 행복한 삶을 살기를 바라신다. 행복한 인생은 결코 멀리에 있지 않다. 생각을 변화시키는 것이 가장 중요하다. 생생하게 생각하고 가슴에 새기면 된다. 그리고 믿고 기다리면 된다.

TV를 볼 때 전원이 어떻게 연결되고 전파를 어떻게 받아 TV로 송출되는지 우리는 잘 모른다. 아니 알 필요도 없다. 그냥 TV만 보면 되는 것이다. 이처럼 우리는 생생한 생각을 하고 가슴에 새긴 뒤에 일어나는 일들에 대해서는 궁금해하지 않아도 된다. 보고 싶은 채널을 골라서 TV를 보듯이 가슴에 새긴 모든 일이 눈에 보이는 기적을 보게 될 것이다.

기적을 경험하는 순간 기적은 더 이상의 기적이 아니라는 것을 경험할 수 있기를 바란다. 세상 모든 사람이 꿈과 목표를 가지고 자신의 소중한 인생을 행복하게 살아가길 간절히 바라고 소망한다!

에필로그

모든 것은 '나'로부터 시작되었다

나는 24살에 처음 학원 일을 시작했다. 나는 지금까지 보통 사람들이 한 번 정도 경험할 수 있는 일들을 대부분 경험하며 살아왔다. 직장 생활을 시작하며 빚이 생기기 시작했다. 그리고 첫사랑과 이별을 했다. 친구의 배신과 친구의 죽음도 경험했다. 아버지께서 충격으로 쓰러지시고 병마와 싸우다 돌아가셨다. 부산에 내려와서 사랑하는 사람을 만나 결혼했지만 1년 만에 이혼했다. 이 책은 내가 직장 생활을 시작할 무렵부터 지금까지 20여 년간 살아온 이야기를 담은 책이다.

나는 작가가 되고 싶은 마음이 없었다. 살면서 꿈도 목표도 없이 20년을 살아왔다. 희망은 내 것이 아니라고 생각했다. 하지만 결정적인 순간에 나의 모든 상황이 바뀌기 시작했다. 나는 20년 동안 학원 일을 했다. 10년은 서울에서, 나머지 10년은 부산에서 했다. 아무도 없는 낯선 땅에 내려와서 정착하고자 하는 마음을 가지고 일했다.

회사가 언제나 잘될 수는 없을 것이다. 성장세가 있으면 하락세도 있기 마련이다. 어떤 상황에서든지 롤러코스터 같은 일은 빈번히 발생된다. 하지만 2019년도 회사가 최악의 침체 현상에 빠지게 되었다. 2018년 하반기부터 회사 실적은 조금씩 하락세를 보였다. 모든 직원이 성장을 이루고자 노력했지만 생각처럼 분위기가 살아나지는 않았다. 결국 상반기가 지나면서 회사는 특단의 조치를 내리게 되었다. 바로 구조 조정이다. 20여 명의 직원을 권고사직하고 지출을 최소화하기 위한 작업을 단행한 것이다.

대표이사는 마지막 경고장을 나에게 보냈다. "한 번의 위험은 막아주지만 이후에 발생되는 문제에 대해서는 책임을 져야 한다." 당연히 맞는 말이다. 그러나 마지막 대표이사의 한마디는 내 가슴에 비수를 꽂았다. "너 지금 나이가 몇이야?", "너 여기서 쫓겨나면 갈 데나 있어?", "내가 붙잡고 있을 때 잘해. 내가 손 놓으면 넌 끝이야!" 이 말은 며칠이 지나도록 잊히지가 않았다.

나는 회사가 잘될 거라는 믿음이 있었다. 분위기는 다시 살아났다. 시간이 지날수록 회사가 경영난을 극복할 수 있으리란 확신이 있었다. 그런데 대표이사의 한마디는 나를 심각한 고민에 빠지게 했다. '나는 앞으로 어떻게 살아야 할까?', '여기서도 내가 언제 어떻게 될지 모르겠다.',

'정말 회사에서 쫓겨나면 무엇을 해야 할까?' 정말 많은 고민과 생각을 했다. 하지만 아무리 많은 고민을 해도 답을 찾을 수가 없었다.

서점으로 갔다. 유일하게 책을 읽으면 마음이 편안해졌기 때문이다. 서점에 가면 돌파구를 찾을 수 있을 것이란 생각이 들었다. 그때 눈에 들어온 책 한 권이 있었다. 안명숙 작가의 『나는 독서 재테크로 월급 말고 매년 3천만 원 번다』라는 책이었다. 독서 재테크라는 말에 시선이 멈췄다. 유일한 관심사가 재테크였기 때문이었다. 책으로 재테크를 할 수 있다는 것이 신선했다. 나는 방법을 찾기 위해 책을 구매해서 집으로 갔다.

앉은 자리에서 책을 모두 읽었다. 근데 책에 유독 많이 거론되는 이름이 있었다. 바로 〈한책협〉이었다. 〈한책협〉을 통해 너무 많은 변화가 생겼다고 했다. '나도 바뀔 수 있지 않을까?' 하는 마음에 〈한책협〉 카페에 방문을 했다. 메인에 적힌 문구는 심장을 뛰게 했다. "23년간 책 200권 쓰고 초, 중, 고 16권 교과서에 글이 수록되고 8년간 900명의 작가를 배출한 출판 기획자 김도사가 제일 잘 가르칩니다!"

짧은 기간에 대단한 성공을 거둔 김도사는 나의 한 줄기 빛이었다. 나는 너무 궁금한 마음에 부산에서 분당까지 '1일 특강'을 듣기 위해서 갔다. 그것이 시작이 되어 이렇게 나는 책을 집필하게 되었다. 그리고 작가가 되었다. 나는 고등학교 졸업이 학력의 전부이다. 그리고 내세울 수 있는 것이 아무것도 없다. 살면서 포기에 포기를 거듭하는 일들만 했다. 회사의 구조 조정으로 나의 자존감은 바닥을 치고 있었다.

그런 내가 책을 집필하고 작가가 된 것이다. 나는 〈한책협〉에서 진행하는 '책 쓰기 7주 특강' 과정을 통해 책 쓰기뿐만 아니라 인생을 배울 수 있었다. 앞으로 내가 어떻게 살아가야 하는지, 어떤 생각과 마음을 가져야 하는지를 배울 수 있었다. 그리고 7주 뒤 나의 생각과 마음은 몰라보게 달라졌다. 가장 큰 성과는 자존감이 높아졌다. 부정으로 가득했던 생각은 긍정으로 바뀌었고 자연스럽게 마음이 가벼워지기 시작했다.

책을 집필하면서 지난날에 대한 후회와 반성, 아쉬움으로 많은 눈물을 흘렸다. 그러면서 '나를 찾을 수 있을까?' 하는 고민과 염려를 해결할 수 있었다. 지난날을 돌이켜보면 모든 것은 '나'로부터 시작되었다. 모든 것이 내가 선택한 일이었다. 나는 책을 쓰면서 이유를 알 수 있었다. 내가 상상하는 것이 현실이 되는 것이었다. 지금 나의 모습은 지난날 나의 불평불만이 현실이 된 것이다. 최근에서야 이런 사실을 알고 말버릇이 얼마나 중요한지를 다시 한 번 깨닫게 되었다.

책을 집필하면서 많이 반성하고 깨닫게 한 책들이 있었다. 모두 열거할 수는 없지만 이 책에 소개된 책들을 같이 읽어본다면 아마도 내가 느낀 감정을 경험할 수 있을 것이다. 나는 세상에 밝히고 싶지 않았던 것까지 책에 담았다. 진정한 나를 찾기 위해서였다. 더 이상 감출 것도, 밝히고 싶은 것도 없을 만큼 진솔한 이야기를 적었다.

어딘가에서 나와 같은 고민이나 인생을 살고 있는 사람이 있다면 그에게 꼭 도움이 되고 싶다는 마음으로 책을 집필했다. '나'로부터 시작된 인생의 꼬임을 어떻게 풀어나가야 하는지에 대해 경험을 하고 느끼게 되었다. 그 방법을 독자들에게 전해드리고자 이 책을 쓴 것이다.

책을 통해 꼭 감사 인사를 전하고 싶은 분들이 있다. 우선 사랑하는 우리 엄마 김명애 여사님과 사랑하는 두 여동생 희정이와 선정이, 매제 대혁이, 상범이에게 감사의 말을 전한다. 그리고 조카 예인이, 연진이, 예빈이 너무 사랑한다. 또한 내가 부산에서 집을 살 수 있도록 끊임없이 조언해준 사랑하는 윤수, 그리고 제수씨에게 진심으로 감사의 말을 전하고 싶다. 부산에서 직장 생활을 하는 데 큰 힘이 되어준 사랑하는 우리 직원들에게도 감사의 마음을 전한다.

아들의 성공을 끊임없이 응원하고 뒷바라지해주셨지만 결국 작가가 된 아들의 모습을 보지 못하고 세상을 떠나 하늘에서 지켜보고 계실 사랑하는 아버지가 너무 보고 싶다. 아버지에 대한 존경과 사랑, 그리고 감사의 마음을 담아 이 책을 아버지께 바친다. 아버지, 사랑합니다.